ジャングル・ブック

ラドヤード・キプリング作
三辺律子訳

岩波少年文庫 225

Rudyard Kipling

THE JUNGLE BOOK, THE SECOND JUNGLE BOOK

1894, 1895

もくじ

カバー画・さし絵　五十嵐大介

モウグリの兄弟たち

トビのチールがねぐらにかえり
　コウモリのマンが飛《と》びたつ夜──
家畜《かちく》は小屋にもどされ、
　夜明けまで、おれたちは自由に走り回る
誇《ほこ》りと力、
　かぎ爪《づめ》と牙《きば》が支配《しはい》する時刻
おお、あの呼《よ》び声《ごえ》を聞け──よい狩《か》りを！
　ジャングルのおきてを守る者たちよ！

ジャングルの夜の歌

シオニー山脈《さんみゃく》のひどく暑い夜、午後七時だった。父オオカミは目を覚《さ》まし、からだをかいて、カアッとあくびをすると、四本足を一本一本伸《の》ばして、足先から眠気《ねむけ》を追いはらった。横たわった母オオカミの大きな灰色《はいいろ》の鼻先で、四匹《ひき》の子オオカミがキャンキャン鳴きながら、転げまわっている。月の光が、一家の住んでいる洞穴《ほらあな》の入り口からさしこんできた。「アオー」父オオカミが声をあげた。「また狩《か》りの時間がきたぞ」そして、山を駆《か》けおりようとしたそのとき、入り口をぼさぼさのしっぽの小さな影《かげ》が横切り、いかにもなさけない声が聞こえた。「オオカミ族の主《あるじ》どのがつねに幸運に恵《めぐ》まれますよう、高貴《こうき》なお子さまがたには幸運と真っ白い強い牙《きば》に恵まれますよう、そして、この世に腹《はら》をへらした者がいるのを忘《わす》れたりなさいませんように」

ジャッカルだ。残飯食《ざんぱんぐ》らいのタバキと呼《よ》ばれている。インドのオオカミたちはタバキを軽蔑《けいべつ》している。あちこちで悪さを働《はたら》いたり、告《つ》げ口《ぐち》をして回ったり、村のゴミ捨《す》て場《ば》でボロ布《ぬの》や革《かわ》の切れはしをあさっているからだ。だが、同時にタバキのことを怖《おそ》れてもいた。タバキはジャングルのだれよりも、頭に血がのぼりやすい。そうなると、自分が臆病者《おくびょうもの》だということも忘《わす》れて、ジャングルじゅうを駆《か》けまわり、出くわした者に片《かた》っぱしから噛《か》みつくのだ。あのトラですら、タバキの頭がおかしくなっているときは、身を隠《かく》すほどだった。頭がおかしくなることを、ジャングルの民《たみ》たちはなにより恥《は》ずべきことだと考えている。人間たちはそれを狂犬病《きょうけんびょう》と呼《よ》んでいるが、動物たちはデワニー、すなわち狂気《きょうき》と呼び、決して近づこうとしない。

「ならば、入れ。そして見るがいい」父オオカミは冷《ひ》やかに言った。「だが、食い物などないぞ」

「オオカミどのにはそうでしょう。しかし、あっしのような卑《いや》しい者には干涸《ひから》びた骨《ほね》だって、ごちそうなんでございますよ。あっしらジャッカル族《ギーダー・ログ》はえり好《ごの》みなんてする身分じゃございませんからね」タバキはこそこそと洞穴《ほらあな》の奥《おく》へ入っていくと、わずかに肉の残った雄《お》ジカの骨《ほね》を見つけ、嬉々《きき》としてはしっこをガリガリ砕《くだ》きはじめた。

「実においしくいただきました」タバキは口のまわりをなめた。「それにしても、高貴《こうき》なお子さまがたの美しいこと！　目の大きいこと！　しかも、若《わか》さに満《み》ちあふれてらっしゃる。いやいや、本当に、王族のお子さまというのは、生まれたときから一人前だってことを、忘《わす》れちゃいけませんねえ」

子どものいる前でおせじを言ったりすれば、不運《ふうん》を呼《よ》びよせることくらい、もちろんタバキは知っている。母オオカミと父オオカミがいやそうな顔をするのを見て、タバキはほくそ笑《え》んだ。

しばらく自分のちょっとした悪ふざけに悦《えつ》に入《い》っていたタバキが、ふいに意地の悪い調子になって言った。

「大いなる者シア・カーンが狩場《かりば》を変《か》えましたよ。次の月のあいだは、こっちの山で狩《か》りをするつもりだと、言ってました」

シア・カーンは、三十キロほど離《はな》れたワインガンガ川にすんでいるトラだ。

「やつにそんな権利《けんり》はない」父オオカミはかっとなって言った。「ジャングルのおきてでは、前もって知らせずに、なわばりを変《か》えることなどできないはずだ。あんなやつがきたら、十五キロ以内《いない》のえものがみんな、おびえてしまう。このごろじゃ、いつもの二倍のえものをしとめなければならないというのに」

母オオカミが静《しず》かに言った。「シア・カーンの母親は息子《むすこ》を三本足《ラングリ》って呼《よ》んでたけど、そりゃそうね、生まれたときから、足が一本悪いんだから。だから、家畜《かちく》しか殺《ころ》さないのよ。今じゃ、ワインガンガの村の人間たちはすっかり腹《はら》を立ててるそうよ。こっちの山にきたら、今度はあたしたちの村の人間たちを怒《おこ》らせることになる。で、人間たちがジャングルに探《さが》しにくるころには、本人はとっくに遠くへいったあとで、あたしたちが逃《に》げまどうはめになるのよ。ジャングルから焼けだされてね。まったく、ありがたいったらありゃしない！」

「奥《おく》さまが感謝《かんしゃ》していたと伝《つた》えましょうか？」と、タバキ。

「出ていけ！」父オオカミはかみつくように言った。「出ていって、おまえの主人と狩《か》りをするがいい。一晩《ひとばん》でこれ以上《いじょう》、迷惑《めいわく》をかけるな」

タバキは落ちつきはらって言った。「ええ、いきますとも。谷のしげみで、シア・カーンが吠《ほ》えてるのが聞こえますからね。わざわざあっしが伝言《でんごん》する必要《ひつよう》もありませんね」

父オオカミは耳をすましました。はたして、谷底《たにぞこ》の細い川が流れているあたりから、怒《いか》りに満《み》ちたトラの、抑揚《よくよう》のないかすれたうなり声が聞こえてきた。哀《あわ》れっぽい調子からして、えものをとりそこねたのだろう。それがジャングルじゅうに知《し》れ渡《わた》ってもかまわないらしい。

「愚《おろ》か者《もの》め！」父オオカミは言った。「夜の狩《か》りのしょっぱなから、あんな声を出しおって！　こっちの山の雄《お》ジカが、ワインガンガの太った牛どもとおなじだとでも思ってるのか？」

「シィッ。やつが今夜狩《か》ってるのは、牛でも雄《お》ジカでもないわ。人間よ」母オオカミが言った。哀《あわ》れっぽい吠《ほ》え声《ごえ》はのどの奥《おく》からしぼりだすような低《ひく》い声にかわり、四方から響《ひび》いてくるようだった。その声を聞くと、野宿している木こりや流浪民《るろうみん》たちは恐怖《きょうふ》のあまり、ときに自らトラの口に飛《と》びこんでしまうのだ。

「人間だと！」父オオカミは真っ白い牙《きば》をむき出した。「なんてことだ！　ため池に虫やカエルがごまんといるだろうが。わざわざ人間を食うとは。しかも、われわれの土地で！」

ジャングルのおきてには、理由のないものなどない。すべての動物は人間を食うことを禁《きん》じられている。例外《れいがい》は、自分の子に人間の殺《ころ》し方を教える場合だが、そのときは、自分の群《む》れや一族の狩場《かりば》の外で行うことになっている。その本当の理由は、人間を殺せば、遅《おそ》かれ早《はや》かれ、銃《じゅう》を持った白い肌《はだ》の人間がゾウにのり、ドラやのろしや松明《たいまつ》を持った何百という褐色《かっしょく》の肌の人間とともにジャングルに押《お》しよせてくるからだ。そうなれば、ジャングルの民《たみ》全員が苦しむことになる。しかし動物たちのあいだでは、人間はもっとも弱く、自分の身を守ることすらできないから、ということになっていた。そんな生き物に手を出すのは、ひきょうだというわけだ。それに、人間を食うと、皮膚《ひふ》が病《や》み、歯がぬけると言われている。それは本当だった。

低《ひく》い声はどんどん大きくなって、トラがえものにおそいかかるときの「ガルル！」という声が響《ひび》きわたった。そして、ふっと静《しず》かになった。

それから、トラらしからぬうなり声が聞こえてきた。「しくじったのね。あれはどういうこと?」母オオカミは言った。

父オオカミは洞穴《ほらあな》から数歩出て、シア・カーンが荒々《あらあら》しい声でうなりながら、しげみの中を転げまわっているようすに耳をかたむけた。

「あの愚《おろ》か者《もの》は、木こりのたき火に飛《と》びこんだらしいな。足を火傷《やけど》したんだろう」そして、父オオカミは低《ひく》い声でうめいた。「タバキもいっしょだ」

「なにかがこっちにのぼってくるわ」母オオカミが片耳《かたみみ》をヒクヒクさせた。「気をつけて」

しげみがカサカサと小さな音を立て、父オオカミは腰《こし》を低《ひく》くして、飛《と》びかかれるよう身《み》構《がま》えた。そのあとの光景《こうけい》は、もし見ることができたら、すばらしいものだったろう――オオカミが空中でピタッと動きを止めたのだから。跳《と》びあがった瞬間《しゅんかん》、相手の姿《すがた》が目に入り、父オオカミはなんとか飛びかかるのをやめようとした。その結果《けっか》、まっすぐ上に一メートルか一メートル半ほどあがって、また、ほぼおなじ場所に着地したのだ。

「人間だ!」父オオカミはするどくさけんだ。「人間の子だ。見ろ!」

父オオカミの真正面に、褐色《かっしょく》の肌《はだ》をしたはだかの赤《あか》ん坊《ぼう》が、低《ひく》い木の枝《えだ》につかまって立っていた。ようやく歩きはじめたばかりの、こんなにぷくぷくとしてやわらかいちっぽけな生き物が、夜のオオカミの洞穴《ほらあな》にやってきたことなどない。赤ん坊は父オオカミの顔を見あげ、声をあげて笑《わら》った。

「これが人間の子？　初《はじ》めて見るわ。連《つ》れてきて」母オオカミが言った。

ふだんから子どもを運びなれているオオカミは、必要《ひつよう》なら、卵《たまご》でも割《わ》らずにくわえることができる。父オオカミの口は赤《あか》ん坊《ぼう》の背中《せなか》をしっかりくわえていたが、肌《はだ》に牙《きば》のあとひとつつけることなく、赤ん坊を子オオカミたちのあいだにおろした。

「なんて小さいんでしょう。はだかんぼうだわ、毛が一本もない！」母オオカミはやさしく言った。赤《あか》ん坊《ぼう》は子オオカミたちをかきわけ、母オオカミのあたたかい毛に近づこうとした。「まあ！　子どもたちといっしょにミルクを飲んでるわ。これが人間の子なのね。自分の子といっしょに人間の子にミルクをやったオオカミなんているのかしら？」

「時おりそうしたことは耳にするが、おれの世代や群《む》れでは、聞いたことがない」父オオカミは言った。「この子はまったく毛がないな。この足でさわっただけで、死んでしまうだろう。だが、見てごらん、こっちを見てるが、ちっとも怯《おび》えたようすがない」

ふいに洞穴《ほらあな》の入り口からさしこんでいた月明かりがさえぎられ、シア・カーンが角ばった巨大《きょだい》な頭と肩《かた》を無理《むり》やり押《お》しこんできた。そのうしろで、タバキがキィキィさけんでいる。「ご主人さま、ご主人さま、ここに入っていったんです！」

「シア・カーンのお出ましとは」父オオカミは言ったが、その目には激《はげ》しい怒《いか》りがあった。「シア・カーンがなんの用だ？」

「おれのえものをとりにきた。人間の子がこっちへきただろう。親どもは逃《に》げていった。子どもをよこせ」

父オオカミが言ったとおり、シア・カーンは木こりのたき火に飛《と》びこんだせいで前足を火傷《やけど》し、痛《いた》みで怒《いか》り狂《くる》っていた。しかし、洞穴《ほらあな》の入り口はせまく、トラには通れない。今でさえ、シア・カーンの肩《かた》と前足は入り口につかえ、樽《たる》に入ろうともがいている人間のように身動きがとれなくなっている。

「われわれオオカミは自由の民《たみ》だ。群《む》れの長《おさ》の命令《めいれい》には従《したが》うが、しましまの家畜殺《かちくごろ》しの言うことなどきかん。人間の子はわれわれのものだ。殺すかどうか決めるのも、われわれだ」

「決めるとか決めないとか、いったいなんの話だ？　おれの殺《ころ》した雄牛《おうし》にかけて、きさまらの犬小屋にいつまでもこの首を突《つ》っこんでいられるか！　そいつは、おれがとうぜん手に入れてしかるべきえものだ。いいか、このおれ、シア・カーンさまがそう言っているんだぞ！」

トラの咆哮《ほうこう》が洞穴《ほらあな》にとどろいた。母オオカミは子どもたちをふりはらうと、前へ飛《と》び出《だ》した。そして、闇《やみ》に輝《かがや》く緑の月のようなふたつの目で、シア・カーンの怒《いか》りに燃《も》える目をひたと見すえた。

「それなら、このあたし、ラクシャが答えてやるわ。いい、三本足《ラングリ》、人間の子はあたしのものよ。首をつっこまないで！　殺《ころ》させはしない。この子はオオカミの群《む》れとともに走り、群れとともに狩《か》りをするようになる。そして、最後《さいご》には、いいかい、はだかの赤《あか》ん坊《ぼう》を狩《か》る、カエル食《ぐ》いのサカナ殺し、つまりシア・カーン、おまえを狩ることになるよ！さあ、わかったら出ておいき。あたしの殺した大ジカにかけて言うよ（あたしは飢《う》えた家《か》畜《ちく》なんて食べないからね）。母親のところへお帰り！　火傷《やけど》トラめ、生まれたときより悪くした足を引きずって、とっとといくんだね！」

父オオカミはあぜんとしてそのようすを見ていた。かつて五匹《ひき》の恋敵《こいがたき》と正々堂々《せいせいどうどう》と戦《たたか》い、彼女《かのじょ》を勝ち取ったときのことや、彼女が群《む》れとともに走り、〈悪魔《ラクシャ》〉という呼《よ》び名《な》が単《たん》なるおせじではなかったころのことを、忘《わす》れかけていたのだ。シア・カーンも、父オオカミとなら戦ったかもしれないが、母オオカミに向かっていく気はなかった。立ち位置《いち》からして向こうが有利《ゆうり》だし、死ぬまで戦う覚悟《かくご》なのはわかっていたからだ。しかたなく、シア・カーンは低《ひく》いうなり声をあげながらさがり、外に出ると、さけんだ。

「自分の庭でしか吠《ほ》えない犬め！　おまえの群《む》れが、人間の子を育てることについてなんて言うか、見ものだな。その子はおれのものだ。最後《さいご》には、おれの牙《きば》に迎《むか》えられることになる。ぼさぼさ尾《お》のぬすっとめ！」

母オオカミはあえぎながら、子どもたちのところにもどってからだを投げ出した。父オオカミは深刻《しんこく》な声で言った。

「シア・カーンが言ったことは、たしかに本当だ。この子を群《む》れに見せなきゃならん。それでも、この子を育てる気か？」

「育てる気かって！」母オオカミは息を呑《の》んだ。「この子ははだかでやってきたのよ。夜にひとりで、お腹《なか》をすかせて。なのに、ちっとも怯《おび》えていない！　ほら、もうあたしの子を押《お》しのけてるわ。それにあの三本足の殺《ころ》し屋《や》は赤《あか》ん坊《ぼう》を殺して、ワインガンガへ逃《に》げもどるつもりだったのよ。そうなったら、ここの村の人間たちが復讐《ふくしゅう》にやってきて、あたしたちの巣穴《すあな》を片《かた》っぱしから狩《か》りだしたでしょうね。この子を育てる気かって？　もちろん育てますとも。ほらじっとして、小さなカエルちゃん。そう、モウグリがいいわ。モウグリはカエルってことだからね。これからおまえのことをそう呼《よ》びましょう。シア・カーンがおまえを狩ったように、いつかおまえがシア・カーンを狩る日がくるわ」

「だが、群《む》れのみんなはなんと言うだろう？」父オオカミは言った。

ジャングルのおきてでは、オオカミはみな、結婚《けっこん》したら、一度群《む》れから抜《ぬ》けることになっている。しかし、子どもたちが自分の足で立てるようになったらすぐに、群れの集会に連《つ》れていかねばならない。集会はたいてい、月に一度満月《まんげつ》の夜に開かれる。そうやって、ほかのオオカミたちに子どもらの顔を覚《おぼ》えてもらうのだ。ひととおりお広めがすむと、子どもたちは自由に走り回れるようになる。彼《かれ》らが最初《さいしょ》の雄《お》ジカを殺《ころ》すまでは、大人のオオカミが子どもを殺すことは、どんな理由があろうと許《ゆる》されない。殺した者は見つかり次第《しだい》、殺される。ちょっと考えれば、とうぜんのおきてだとわかるはずだ。

父オオカミは子どもたちが少し走れるようになるまで待ち、集会の夜がくると、子どもたちとモウグリと母オオカミをつれて、〈集会の岩場〉へ向かった。丘《おか》のてっぺんにある集会の岩場は、石や大岩がゴロゴロしていて、ゆうに百匹《ぴき》のオオカミが姿《すがた》を隠《かく》すことができる。灰色《はいいろ》の独《ひと》りオオカミ、アケイラが、その力と抜《ぬ》け目《め》のなさで群《む》れをひきいている。アケイラは、自分の岩に長々《ながなが》と寝《ね》そべり、その下に、四十四かそれ以上《いじょう》のオオカミたちがひかえていた。大きさも色もまちまちで、たった一匹で雄《お》ジカを倒《たお》すアナグマのような褐色《かっしょく》の古つわものから、自分たちもそのくらいできると思いこんでいる黒毛の三年仔《ねんこ》までいる。独《ひと》りオオカミのアケイラは、もう一年のあいだ群《む》れをひきいていた。若《わか》いころ、オオカミ罠《わな》にかかったことが二回、殴《なぐ》られ、死んだと思われて捨《す》てられたことが一回ある。だから、人間のやり方や慣《なら》わしをよく知っているのだ。

集会の岩場では、みんなたいして話さず、子オオカミたちは、母親や父親たちの輪《わ》の真ん中で転げ回っていた。時おり年長のオオカミがそっと近づいていって、しげしげと子オオカミを眺《なが》め、また、足音ひとつ立てずにもどっていく。母親が子どもを月明かりの中に押《お》し出《だ》してやるときもある。見落とされては困《こま》るからだ。アケイラは自分の岩から大声でさけんでいた。「おきてはわかっているな。おきてはわかっているな。よく見よ、オオカミたち!」すると、心配性《しんぱいしょう》の母親たちがくりかえす。「見よ、よく見よ、オオカミたち!」

そしてついに、そのときがきた。母オオカミの首の毛が逆立《さかだ》った。父オオカミが、カエルのモウグリと呼《よ》んでいる子を真ん中へ押《お》し出《だ》す。モウグリはちょこんとすわり、笑《わら》いながら月光を反射《はんしゃ》して輝《かがや》いている小石で遊びはじめた。

アケイラは頭を前足の上においたまま、単調《たんちょう》な叫《さけ》びをくりかえした。「よく見よ！」すると、岩のうしろからくぐもったうなり声があがった。シア・カーンだ。「その子はおれのものだ。その子をおれによこせ。自由の民《たみ》が、人間の子などどうするというんだ？」アケイラは耳をピクリともさせなかった。そして、ただこう言った。「よく見よ、オオカミたち！　自由の民が、自由の民以外《いがい》の命令《めいれい》などきくと思うか？　よく見よ！」

低《ひく》いうなり声がいっせいにあがり、四年目を迎《むか》えた若《わか》オオカミが、シア・カーンの質問《しつもん》をアケイラにぶつけた。「自由の民《たみ》が、人間の子などどうするというんだ？」さて、ジャングルのおきてが定めるところでは、子どもを群《む》れに受け入れることに反対意見が出れば、両親以外《いがい》に少なくとも二匹以上《いじょう》、うしろ盾《だて》になる仲間《なかま》が必要《ひつよう》となる。

「この子のうしろ盾《だて》になる者はいないか？　自由の民《たみ》の中にいないか？」答えはなかった。母オオカミは、戦《たたか》いになれば、これが自分にとって最後《さいご》の戦いになることを覚悟《かくご》した。すると、オオカミ以外で唯一《ゆいいつ》群れの集会に出席《しゅっせき》を許《ゆる》されている動物が、うしろ足で立ち上がった。いつも眠《ねむ》たげにしているヒグマのバルーだ。バルーは子オオカミたちにジャングルのおきてを教えていた。彼《かれ》は好《す》きな場所を好きに行き来できる。なぜなら、木の実や根やハチミツしか食べないからだ。老バルーは低《ひく》い声で言った。

「人間の子――人間の子か？　では、わしがうしろ盾《だて》になろう。人間の子は害にはならん。わしは口は達者ではないが、真実しか語らぬ。人間の子を群《む》れとともに走らせ、仲間《なかま》に入れよ。教育は、わしがみずから授《さず》けよう」

「もう一匹必要《ひつよう》だ」アケイラが言った。「バルーがうしろ盾《だて》になった。彼《かれ》は、われらの子どもの師《し》だ。あともう一匹、名乗り出る者はいないか？」

黒い影《かげ》が、輪《わ》の中にスタッとおりたった。黒ヒョウのバギーラだ。全身真っ黒だが、光の加減《かげん》でヒョウの斑紋《はんもん》がシルクの波紋柄《はもんがら》のように浮かびあがる。バギーラを知らぬ者などいない。バギーラの前を横切る者はいない。なぜならバギーラは、タバキのように抜《ぬ》け目《め》なく、野生の水牛のように大胆《だいたん》で、傷《きず》を負ったゾウのようにむてっぽうだからだ。しかし、その声は、木からしたたる野生の蜜《みつ》のように甘《あま》く、毛皮は羽毛《うもう》よりもやわらかだった。

「おお、アケイラ、そして自由の民《たみ》よ」バギーラはのどを鳴らしながら言った。「おれには、この集会に出る権利《けんり》はない。しかし、ジャングルのおきてでは、新しく生まれた子を群《む》れに迎《むか》えるかどうか疑問《ぎもん》がある場合、それが殺《ころ》しに関係《かんけい》ないなら、その子の命を相当の代価《だいか》とひきかえに救《すく》えることになっている。さらに、その代価を払《はら》う者については、仲間《なかま》でなくてはならないという決まりはない。まちがいないな？」

「そうだ、そのとおりだ！」若《わか》いオオカミたちは吠《ほ》えた。彼《かれ》らはつねに腹《はら》をすかせているのだ。「バギーラの提案《ていあん》を呑《の》もう。相当の代価《だいか》とひきかえに、子どもの命はとらずにおこう。おきてなのだから」

「ここで発言する権利《けんり》がないことはわかっているから、許可《きょか》をもらいたい」

「許可《きょか》する」二十の声が言った。

「はだかの赤《あか》ん坊《ぼう》を殺《ころ》すのは、恥《は》ずべきことだ。それに、大きくなれば、きみたちのよき遊び相手になるだろう。バルーがうしろ盾《だて》を申し出た。その言葉に加《くわ》え、おれは一頭の太った雄牛《おうし》を差《さ》しだそう。殺《ころ》したばかりで、ここから数百メートルほどのところにある。人間の子を受け入れるなら、おきてにしたがい、それはきみたちのものだ。悪くない話だろう？」

数十匹《ぴき》がいっせいに声をあげた。「いいじゃないか。どうせ冬の雨で死ぬさ。じゃなきゃ、太陽に焼《や》かれて死ぬだけだ。はだかのカエル一匹など、なんの害《がい》にもなりゃしない。群《む》れと走らせてやれ。雄牛《おうし》はどこだ、バギーラ？　子どもは受け入れよう」すると、アケイラの太い声が響《ひび》いた。「よく見よ、よく見よ、オオカミたち！」

モウグリはあいかわらず小石にすっかり気をとられていた。だから、オオカミたちが一匹《ぴき》ずつきては、自分の顔をのぞきこんでいるのにも気づかなかった。やがてオオカミたちはみな、丘《おか》の下の雄牛《おうし》めがけて走り去り、アケイラとバギーラとバルー、そしてモウグリの家族だけが残《のこ》された。シア・カーンの声はまだ、夜の闇《やみ》に響《ひび》いていた。モウグリを手に入れられなかったので、心底腹《しんそこはら》を立てていたのだ。

「やれやれ、勝手に吠《ほ》えてろ」バギーラはひげの下でぼそりと言った。「そのときがきたら、別《べつ》の声で吠えることになるだろうさ、このはだかの赤《あか》ん坊《ぼう》のせいでな。おれは、人間ってものをよく知ってるんだ」

「よくやった」アケイラが言った。「人間と人間の子はかしこい。そのうち、役に立つだろう」

「そのとおりだ。いざというときに役に立つ。どんな者でも、群《む》れを永遠《えいえん》にひきいることなぞ、のぞめないからな」バギーラは言った。

アケイラはなにも言わなかった。あらゆる群《む》れのあらゆる長《おさ》にやってくるときのことを考えていたのだ。力はおとろえ、徐々《じょじょ》に弱くなり、最後《さいご》には仲間《なかま》のオオカミたちに殺《ころ》され、新しい長が誕生《たんじょう》する。その長もまた、いつかは殺されるのだ。

「その子をつれていけ」アケイラは父オオカミに言った。「そして、自由の民《たみ》にふさわしい者になるよう、育ててやれ」

こうして、モウグリは雄牛《おうし》一頭とバルーのとりなしによって、シオニーのオオカミの一員となったのだった。

さあ、ここからまるまる十年か十一年分ほど、話を進めることを許《ゆる》してほしい。そのあいだ、モウグリがオオカミたちとすごしたすばらしい日々については、想像《そうぞう》にまかせよう。それをすべて書こうとすると、本何冊分《なんさつぶん》にもなってしまう。モウグリは子オオカミたちとともに育ったが、とうぜん、彼《かれ》らが一人前のオオカミになっても、人間であるモウグリはまだ子どもだった。父オオカミはモウグリにオオカミのやり方を教え、ジャングルにおけるものごとの意味を説《と》いた。草むらの立てる音、吹《ふ》きぬけていくあたたかい夜風、頭上から聞こえるフクロウの鳴き声、コウモリが木にとまるときにつけるかぎ爪《づめ》のあと、池の小さな魚たちが跳《は》ねるときの水しぶき。そのすべてに、意味があった。働く人間にとって仕事のひとつひとつに意味があるのとおなじだ。そうしたことを学んでいないときは、陽《ひ》だまりにすわって眠《ねむ》り、食べてはまた眠った。からだが汚《よご》れたり暑いと思えば、森の池で泳いだ。ハチミツがほしければ(ハチミツや木の実は、生肉とおなじくらいおいしいと、バルーが教えてくれたのだ)、木にのぼってとった。木のぼりは、バギーラに教わった。バギーラは木の枝《えだ》に寝《ね》そべって、「おいで、小さな兄弟よ」と呼《よ》びかける。最初《さいしょ》モウグリは、ナマケモノみたいに木にしがみついていたが、そのうち、ハイイロザルのように大胆《だいたん》に、枝から枝へ飛《と》び移《うつ》れるようになった。

集会の岩場にも、集まりのときにすわる場所をもらった。そのうち、自分がじっと見つめると、どんなオオカミも目を伏《ふ》せてしまうことに気づいた。なので、おもしろ半分に彼《かれ》らと目を合わせた。また、友だちの足に刺《さ》さった長《なが》いトゲを抜《ぬ》いてやることもあった。オオカミにとって、トゲが刺さったり、毛にイガがくっついたりするのは、たまらなくつらいことなのだ。夜に丘《おか》のふもとの畑にいって、村の小屋にいる人間たちを興味《きょうみ》しんしんでながめることもあったが、人間のことは信用《しんよう》していなかった。バギーラに、落とし戸のついた四角いおりが、危《あや》うく足を踏《ふ》み入《い》れそうになるほどうまく隠《かく》してあるのを見せられ、これは罠《わな》だと教わったからだ。モウグリはなによりもバギーラと暗くあたたかい森の奥《おく》へわけいっていくのが好《す》きだった。眠気《ねむけ》を誘《さそ》う昼のあいだはずっと眠り、夜になると、バギーラの狩《か》りのようすを見せてもらった。バギーラは腹《はら》がへれば、どこでも狩りをした。

モウグリもおなじだったが、ひとつだけ例外《れいがい》があった。もののわかる歳《とし》になると、バギーラに決して牛には手を出すなと言われたのだ。モウグリは雄牛《おうし》一頭とひきかえに群《む》れに受け入れられたからだ。「ジャングルはすべておまえのものだ。おまえにそれだけの力があれば、なにを殺《ころ》してもいい。だが、おまえの命の代価《だいか》となった雄牛にむくいるために、子牛だろうと老牛《ろうぎゅう》だろうと、牛だけは殺したり食ったりしてはならん。それがジャングルのおきてだ」モウグリはそれを忠実《ちゅうじつ》に守った。

モウグリは大きくなり、力も強くなった。男の子というものは、自分がいろいろ学んでいることなど自覚《じかく》しないし、食べることしか頭にない。モウグリもおなじだった。

母オオカミは一度か二度ほど、シア・カーンを信用《しんよう》してはならないとモウグリに話して聞かせた。そして、おまえはいつかシア・カーンを殺《ころ》さなければならないよ、と言うのだった。しかし、若《わか》いオオカミなら、そうした助言を忘《わす》れることは決してないが、モウグリは人間の子だ。すぐに忘れてしまった。まあ、本人は人間の言葉をしゃべれれば、自分は人間ではなくオオカミだと言っただろうが。

シア・カーンとはしょっちゅう、ジャングルで出くわした。アケイラが年とって、弱くなるにつれ、三本足のトラは群《む》れの若《わか》いオオカミたちとつるむようになり、若いオオカミたちはトラについてまわっておこぼれをちょうだいするようになった。アケイラが長《おさ》としてきちんと力をふるっていれば、そんなことは決して許《ゆる》さなかっただろう。やがてシア・カーンは若いオオカミたちにとりいり、彼《かれ》らのような立派《りっぱ》なハンターが死にぞこないのオオカミと人間の子どもなんぞに従《したが》っているのがふしぎだと言い出した。「聞いたところじゃ、集会できみたちは人間の子の目を見られないそうじゃないか」若いオオカミたちはそれを聞いてうなり、毛を逆立《さかだ》てるのだった。

あらゆるものに目を光らせ、耳をそばだてているバギーラは、それにうすうす気づき、一度か二度モウグリにも、シア・カーンがいつかおまえを殺《ころ》すと言っていると話した。しかし、言葉を尽《つ》くして説明《せつめい》しても、モウグリは笑《わら》って、こう言うのだった。「ぼくには群《む》れのみんなもいるし、あなたもいる。それに、バルーもね。バルーがいくらめんどくさがりだとしたって、ぼくのために一発か二発は食《く》らわしてくれるだろ。怖《こわ》がる必要《ひつよう》なんてないさ」

バギーラに新しい考えが浮《う》かんだのは、ひどく暑い日だった。つい最近耳にしたことから、ふっと思いついたのだ。ヤマアラシのサヒに聞いたのかもしれない。ジャングルの奥《おく》深《ふか》くで、自分の美しい黒いからだに頭をのせているモウグリに向かって、バギーラは言った。「小さな兄弟よ、シア・カーンはおまえの敵《てき》だと、おまえに何度教えた?」

「あの木になってるヤシの実くらい何度も」モウグリは、もちろん数を数えることはできなかった。「だからなに? ぼくは眠《ねむ》いんだよ、バギーラ。それに、シア・カーンなんてしっぽが長《なが》くて、でかい口をたたくだけじゃないか。クジャクのマオみたいに」

「いいか、眠《ねむ》ってる場合じゃないぞ。バルーはわかってる。おれもわかってる。オオカミたちもわかってる。バカなシカだってわかってる。タバキにだって、言われただろう」

「ハ、ハ! このあいだもタバキがきて、ぼくははだかの人間の子で、根っこも掘《ほ》れないとか失礼《しつれい》なことを抜《ぬ》かしたから、しっぽをつかまえて、ヤシの木に二回、たたきつけてやったんだ。礼儀《れいぎ》ってものを教えるためにね」

「おろかなことをしたもんだ。タバキはああやって悪口ばかり言い回っているが、おまえにとって大切なことも話してくれたかもしれないんだぞ。その目を開いとけ、小さな兄弟よ。シア・カーンはジャングルではおまえを殺《ころ》そうとはしないだろう。だが、忘《わす》れるな、アケイラは年をとっている。すぐに、雄《お》ジカをしとめそこなう日がくる。そうなれば、もう群《む》れの長《おさ》ではなくなる。おまえが最初《さいしょ》に連《つ》れてこられた集会で、おまえのことを認《みと》めたオオカミたちも、年をとってきている。若《わか》いオオカミたちは、シア・カーンの口車《くちぐるま》にのせられて、群れに人間の子どもの居場所《いばしょ》はないと信《しん》じこんでいる。そして、おまえが一人前の人間になるのも、もうすぐだ」

「大人になって兄弟たちと走ることができなくなるなんて、いやだ。ぼくはジャングルで生まれた。ジャングルのおきても守ってきた。群《む》れのオオカミで、ぼくに足に刺《さ》さったトゲを抜《ぬ》いてもらったことのないやつはいない。兄弟にきまってるだろ！」

バギーラは全身をぐっと伸《の》ばすと、目を半分とじた。「小さな兄弟よ、おれのあごの下にさわってごらん」

モウグリはたくましい茶色の手をバギーラのすべすべしたあごの下にやった。巨大《きょだい》な筋肉《きんにく》が、つやつやした毛の下でうねっている。が、ぽつんと毛のない部分に触《ふ》れた。

「このバギーラにその印《しるし》があることを知っている者は、ジャングルにはいない。それは首輪《くびわ》のあとだ。そうだ、小さな兄弟、おれは人間たちのもとで生まれたのだ。母親が死んだのも、人間たちのところだった。ウダイプルの宮殿《きゅうでん》のおりの中でな。これがあるからこそ、おれはあの集会で、まだ小さなはだかの赤《あか》ん坊《ぼう》だったおまえの代価《だいか》を払《はら》ったんだ。そうさ、おれも人間のもとで生まれた。ジャングルを見たことがなかったんだ。人間たちはおりのあいだから鉄の鉢《はち》をさしいれ、おれに餌《えさ》をあたえた。しかしある夜、おれは自分がバギーラだと、黒ヒョウだと感じたんだ。人間のオモチャなどではないとな。そして、この前足をひとふりしてバカげた錠《じょう》をこわし、逃《に》げ出《だ》した。人間のやり方を知っていたからこそ、おれはジャングルでシア・カーン以上《いじょう》に恐《おそ》れられる存在《そんざい》になれたんだ。そうじゃないか？」

「そうだね。ジャングルじゅうがバギーラを怖《おそ》れてる。このモウグリ以外《いがい》」

「ああ、おまえは人間の子だからな」黒ヒョウはやさしく言った。「このおれもジャングルにもどったのだから、おまえも最後《さいご》には人間のところへもどらなければならない。おまえの兄弟である人間のところへな。だが、集会で殺《ころ》されなければ、の話だ」

「でもなぜ？　どうして、ぼくを殺《ころ》したがるの？」モウグリは言った。

「おれを見ろ」バギーラに言われ、モウグリはバギーラの目をじっと見つめた。三十秒もたたないうちに、巨大《きょだい》なヒョウは顔をそむけた。

「これが理由さ」バギーラは前足で落ちつかなげに落ち葉を踏《ふ》んだ。「このおれさえ、おまえの目を見ることはできない。人間のところで生まれ、おまえを愛《あい》してるおれでもな。ほかの者がおまえをにくむのは、おまえと目を合わせられないからだ。おまえがかしこくて、足のトゲを抜《ぬ》いてやったからだ。つまり、おまえが人間だからなんだよ」

「そんなの、知らなかったよ」モウグリはむくれて言った。そして、太い黒い眉《まゆ》をひそめた。

「ジャングルのおきてにあるだろう？　吠《ほ》える前にまず襲《おそ》え、とな。おまえの軽《かる》はずみなところを見ていると、いやでも人間だと思い知らされる。もっとかしこくなれ。おれが思うに、アケイラが次の狩《か》りで失敗《しっぱい》したら、群《む》れはアケイラにそむき、おまえに背《せ》を向けるだろう。いいか、アケイラは狩りをするごとに、雄《お》ジカを押《お》さえつけるのに苦労《くろう》するようになっている。そうなれば、群れは集会を開く。そうしたら、いいかそのときは——わかったぞ！」バギーラは飛《と》びおきた。「急いで谷の人間の小屋へいってこい。そして、人間たちが育てているあの赤い花をとってくるんだ。そうすれば、いよいよというときに、強力な味方になるだろう。おれや、バルーや、おまえを愛《あい》しているオオカミたちよりもな。さあ、赤い花をとってこい」

バギーラが赤い花と言っているのは、火のことだった。ジャングルには、火をそのままの名で呼《よ》ぶ者はいない。動物たちはみな、火を死ぬほど怖《おそ》れ、別《べつ》の呼び名を百通りほども生み出していた。

「赤い花？　たそがれどきに人間の小屋の外に咲《さ》くやつでしょ。とってくるよ」

「さすが人間の子だ」バギーラは誇《ほこ》らしげに言った。「いいか、小さな器《うつわ》の中に生えてるから。大急ぎでとってこい。そして、必要《ひつよう》なときがくるまで、とっておくんだ」

「わかったよ。いってくる。でも、ねえ、大好《だいす》きなバギーラ」モウグリは黒ヒョウの立《りっ》派《ぱ》な首に腕《うで》を回し、大きな目をのぞきこんだ。「まちがいないんだよね。今回のことはぜんぶ、シア・カーンのしわざだってことはまちがいないよね？」

「おれを自由にしたこわれた錠前《じょうまえ》にかけて、まちがいないさ、小さな兄弟よ」

「そういうことなら、ぼくの代価《だいか》になった雄牛《おうし》にかけて、シア・カーンにはたっぷり礼をしてやる。たっぷりすぎるくらいにね」そしてモウグリは飛《と》ぶように走っていった。

「やはり人間だ。やっぱり人間なのだな」バギーラはつぶやき、また寝《ね》そべった。「さあ、シア・カーン、おまえの十年前のカエル狩《が》りは、思わぬ不運《ふうん》をもたらすことになりそうだぞ」

モウグリは森の中をどんどん走っていった。懸命《けんめい》に走り、胸《むね》がカアッと熱《あつ》くなる。夕方の霧《きり》が出てくるころには、洞穴《ほらあな》についていた。息を吸《す》いこみ、谷を見下ろす。子オオカミたちは出かけていたが、洞穴の奥《おく》にいた母オオカミはモウグリの息遣《いきづか》いから、大切なカエルっ子の身になにかおきたのだと気づいた。

「息子《むすこ》よ、どうしたの?」

「ちょっとシア・カーンのことを話してただけさ。今夜は、人間の畑で狩《か》りをするんだそして、しげみを抜《ぬ》けて、一気に谷底《たにぞこ》の川までくだっていった。だが、そこではっと足をとめた。群《む》れの狩りの声が聞こえてきたからだ。それから、水鹿《サンバー》の鳴き声がした。続いて、追いつめられて反撃《はんげき》するときの鼻息。すると、若《わか》いオオカミたちが意地悪く口々にさけぶのが聞こえた。「アケイラ、アケイラ、独《ひと》りオオカミのお手並《てな》み拝見《はいけん》といこう。群れの長《おさ》に場所をあけろ! 飛《と》びかかれ、アケイラ!」

独《ひと》りオオカミはサンバーに飛《と》びかかり、逃《のが》したのにちがいなかった。なぜなら、彼《かれ》の牙《きば》が空《くう》を嚙《か》む音が聞こえ、それからギャッという悲鳴が響《ひび》いてきたからだ。サンバーの前足で蹴《け》られたのだ。

モウグリはそれ以上《いじょう》待たずに、そのまま走りつづけた。やがて鳴き声が遠のき、村人たちが暮《く》らしている耕《たがや》された土地に出た。

「バギーラの言うとおりだった」モウグリはハアハアと息をつきながら、小屋の窓《まど》のそばに積《つ》まれた飼葉《かいば》の中にもぐりこんだ。「明日は、ぼくとアケイラにとって運命の日になる」

窓《まど》に顔を押《お》しつけると、炉《ろ》の火が見えた。農夫《のうふ》のおかみさんは夜じゅう、立ちあがっては、火に黒いかたまりを食べさせていた。やがて朝がきて、霧《きり》が白く冷《つめ》たくなると、農夫の子どもが、内側《うちがわ》を土でぬり固《かた》めた籐《とう》のつぼに真っ赤に熱《ねっ》した炭を入れ、毛布《もうふ》につつんで、家畜《かちく》小屋の牛たちの世話をしに外へ出てきた。

「あれだけか？　子どもにできるなら、こわがることはないな」そして、モウグリは家の角《かど》を回っていって、向こうからやってきた少年とはち合わせると、つぼを奪《うば》いとり、恐《きょう》怖《ふ》でわめいている少年を残《のこ》して、霧《きり》の中に姿《すがた》を消した。

「人間はぼくにそっくりだな」モウグリは、さっき見た女の人がやっていたように、つぼの中にフウッと息を吹《ふ》きこんだ。「こいつに食べ物をやらないと、死んでしまう」モウグリは、小枝《こえだ》や乾《かわ》いた木の皮を赤いものの上に落としてやった。丘《おか》を半分のぼったところで、バギーラに会った。毛についた朝露《あさつゆ》が、月長石《ムーンストーン》のように青白く輝《かがや》いていた。

「アケイラは狩《か》りに失敗《しっぱい》したぞ。本当だったら、昨日《きのう》の夜に殺《ころ》されていたところだが、連中《れんちゅう》はおまえもいっしょに呼《よ》びだすと言って、ずっと山を探《さが》している」

「人間の畑にいたんだよ。用意はできたよ。ほら！」モウグリは火の入ったつぼを持ちあげて見せた。

「よくやった！　人間がこいつの中に乾《かわ》いた枝《えだ》を突《つ》っこんでいるのを見たことがある。そうすると、枝の先に赤い花が咲《さ》くんだ。おまえは怖《こわ》くないのか？」

「怖《こわ》くないよ。どうして怖がるのさ？　思い出したよ。あれが夢《ゆめ》じゃないなら、ぼくはオオカミになるまえ、赤い花の横で寝《ね》てたんだ。あたたかくて、心地《ここち》よかったよ」

その日一日じゅう、モウグリは洞穴《ほらあな》の中にすわって火の世話をし、乾《かわ》いた枝《えだ》をさしこんでは、ようすをたしかめた。そして、ようやく満足《まんぞく》のいく枝を見つけた。

日がくれると、タバキがやってきて、ぞんざいな口調《くちょう》で集会の岩場にこいと言った。しかし、モウグリがゲラゲラ笑《わら》うと、しっぽを巻《ま》いて逃《に》げていった。そのまま笑いながら、モウグリは集会の岩場へ向かった。

独《ひと》りオオカミのアケイラは、自分のものだった岩のわきに寝《ね》そべっていた。群《む》れの長《おさ》の座《ざ》は明《あ》け渡《わた》されたということだ。そして、シア・カーンが、こびへつらう残飯《ざんぱん》食《ぐ》らいのオオカミたちをしたがえ、我が物顔でいったりきたりしていた。バギーラはモウグリにぴたりと身をよせて横たわり、モウグリは火のつぼを両ひざにはさんだ。全員が集まると、シア・カーンがしゃべりはじめた。アケイラが全盛《ぜんせい》だったころなら、けっしてこんなことはなかっただろう。

「やつに権利《けんり》はない」バギーラがささやいた。「そう言ってやれ。やつはこしぬけだ。きっと怯《おび》えるぞ」

モウグリはぱっと立ち上がった。「自由の民《たみ》よ。この群《む》れをひきいているのは、シア・カーンなのか？　ぼくたちの長《おさ》のことに、トラがどうして口出しするんだ？」

「長《おさ》の座《ざ》がまだあいているようなので、たのまれたのだ――」シア・カーンは言いかけた。

「だれにだ？」モウグリは言った。「ぼくたちはジャッカルなのか？　こんな家畜殺《かちくごろ》しにへつらうなんて？　オオカミの群《む》れの長《おさ》は、オオカミだけで決める」

あちこちから声があがった。「だまれ、人間の子！」「人間の子に話させろ。そいつはわれわれのおきてを守ってきた」すると、ついに群《む》れの長老《ちょうろう》たちが大声で言った。「死にオオカミに話させろ」群れの長《おさ》は狩《か》りに失敗《しっぱい》すると、死ぬまで〈死にオオカミ〉と呼《よ》ばれるようになる。そして、そう呼ばれる期間は長くない。

アケイラが老《お》いた頭をのろのろとあげた。

「自由の民《たみ》よ。そして、シア・カーンの手下のジャッカルども。おれはいくつもの季節《きせつ》が巡《めぐ》るあいだ、おまえたちをひきいて狩《か》りをしてきた。そのあいだ、だれひとり罠《わな》にかかった者も、大ケガをした者もいなかったはずだ。今回、おれは狩りに失敗《しっぱい》した。それが、仕組まれたものであることはおまえたちもわかっている。わざと、まだ傷《きず》ひとつ負っていない雄《お》ジカに向かわせ、おれが弱っていることを白日《はくじつ》のもとにさらしたのだ。うまくやったものだ。さあ、おまえたちには、この集会の岩場でおれを殺《ころ》す権利《けんり》がある。ゆえに、たずねようではないか。だれがこの独《ひと》りオオカミにとどめを刺《さ》す？　ジャングルのおきてによれば、おれは一匹《ぴき》ずつ、相手にできるはずだからな」

長いあいだ、だれも口をきかなかった。アケイラと生死をかけた戦《たたか》いをしようなどという者はいなかったのだ。すると、シア・カーンが吠《ほ》えた。「バカどもめ！　こんな歯なしの愚《おろ》か者など、ほうっておけばいい。どうせ死ぬ運命だ！　長く生きすぎているのは、人間の子のほうだ。自由の民《たみ》よ、こいつは最初《さいしょ》からおれのものだった。やつを返せ。オオカミ人間野郎《やろう》にはうんざりだ。十年のあいだ、やつはジャングルでさんざん問題を起こしてきた。人間の子を返せ。さもないと、おれはこれからもずっとここで狩《か》りをし、おまえたちには骨《ほね》一本、分けてやらないぞ。こいつは人間だ、人間の子どもなんだ。そしておれは、骨の髄《ずい》からこいつを憎《にく》んでいるんだ！」

すると、群《む》れの半分以上《いじょう》のオオカミがさけんだ。「人間だ！　人間だ！　人間がおれたちになんの関係《かんけい》があるというんだ？　人間は人間のところへ返せばいい」

「そして、村の人間どもを敵《てき》に回すのか？」シア・カーンはどなった。「だめだ。やつをおれによこせ。やつは人間だ。だれも、こいつの目を見ることはできないじゃないか」

アケイラがふたたび頭をあげて、言った。「彼《かれ》はわれわれの食べ物を食べてきた。われわれとともに眠《ねむ》り、われわれのためにえものを駆《か》りだした。ジャングルのおきてもなにひとつ、破《やぶ》ってはいない」

「それに、彼《かれ》の代価《だいか》はおれが支払《しはら》った。それによって受け入れられたのだ。雄牛《おうし》にはたいした価値《かち》はないが、バギーラの名誉《めいよ》のほうはそうはいかん。そのためなら、戦《たたか》いも辞《じ》さないぞ」バギーラがおそろしいほどおだやかな声で言った。

「雄牛《おうし》など十年前の話だ！　十年前の骨《ほね》など、どうでもいい！」オオカミたちはさけんだ。

「ほう、誓《ちか》いもか？」バギーラは白い牙《きば》をむき出した。「それで、自由の民《たみ》を名乗っているとはな！」

「人間の子どもが、ジャングルの民《たみ》と走ることなど許《ゆる》さん。やつをおれによこせ！」シア・カーンが吠《ほ》えた。

「彼《かれ》はわれわれの兄弟だ。たとえ血はちがってもな」アケイラが言った。「なのに、ここで殺《ころ》そうというのか！　実際《じっさい》、おれは長く生きすぎた。おまえたちの中には、家畜《かちく》食いもいれば、夜の闇《やみ》にまぎれて、村から人間の子をさらっている者さえいるときく。ここにいるシア・カーンに入《い》れ知恵《ぢえ》されてな。おれに言わせれば、おまえたちなど憶病者《おくびょうもの》だ。その憶病者どもに言う。おれが死ぬことは、もう決まっている。おれの命など、もはやなんの価値《かち》もない。そうでなければ、人間の子のためにこの命を差《さ》し出《だ》していただろう。そのかわり、ひとつ、小さな約束《やくそく》をしよう。群《む》れの名誉《めいよ》にかけてな。といっても、長《おさ》がいないために、名誉などすっかり忘《わす》れられているようだが。いいか、もしおまえたちが人間の子を元いた場所へ返すなら、おれは死ぬときがきても、おまえたちには牙《きば》をむかずにおこう。少なくとも、それで三匹《びき》の命が助かるはずだ。今のおれにできるのは、それだけだ。同意すれば、おまえたちはなんの過《あやま》ちもない兄弟を殺すという恥《は》ずべき行為《こうい》をせずにすむ。ジャングルのおきてにしたがってうしろ盾《だて》を得《え》て、受け入れられた兄弟をな」

「そいつは人間だ、人間だ、人間なんだ！」オオカミたちは牙《きば》をむいた。群《む》れのほとんどは、シア・カーンのまわりに集まりはじめていた。シア・カーンはしっぽをふりまわした。

「さあ、あとはおまえ次第《しだい》だ」バギーラがモウグリに言った。「もう戦《たたか》うしかない」

モウグリはすっくと立ちあがった。その手には、火のつぼが抱《かか》えられていた。それから、そのまま両手をうーんと伸《の》ばし、集まった者たちの面前であくびをして見せた。でも本当は、怒《いか》りと悲しみでどうにかなりそうだった。オオカミたちはオオカミのやり方にならい、これまで彼《かれ》のことを憎《にく》んでいるなど、口に出したこともなかったのだ。「いいか、聞け！」モウグリは大声で言った。「犬どものおしゃべりはもうたくさんだ。おまえたちは今夜、何度もぼくのことを人間呼《よ》ばわりした。本当は、死ぬまでおまえたちといっしょにオオカミでいるつもりだったのに、あまり何度も言われたから、そのとおりだという気がしてきたよ。だからもう、おまえたちのことを兄弟なんて呼ばない。人間たちが言うように、〈サグ〉って、犬っころって、呼んでやる。おまえたちには、どうするとかしないとか、言う権利《けんり》はない。決めるのはぼくだ。もっと単純《たんじゅん》にわからせてやる。いいか、ぼくは人間で、ちょっとばかし赤い花を持ってきた。おまえたちは犬で、それを怖《おそ》れてる」

そう言ってモウグリは火のつぼを地面に投げつけた。真っ赤になった炭が乾《かわ》いた苔《こけ》に火をつけ、たちまち燃《も》えあがる。めらめらと燃える炎《ほのお》を前に、動物たちは恐怖《きょうふ》であとずさった。

モウグリは枯《か》れ枝《えだ》をさしいれ、火がついてパチパチと燃《も》えはじめると、頭上でふりまわした。オオカミたちは縮《ちぢ》こまった。

「主《あるじ》はおまえだ」バギーラが小声で言った。「アケイラを助けてやれ、彼《かれ》はずっとおまえの友だちだった」

これまで一歩もゆずらず、情《なさ》けなど乞《こ》うたことのない老《ろう》オオカミが、哀《あわ》れな目でモウグリを見た。なにも身につけず、長い黒髪《くろかみ》だけを肩《かた》まで垂《た》らした少年は、燃《も》えあがる枝《えだ》の投げかける光の中にすっと立ち、そのまわりで影《かげ》たちがゆれ、躍《おど》りまわった。

「いいだろう!」モウグリはゆっくりとまわりを見回した。「おまえたちが犬っころだということはよくわかった。ぼくは、自分の仲間《なかま》のところへもどる。彼《かれ》らが本当に仲間だっていうならな。ジャングルはもうぼくを受け入れてくれないんだ。おまえたちが仲間だったことや、おまえたちの言ったことは忘《わす》れなきゃならない。でも、おまえたちよりもぼくのほうがずっと寛大《かんだい》だぞ。おまえたちとはおなじ血の兄弟同然だった。だから、人間のところにもどって人間になっても、おまえたちとちがって、ぼくはおまえたちのことを裏切《うらぎ》ったりはしない」モウグリは火を蹴《け》った。火花が舞《ま》いあがった。「ぼくとおまえたちのあいだで、争《あらそ》いが起こることはないだろう。でも、いく前に、ひとつ返さなきゃならない借《か》りがある」そう言ってモウグリは、ほうけたように目をぱちぱちさせて炎《ほのお》を見つめているシア・カーンのところまでいった。そして、トラのあごの毛をぐいとひっつかんだ。万が一のときのために、バギーラもモウグリのうしろにひかえていた。「立て、こしぬけ！人間に言われたら、立つんだ。じゃなきゃ、その毛皮に火をつけてやるぞ！」

シア・カーンは耳をぴたりとねかせ、ぎゅっと目を閉《と》じた。燃《も》えさかる枝《えだ》がすぐそばまできたからだ。

「この家畜《かちく》食いは、集会でぼくを殺《ころ》すとのたまった。ぼくが子どものときに殺せなかったからだと。なるほど、そういうときは、ぼくたち人間は犬をたたくんだ。いいか、三本足《ラングリ》、ひげを一本でも震《ふる》わせてみろ、赤い花をおまえののどに突《つ》っこんでやる！」モウグリが枝《えだ》でシア・カーンの頭を殴《なぐ》ると、トラは恐怖《きょうふ》のあまり情《なさ》けない声でヒィヒィわめいた。

「ちぇっ！　黒焦《くろこ》げのジャングルネコめ！　もういけ！　だが、いいか、次にぼくが人間としてこの集会の岩場にくるときは、シア・カーンの皮を頭にかぶってくるからな。それから、いいか、アケイラは好《す》きなように暮《く》らす。アケイラには手を出すな。これはぼくの命令《めいれい》だ。さあ、もうこれ以上《いじょう》、なにも関係ないような顔をして舌《した》を垂《た》らしてすわってるんじゃない。おまえたちは犬だ、ぼくが追いはらってやる。こうやってな！　いっちまえ！」

枝《えだ》の先の火はますます燃《も》えあがり、モウグリは群《む》れの輪《わ》を、右へ左へとうちまくった。火《ひ》の粉《こ》に毛を焼《や》かれたオオカミたちは、わめきながら逃《に》げ出《だ》した。そして、とうとうアケイラとバギーラ、それからモウグリの味方をした十匹《ぴき》ほどのオオカミだけになった。すると、モウグリのからだの中でなにかがうずきはじめた。これまで感じたことのない痛《いた》みに、モウグリはしゃくりあげ、やがてわあわあ泣《な》きだし、涙《なみだ》をぼろぼろこぼした。

「ねえ、なに？　どういうことなの？　ぼくはジャングルを離《はな》れたくない。これはなに？　ぼくは死ぬの、バギーラ？」

「だいじょうぶだ、兄弟。それはただの涙《なみだ》だ。人間たちが使うものだ」バギーラは言った。「さあ、もうおまえは一人前の人間で、もはや子どもではないことがわかった。おまえが言ったとおり、これからはもう、ジャングルはおまえのことを受け入れてはくれない。ほら、モウグリ、流れるままに任《まか》せろ。ただの涙だから」そこでモウグリは、胸《むね》がはりさけんばかりの勢《いきお》いで泣《な》きつづけた。生まれたときから一度も泣いたことはなかったのに。

「じゃあ、ぼくは人間のところへいくよ。でも、先に母さんにさよならを言わなきゃ」

モウグリは、母オオカミと父オオカミが住んでいる洞穴《ほらあな》までいった。そして、母オオカミの毛に顔を埋《うず》めて泣《な》き、四匹《ひき》の兄弟たちは悲しそうに遠吠《とおぼ》えをした。

「ぼくのこと、忘《わす》れないよね？」モウグリは言った。

「おまえの跡《あと》をたどれるあいだは忘《わす》れないよ。人間になっても、丘《おか》のふもとまでもどってこいよ。そしたら、話せるだろ。おれたちも、畑のあるところまで遊びにいくさ。夜にね」

「すぐにこい」父オオカミは言った。「チビのかしこいカエルっ子、またすぐにくるんだぞ。歳《とし》だからな、おれも母さんも」

「すぐにおいで」母オオカミも言った。「はだかんぼうの小さな息子《むすこ》、いいかい、人間の子、あたしはおまえのことをだれよりも愛《あい》していたんだよ」

「ぜったいにもどってくるよ。そしてそのときは、シア・カーンの毛皮を集会の岩場に広げてやるんだ。ぼくのことを忘《わす》れないで。ジャングルのみんなにも、忘れないように言って！」

夜が徐々《じょじょ》に明けるころ、モウグリはひとりで丘《おか》をおりていった。人間と呼《よ》ばれる、ふしぎな生き物たちのところへいくために。

シオニーの群《む》れの狩《か》りの歌

夜が明けはじめるころ、響《ひび》くサンバーの声
　一回、二回、ほら、また！
サンバーが跳《は》ねる、跳ねる
森の池、サンバーたちの水飲み場で
おれはようすをうかがう、一匹《ぴき》でじっと
　一回、二回、ほら、また！

夜が明けはじめるころ、響《ひび》くサンバーの声
　一回、二回、ほら、また！
オオカミが足音をしのばせ、足音をしのばせ
知らせを持って、群《む》れにもどる

おれたちはえものを探《さが》し、見つけ、吠《ほ》える
　一回、二回、ほら、また！
夜が明けはじめるころ、さけぶオオカミの群《む》れ
　一回、二回、ほら、また！
足はジャングルに跡《あと》ひとつ残《のこ》さず、
目は、どんな闇《やみ》でも見すかし、
舌は、そう、舌はにおいをかぎつけ、吠《ほ》える、いけ、さあ、いけ！
　一回、二回、ほら、また！

カーの狩《か》り

斑紋《はんもん》はヒョウの喜《よろこ》び　角《つの》は水牛の誇《ほこ》り

いつもきれいにしろ、ハンターの力は毛の輝《かがや》きでわかるもの
雄牛《おうし》が突《つ》き飛《と》ばし、しかめ面《つら》のサンバーが角で突《つ》くと知っても
わざわざ忠告《ちゅうこく》する必要《ひつよう》はない、そんなことは十《とお》の季節《きせつ》が巡《めぐ》る前から知っている
見知らぬ動物の子に手を出すな、兄弟、姉妹のようにあいさつしろ
たとえ小さく、ずんぐりむっくりでも、母親がクマかもしれん
「おれにかなうものはいない！」最初《さいしょ》の狩《か》りで子はいばる
だがジャングルは広く、子は小さい。身のほどをわきまえさせろ。

バルーの格言《かくげん》より

これから語ることはすべて、モウグリがシオニーのオオカミの群《む》れから追い出され、トラのシア・カーンに復讐《ふくしゅう》を果《は》たすまえの話だ。そのころ、モウグリはバルーにジャングルのおきてを教わっていた。大きくてまじめで年とったヒグマは、かしこい生徒《せいと》を持って大《おお》喜《よろこ》びだった。若《わか》いオオカミは、自分たちの群《む》れや種族《しゅぞく》に関係《かんけい》のあるおきてしか学ぼうとしない。狩《か》りの詩を暗唱《あんしょう》できるようになると、とっとと逃《に》げていく。「音を立てぬ足、闇《やみ》でも見える目、巣穴《すあな》でも風音を聞きつける耳、鋭《するど》く白い牙《きば》、それらはすべて、われらが兄弟の印《しるし》。ただし、憎《にく》むべきジャッカルのタバキとハイエナは別《べつ》」しかし、モウグリは人間の子だったので、それよりはるかに多くのことを学ばなければならなかった。時には黒ヒョウのバギーラも、お気に入りの人間の子のようすを見に、ジャングルをぶらぶらとやってきた。そして、木に頭をもたせかけ、のどをゴロゴロ鳴らしながら、モウグリがその日に勉強したことをくりかえすさまをながめるのだった。

少年は木にものぼれたし、木のぼりとおなじくらい泳ぎもうまく、泳ぎとおなじくらい走るのも得意《とくい》だった。だから、おきての師《し》であるバルーは、モウグリに森と水のおきて、両方を教えた。しっかりした枝《えだ》と腐《くさ》った枝の見分け方、地上十五メートルで野生ミツバチの巣にでくわしたときのていねいな話し方、昼間に木の枝で休んでいるコウモリのマンをじゃましてしまったときの謝《あやま》り方、水ヘビのいる池に飛《と》びこむ前にかける言葉。ジャングルの民《たみ》はじゃまをされるのを嫌《きら》うし、じゃまをされればすぐさま飛びかかってくる。そのほかにも、よそで狩りをするときの言葉も教わった。ジャングルの民がよその狩場《かりば》で狩りをするときは必《かなら》ず、返事があるまでこれを大声でくりかえさなければならない。人間の言葉に訳《やく》せば、こんな意味だ。「空腹《くうふく》なる者に、ここで狩る許《ゆる》しを」それに対する答えはこうだった。「ならば、腹《はら》を満《み》たすために狩れ。たわむれの狩りは許さぬ」

これだけでも、モウグリがどれだけのことを暗記しなければならなかったか、わかると思う。おなじことを百回以上《いじょう》くりかえしているうちに、モウグリはすっかりうんざりしてしまった。だが、バルーはバギーラに言った。平手打ちを食《く》らったモウグリが、怒《おこ》って逃《に》げ出《だ》した日のことだ。「人間の子は人間の子だ。人間の子はジャングルのおきてをすべて学ばねばならん」

「だが、まだ幼いんだぞ」黒ヒョウは言った。もしバギーラが好《す》きなようにしていたら、モウグリをすっかり甘《あま》やかしたにちがいない。「あんな小さい頭で、おまえの長話をぜんぶ覚《おぼ》えられるわけがないだろう」

「ジャングルに、幼いからといって殺《ころ》されずにすむ者などいるか？　いない。だから、わしはああしたことをあの子に教えているんだ。だから、忘《わす》れれば、殴《なぐ》りもする。ごくやさしくな」

「やさしくだと！　あれがやさしいっていうのか、鉄拳《てっけん》じじいめ！」バギーラはうめいた。「今日のあの子の顔はあざだらけだぞ、おまえの——おまえのやさしさとやらのせいでな。まったく」

「あの子を愛《あい》しているわしに殴《なぐ》られて全身あざだらけになるほうがよほどましだ。なにも知らないせいで、おそろしい目にあうよりはな」バルーは真剣《しんけん》な顔で言った。「わしが今、教えているのは、ジャングルの〈合言葉〉だ。これさえ知ってれば、鳥たちからも、ヘビ族からも、四本の足で狩《か》りをする者たちからも、危害をうけることはない——あの子の群《む》れだけは別《べつ》だがな。合言葉を覚《おぼ》えておくだけで、助けを求《もと》めることができるんだぞ、ちょっとばかしぶたれたって、覚える価値《かち》はあるだろう？」

「まあ、そういうことなら、人間の子を殺《ころ》しちまわないように気をつけてくれよ。あの子は、おまえのなまくらなかぎ爪《づめ》をとぐ木の幹《みき》じゃないんだから。だが、その合言葉っていうのはなんなんだ？　おれは、助けを求めるより、求められるほうが多いからな」バギーラは片方《かたほう》の前足を伸《の》ばすと、なんでも引《ひ》き裂《さ》くのみのようなはがね色の爪をほれぼれとながめた。「だとしても、ぜひ知りたいものだ」

「モウグリを呼《よ》んで、モウグリに言わせよう。あの子にその気があればだがな。ほら、小さな兄弟、おいで！」

「頭の中が、ハチの巣《す》みたいにワンワンいってるよ」頭の上から、ふきげんそうな声がして、モウグリが木の幹《みき》をすべりおりてきた。ぷんぷんにむくれて、腹《はら》を立てている。そして、地面までおりると、言った。「ぼくがきたのは、バギーラがいるからさ。おまえに呼《よ》ばれたからじゃないよ、デブのバルーめ！」

「わしにとっちゃ、おなじことさ」そうは言ったものの、バルーは傷《きず》ついて、腹《はら》の中でひそかに嘆《なげ》いた。「じゃあ、バギーラに、今日教えたジャングルの合言葉を言ってごらん」

「だれの合言葉？」自分ができるところを見せられるので、うれしくなってモウグリはきいた。「ジャングルにはいろんな言葉があるからね。ぼくはそれをぜんぶ知ってるんだ」

「多少は知ってるが、ぜんぶではないぞ。ほらな、バギーラ、生徒《せいと》っていうのは先生には感謝《かんしゃ》しないものなのさ。これまで、子オオカミ一匹《ぴき》、この老バルーに礼を言いにもどってきた者はいないからな。さあ、じゃあ、狩《か》りの民《たみ》の合言葉を言ってみろ、学者先生」

「おれたちはおなじ血、おれとおまえと」モウグリは、狩《か》りをする動物すべてが使う言葉を、クマのなまりをまねして言った。

「いいだろう。じゃあ、今度は鳥の合言葉だ」

モウグリはおなじ言葉をくりかえして、最後《さいご》にトビのかん高い声を付《つ》け加《くわ》えた。

「じゃあ、ヘビ族の合言葉は?」

今度のは、言葉にはできないシュウウウウという音だった。モウグリは足をうしろへ蹴《け》りあげ、手をたたいて自分に拍手《はくしゅ》した。そして、寝《ね》そべっていたバギーラの背中《せなか》に飛《と》びのると、横向きにすわり、そのつややかな腹《はら》をかかとで蹴りながら、バルーに向かって思いつくかぎりいちばんひどい顔をしてみせた。

「ほうらな! ちょっとばかしあざを作った価値《かち》があっただろう」ヒグマはやさしく言った。「いつか、おまえもわしのことを思い出すときがくるさ」そして、バギーラのほうに向き直り、ゾウのハティにたのんで、いろいろな合言葉を教えてもらったときのことを話しはじめた。ハティはそうしたことはなんでも知っていて、モウグリを連《つ》れて池まで行き、水ヘビからヘビの合言葉も聞きだしてくれた。バルーにはうまく発音できなかったのだ。これで、ジャングルでなにが起こってもたいていは安全だ、とバルーは言った。ヘビも鳥も獣《けもの》も、モウグリに手を出すことはないだろう。

「もうだれのことも怖《こわ》がらなくていいってことだ」バルーは話しおわると、毛におおわれた大きな腹《はら》を誇《ほこ》らしげにたたいた。

「やつ自身の民《たみ》は別《べつ》だがな」バギーラは小声で言った。それから、今度は大声でモウグリに向かって言った。「こらこら、小さな兄弟、おれのあばら骨《ぼね》をもっと大事にしてくれ！　そんなふうにピョンピョン跳《は》ねるんじゃない」

モウグリは話を聞いてもらいたくて、バギーラの肩《かた》の毛を引っぱったり、思い切り蹴飛《けと》ばしたりしていた。そして、ようやく二頭が自分のほうに耳をかたむけると、声をかぎりにさけんだ。「だからぼくは自分の民《たみ》をひきいて、一日じゅう木の枝《えだ》を飛《と》び回《まわ》って過《す》ごすのさ」

「またそんなたわごとを言い出して。夢見《ゆめみ》るチビめ」バギーラは言った。

「それで、木の枝《えだ》とか土をバルーに投げてやるんだ」モウグリは続《つづ》けた「そう約束《やくそく》してくれたんだから。あっ！」

「フウウッ！」バルーは大きな前足で、バギーラの背《せ》からモウグリをすくいあげた。そして、前足のあいだにはさんだので、クマの怒《おこ》っている顔がモウグリのすぐ目の前にきた。

「モウグリ、おまえはあのバンダー・ログどもとしゃべったな。サル族の」

モウグリはバギーラも怒《おこ》っているだろうかと思って、ちらりと黒ヒョウのほうを見た。バギーラの目もヒスイのように冷《ひや》やかだった。

「おまえはあのサル族といっしょにいたのだな。あの、おきてを持たぬハイイロザルどもと。あのなんでも食うやつらと。なんたる恥《はじ》だ」

モウグリはまだあおむけになったまま、言った。「バルーに頭を殴《なぐ》られて逃《に》げたら、ハイイロザルたちが木からおりてきてなぐさめてくれたんだ。ほかにはだれも、かまってくれないし」モウグリは鼻をすすった。

「サル族がなぐさめただと！」バルーはふんと鼻を鳴らした。「山の川の流れがとまるようなもんだ！　夏の太陽が冷《つめ》たくなるのとおなじだ！　それでどうしたんだ、人間の子よ？」

「それで、それで、ええと、木の実となにかおいしいものをくれたんだ。それから、みんなで――サルたちがみんなでぼくを抱《かか》えて木のてっぺんまで連《つ》れていって、しっぽはないけど血をわけた兄弟だって言ってくれた。いつか、自分たちの長《おさ》になってくれって」

「やつらには、長《おさ》などいない。うそをついているんだ。やつらはいつもうそばかりだ」バギーラが言った。

「すごく親切で、またおいでって言ってくれたよ。どうして今までサル族のところには連《つ》れていってくれなかったの？　ぼくとおなじで、二本足で立ってるじゃないか。ぼくのことを前足で殴《なぐ》ったりしないしね。一日じゅう遊んでるんだ。さあ、立たせて！　バルーじじい、立たせてよ！　またサルたちと遊びにいくんだ」

「聞くんだ、人間の子」クマの声は、暑い夜の雷《かみなり》みたいにとどろいた。「おまえには、ジャングルの民《たみ》すべてのおきてを教えてやった。ただし、木の上に住むサル族だけは別《べつ》だ。やつらには、おきてなどない。やつらははずれ者なんだ。自分たちの言葉も持っていないから、盗《ぬす》み聞《ぎ》きした言葉を勝手に使っている。木の上でじっと待って、聞き耳を立て、のぞき見をしてな。やつらのやり方とわれわれのやり方はちがう。やつらには長《おさ》もいない。記憶力《きおくりょく》もない。自慢《じまん》したり、べらべらしゃべったり、自分たちは大物で、ジャングルですごいことをやるんだと言ったりする。だが、木の実ひとつ落ちただけで、ゲラゲラ笑《わら》い出《だ》して、なにもかも忘《わす》れてしまうんだ。われわれジャングルの民は、やつらには関《かか》わらない。サルたちが水を飲むところでは飲まないし、サルたちが行くところにも行かない。サルたちが狩《か》りをするところでは、われわれは狩りはしない。やつらが死ぬところでは、死なない。今日までわしがバンダー・ログのバの字でも口にしたことがあるか？」

「ううん」モウグリはささやくように答えた。バルーが話しおわったとき、ジャングルじゅうが静《しず》まり返《かえ》っていたからだ。

「ジャングルの民《たみ》は、やつらのことを口にしないし、考えもしない。やつらは数ばかり多くて、邪悪《じゃあく》で、汚《けが》らわしくて、恥知《はじし》らずで、やつらの望《のぞ》みといえば、ジャングルの民の関心《かんしん》をひくことだけだ。まあ、自分の望みを忘《わす》れないで覚《おぼ》えていられればの話だがな。だから、われわれは、ぜったいにやつらに関心など示《しめ》さない。たとえ、やつらが木の実や汚《きたな》いものを頭の上に落としてきたとしてもだ」

バルーが話しおえるかおえないかのうちに、木の上から実や小枝《こえだ》がバラバラとふってきた。そして、細い枝がのびているあたりから、咳払《せきばら》いや吠《ほ》え声《ごえ》や怒《おこ》ったように飛《と》び跳《は》ねる音が聞こえてきた。

「サル族は禁《きん》じられた一族だ。ジャングルの民《たみ》は、やつらと付《つ》き合《あ》うことは禁じられているのだ。覚《おぼ》えておけ」

「そのとおりだ」バギーラが言った。「しかし、バルーはもっと前にこのことをおまえに話しておくべきだったたな」

「わしか？　わしのせいか？　まさかこの子があんな最低《さいてい》な連中《れんちゅう》と遊ぶなんて、思うわけがないだろう？　サル族だぞ！　まったく！」

　するとまた、木の実や枝《えだ》がふってきたので、バルーとバギーラはモウグリをつれて逃《に》げ出《だ》した。バルーがサル族について言ったことは、ひとつ残らず本当だった。サルたちは木の上で暮《く》らしているが、ジャングルの獣《けもの》たちが上を見ることはめったにない。サルたちとジャングルの民《たみ》が出くわすことなどないのだ。しかし、サルたちは、病気のオオカミや傷《きず》ついたトラやクマを見つけると攻撃《こうげき》してきたり、相手がだれであれ、ふざけて木の実や枝を投げつけたり、なんとかふりむいてもらおうとする。さらに、吠《ほ》えたり、意味のない歌を金切り声で歌ったり、ジャングルの民たちに木にのぼってきて戦《たたか》えと言ってみたり、どうでもいいようなことですさまじいけんかを始めたあげく、ジャングルの民の目に留《と》まるような場所にサルの死体を置《お》いていったりするのだ。年がら年中、長《おさ》を決めて、自分たちのおきてや慣《なら》わしを作ろうとしているが、果《は》たせたことはない。記《き》憶《おく》が一日と持たないからだ。だから、こんなでっちあげのことわざで間に合わせている。「バンダー・ログが今、考えていることを、ジャングルはあとで考える」これで、自分たちを慰《なぐさ》めているのだ。獣《けもの》たちはサルに手は出せない。だが、そもそも関心《かんしん》を払《はら》いもしない。だからこそ、モウグリがやってきていっしょに遊んだことはもちろん、バルーが腹《はら》を立てているのを聞いて、すつかり喜《よろこ》んでしまったのだった。

だから、それ以上《いじょう》なにかするつもりもなかった。もともとバンダー・ログには、心づもりなどありはしないのだ。ところが、一匹《ぴき》のサルが、すばらしいアイデアに思えることを思いついて、仲間《なかま》に話した。つまり、モウグリが一族に入れば便利《べんり》だ、枝《えだ》を編《あ》んで風除《かぜよ》けを作れるから、モウグリを捕《つか》まえれば、作り方を教えてもらえる、というわけだ。もともと木こりの息子《むすこ》だったモウグリは、生まれつきそうした能力《のうりょく》にはめぐまれていたから、自分でもどうしてそんなことをするのかとくに考えもせず、落ちた枝を使って小さな小屋を作ったりしていた。木の上からそのようすを見ていたサル族は、こんなすばらしい技《わざ》は見たことがないと思ったのだ。そして、今度こそは自分たちも長《おさ》を持ち、ジャングル一のかしこい種族《しゅぞく》になるんだと、口々に言い合った。きっと自分たちのかしこさにみんながふりむいて、うらやましがるようになるだろう。

そこで、サルたちはバルーとバギーラとモウグリのあとを、音をたてずに追っていった。やがて、真昼の昼寝《ひるね》の時間になり、自分の行いにすっかり恥《は》じ入《い》ったモウグリは、もう二度とサル族とは関《かか》わらないぞと決意して、黒ヒョウとクマにはさまれて横になった。

その次に覚《おぼ》えているのは、脚《あし》と腕《うで》をつかまれたことだ。つかんでいる手はどれも小さいが、かたくて力が強かった。すると、いきなり顔に次々と枝《えだ》があたり、目を開けると、揺《ゆ》れる大枝《おおえだ》のあいだから、バルーがジャングルじゅうを目覚《めざ》めさせるような吠《ほ》え声《ごえ》をあげ、バギーラが牙《きば》という牙をむき出して、木の幹《みき》を駆《か》けあがってくるのが見えた。バンダー・ログは勝《か》ち誇《ほこ》ってさけぶと、バギーラがついてこられない上のほうの枝まで逃《に》げて、さけんだ。「おれたちのことを見たぞ！　バギーラがおれたちを見た。ジャングルじゅうの者たちが、おれたちの腕前《うでまえ》と抜《ぬ》け目《め》なさに感心するぞ！」そして、逃げ出した。

サル族が〈樹上《じゅじょう》の国〉を逃《に》げていくさまは、言葉で表しようがない。樹上の国には、ふつうの道もあれば交差路《こうさろ》もあり、上り坂もあれば下り坂もあって、そのすべてが、地上十五メートルから二十メートル、もしくは三十メートルのところに広がっている。その道を使えば、必要《ひつよう》なら夜でも移動《いどう》することができるのだ。群《む》れでも力の強い二匹《ひき》がモウグリを腕《うで》に抱《かか》え、木のこずえからこずえへ飛《と》び移《うつ》っていく。いっぺんに六メートルくらい跳《と》んだが、もしモウグリの体重に足を引っぱられていなければその倍のスピードで進めただろう。モウグリはめまいがして気持ち悪かったが、枝《えだ》のあいだを駆《か》け抜《ぬ》けていくさまには、思わず心が躍《おど》った。とはいえ、はるか下に地面がかいま見えるとぞっとしたし、なにもない空中を飛んで、いきなりガクンと止まると心臓《しんぞう》が口から飛び出しそうになった。自分を運んでいる二匹のサルが木の高いところまで一気に駆けのぼると、細い枝がピキピキ音を立て、ぐんとたわむのがわかった。と、今度はグエッグエッとのどを鳴らし、吠《ほ》えるような声をあげながら空中へ飛び出す。そしてそのまま落ちていって、となりの木の低《ひく》いところにある枝に手や足でぶらさがった。ときには、目の前に、しんと静《しず》まり返《かえ》った緑のジャングルが数キロにわたって広がる。船のマストにのぼって、広大な海を見渡《みわた》すようなものだ。が、次の瞬間《しゅんかん》、枝や葉がピシピシと顔にあたり、モウグリと二匹のサルはまた落ちていって、地面すれすれで止まるのだった。そんなふうにして、飛んだりぶつかったりさけんだりどなったりしながら、バンダー・ログの一族はモウグリを連《つ》れて木の上の道を駆け抜けていった。

最初《さいしょ》、モウグリは落とされるんじゃないかとひやひやしていた。次に、怒《いか》りがわきあがってきたが、ここで暴《あば》れてもろくなことにならないのはわかっていたので、頭を使って考えはじめた。まずしなければならないのは、バルーとバギーラに伝言《でんごん》を残《のこ》すことだ。サルたちのスピードからして、二頭の友がかなり引《ひ》き離《はな》されているのはわかっていた。でも、下を見てもむだだった。枝《えだ》の上面しか見えない。そこで、上に目を向けると、青い空のはるか彼方《かなた》に、トビのチールが翼《つばさ》でバランスをとりながら輪《わ》を描《えが》いているのが見えた。ジャングルを見回って、生き物が死ぬのを待っているのだ。チールはサルたちがなにかを運んでいるのを見つけ、食べられるものかどうかを見に百メートルほどおりていった。そして、驚《おどろ》いてピュッと鳴いた。というのも、人間の子どもが木のてっぺんまで引きずられていくのが見えたからだ。しかも、少年が口にしたのは、トビの合言葉だった。「おれたちはおなじ血、おれとおまえと」枝が大きくゆれて少年の姿《すがた》は見えなくなったが、チールがとなりの木まですべるように飛《と》んでいくと、ちょうどまた、葉のあいだから小さな褐色《かっしょく》の顔がのぞいた。「ぼくの行き先を見ていて。そして、シオニーの群《む》れのバルーと、集会の岩場のバギーラに伝《つた》えてほしいんだ」モウグリはさけんだ。

「だれの名においてだ、兄弟?」チールは、もちろんモウグリのうわさは耳にしていたが、実際《じっさい》に会うのは初《はじ》めてだった。

「カエルっ子のモウグリだ。みんなは、人間の子って呼《よ》んでる。ぼくの行き先を、見、て、お、い、て!」

最後《さいご》のことばは金切り声になった。またサルが空中に飛《と》び出《だ》したからだ。しかし、チールはうなずくと、またぐんぐん舞《ま》い上《あ》がって、最後《さいご》には小さな点にしか見えなくなった。そして、そこに浮《う》かんだまま望遠鏡《ぼうえんきょう》のような目で、モウグリを運んでいるサルたちが移動するのにつれてゆれる枝《えだ》の動きを追いかけた。

「それほど遠くにはいくまい」チールはくすりと笑《わら》った。「連中《れんちゅう》は、やり始めたことを最《さい》後《ご》までやり遂《と》げたことはないからな。いつも新しいことにくちばしをはさむのさ、あのバンダー・ログってやつは。だが今回は、おれの目にまちがいがなきゃ、やっかいなものをつつきだしちまったようだ。バルーはひよっこじゃないし、バギーラが殺《ころ》せるのはヤギだけじゃないからな」

そこで、チールは翼《つばさ》を広げてゆらゆらしながら、脚《あし》を腹《はら》につけ、空中でじっと待った。

そのころ、バルーとバギーラは、怒《いか》りと悲しみでどうかなりそうになっていた。バギーラはこれまでのぼったことのない高さまでのぼったが、細い枝《えだ》が体重を支《ささ》えきれずに折《お》れてすべり落ち、かぎ爪《づめ》に樹《き》の皮がたっぷりはさまった。

「どうして人間の子に言っておかなかったんだ?」バギーラは気《き》の毒《どく》なバルーをどなりつけた。クマはサルに追いつこうと、よたよた必《ひっ》死《し》に走っていた。「さんざんたたいて半《はん》殺《ごろ》しにしていたくせに、肝心《かんじん》なことは注意しておかなかったとはな!」

「早く! 急ぐんだ! ま、まだ追いつけるかもしれん!」バルーはハアハアしながら言った。

「そんなスピードでか？　それじゃ、手負いの牛だって逃げちまうだろうよ。殴《なぐ》り屋のおきての先生、そんな調子でよたよた一キロも走ったら、からだがさけちまうぞ。休んで、考えよう！　計画をねるんだ。追いかけたってしょうがない。近づきすぎたら、モウグリのことを落としちまうかもしれんしな」

「ガルルル！　フウッ！　もうすでに落としてるかもしれん。運ぶのに飽《あ》きてな。バンダー・ログのことなど信用《しんよう》できるものか。わしの頭にコウモリの死体をのせるがいい！真っ黒い骨《ほね》を食わせてくれ！　野生ミツバチの巣《す》に放《ほう》りこめ！　刺《さ》されて死んだら、ハイエナといっしょに埋《う》めてくれ。わしなど、救《すく》いようもないクマだ！　ガルルル！　なんてこった！　ああ、モウグリ、モウグリ！　あんなに頭を殴《なぐ》るんだったら、サル族のことを話しておくんだった！　殴ったせいで、今日の教えもすっかり忘《わす》れちまってるかもしれん。合言葉もわからないまま、ひとりぼっちでジャングルに放《ほう》り出《だ》されてるかもしれんのだ」

バルーは前足で耳を押《お》さえ、ゴロゴロ転がりながらうめいた。

「少なくとも、ちょっと前まではちゃんと言えてたじゃないか」バギーラはイライラして言った。「バルー、記憶《きおく》だけじゃなくて、誇《ほこ》りもなくしたのか。もし黒ヒョウであるこのおれが、ヤマアラシのサヒみたいにまるまって吠《ほ》えてたら、ジャングルの連中《れんちゅう》はどう思

ないっていうのに」

「ジャングルの連中《れんちゅう》にどう思われようとかまわん。今ごろ、あの子は死んでるかもしれないっていうのに」

「やつらがふざけて木の上から落とすか、めんどくさくなって殺《ころ》すかしないかぎり、人間の子なら、だいじょうぶだ。あの子はかしこいし、いろいろなことを教わってる。なによりあの目だ。ジャングルの民《たみ》を怯《おび》えさせる。とはいえ、あの子がバンダー・ログの手にあるというのは、非常《ひじょう》にまずい。やつらは木の上に住んでいて、おれたちジャングルの民のことを怖《こわ》がってないからな」バギーラは考えこみながら前足をなめた。

「なんてわしはバカなんだ！　でぶで、茶色の、イモ掘《ほ》りのおろか者なんだ、わしは」そう言って、バルーははっとしたようにからだを伸《の》ばした。「ゾウのハティが言ったことは本当だ。『だれにでも、怖《こわ》いものはある』やつらは、そう、バンダー・ログはニシキヘビのカーを怖がってる。カーは、サルたちとおなじように木にのぼれるからな。夜中にサルの子をさらうんだ。カーの名前をささやくだけで、やつらのよこしまなしっぽは凍《こお》りついちまう。カーのところへいってみよう」

「カーがおれたちのためになにかしてくれるか？　カーは獣《けもの》の仲間《なかま》じゃない。脚《あし》なしの種族《しゅぞく》だ。それに、あのぞくっとする邪悪《じゃあく》な目」バギーラが言った。

「カーはおそろしく年をとっていて、おそろしく抜《ぬ》け目《め》がない。なにより、常《つね》に腹《はら》をすかせている。ヤギをたんまりやると約束《やくそく》すればいい」バルーは言いながら、そうであることを祈《いの》った。

「やつは一度食うと、まるまる一か月間眠《ねむ》りつづけるんだ。今はちょうど眠ってるかもしれんぞ。それに、もし起きていたとしても、自分でヤギを殺《ころ》すほうがいいと言ったらどうする?」バギーラはあまりカーのことを知らないのでとうぜんだが、納得《なっとく》できないようだった。

「そのときは、おまえとわしとで、やつを説得《せっとく》するしかない」そう言って、バルーはあせた茶色の肩《かた》で黒ヒョウを押《お》し、連《つ》れ立《だ》ってニシキヘビのカーを探《さが》しに出かけた。

二頭は、カーがあたたかい岩だなにねそべり、日光浴《にっこうよく》しているところを見つけた。自分の新しい皮をほれぼれとながめている。この十日間ほどひっこんで、古い皮を脱《ぬ》ぎ捨《す》てたところだったので、今はまさに見事としかいいようのないすがたをしていた。先の丸い大きな鼻をするすると地面に這《は》わせ、十メートルはあるからだをくねくねとくねらせからませて、これからなにを食おうかと舌《した》なめずりしている。

「まだ食ってないようだな」バルーはほっとしたようにうなると、カーの美しい茶色と黄色のまだらの上着を見た。「バギーラ、気をつけるんだぞ！　カーは脱皮《だっぴ》したあとは、ちょいと目が悪くなるんだ。すぐに襲《おそ》いかかってくるからな」

カーは毒《どく》ヘビではない。むしろ、毒ヘビのことは卑《ひ》きょう者《もの》だとさげすんでいた。カーの力は、しめつける強さにある。大きなからだでぐるぐる巻《ま》きにされたら、ひとたまりもない。「よい狩《か》りを！」バルーは大きな声で言うと、尻《しり》をついて背《せ》を伸《の》ばした。ほかのヘビ族とおなじで、カーはやや耳が悪く、最初《さいしょ》の呼《よ》びかけはよく聞こえなかった。カーはあらゆる事態《じたい》にそなえてさっととぐろを巻《ま》き、頭を低《ひく》くした。

「われら全員によい狩《か》りを」カーは返事をした。「おお、バルーか。こんなところでなにをしてるんだ。よい狩りを、バギーラ。われわれのうち少なくともひとりは、食い物がいるようだ。なにかえものの情報《じょうほう》はあるか？　雌《めす》ジカでもいいし、若《わか》い雄《お》ジカならなおいい。おれは涸《か》れた井戸《いど》のように腹《はら》が減《へ》ってるんだ」

「わしらは、ちょうど狩《か》りをしていたんだ」バルーはなにげなく言った。カーを急《せ》かしてはいけないことはわかっていた。なにしろ、これだけ大きいのだ。

「いっしょにいかせてくれんか？　おれの一発が加《くわ》わったところで、あんたがたには関《かん》係《けい》ないだろうが、おれは、そう、おれは何日間も森の通り道で待って待って待ちつづけたり、夜の半分をついやして木にのぼったりしても、子ザル一匹捕《つか》まえられるかどうかというところなのだ。シュウウウウウ！　若《わか》いころは木の枝《えだ》もこんなじゃなかったのだがな。今じゃ、腐《くさ》った小枝《こえだ》やひからびた枝ばかりだ」

「それは、おまえさんの体重のせいじゃないかな」バルーは言った。

「たしかにおれは長い。かなりの長さだ」カーは少々誇《ほこ》らしげに言った。「だが、とは言っても、この最近の木のせいだ。このあいだの狩《か》りでも、危《あや》うく落ちかけてな。いや、本当に危《あぶ》ないところだった。尾《お》をしっかり巻《ま》きつけていなかったもので、すべった音でバンダー・ログたちが目を覚《さ》ましてしまったのだ。そのときの、やつらの無礼《ぶれい》な物言いときたら」

「脚《あし》なしの黄色いミミズ野郎《やろう》とか」バギーラはなにかを思い出そうとしているように、小声で言った。

「シュー！　やつらはそんなことを言ってたのか？」と、カー。

「前の月のころ、そんなことをさけんでいたよ。だが、おれたちは相手になどしなかった。好《す》きなことを言わせときゃいい。あんたの牙《きば》はぜんぶ抜《ぬ》けちまったとか、子ヤギよりもでかいものは襲《おそ》わないとか。まったく恥知《はじし》らずな連中《れんちゅう》だからな、あのバンダー・ログどもは。そうそう、あんたはオスのヤギの角《つの》を怖《こわ》がってるんだとか言ってたな」バギーラはすらすらと言った。

さて、ヘビというものは、とくにカーのように年を重ねた用心深いニシキヘビは、めったに怒《いか》りを表《おもて》に出したりしないものだ。しかし、カーののどの両側《りょうがわ》にある、食べ物を飲みこむための大きな筋肉《きんにく》が波打ってふくれたのがわかった。

「バンダー・ログは狩場《かりば》を変《か》えたんだ」カーは静《しず》かな声で言った。「今日、ひなたに出ていったら、木のこずえで騒《さわ》いでる声がしたからな」

「じ、じつは、わしらが追ってるのはそのバンダー・ログなんだ」バルーは言ったが、言葉がのどに引っかかった。というのも、ジャングルの民《たみ》がサルなどに興味《きょうみ》を持っていることを認《みと》めるのは、記憶《きおく》にあるかぎり初《はじ》めてだったからだ。

「ならば、よほどのことなのだろうな。あんたがたのような、ジャングルの主《あるじ》といってもいい二頭が、あのバンダー・ログを追っているというのだから」カーは好奇心《こうきしん》ではちきれそうになりながらも、礼儀正《れいぎただ》しく言った。

「じつはそうなんだ。わしはシオニーのオオカミの子どもたちにおきてを教えている、ただの老《お》いぼれのまぬけにすぎん。そして、ここにいるバギーラは——」

「バギーラはバギーラだ」黒ヒョウは言って、かちりとあごを閉《と》じた。へりくだることなど、意味がないと思っているのだ。「問題はこういうことなんだ、カー。あの木の実どろぼうのヤシの葉摘《つ》みのサルどもが、おれたちの人間の子を盗《ぬす》んでいったんだ。その子のことは、あんたも耳にしたことがあるだろう？」

「サヒから何度か聞いたことがある。あいつは針《はり》があるからって、なまいきなやつだがな。人間がオオカミの群《む》れに入ったと言っていたが、信《しん》じていなかったのだ。サヒは、話半分で聞いたことを、適当《てきとう》に話すからな」

「だが、その話は本当なのだ。あんないい子は、ほかにいない。最高《さいこう》に出来がよくてかしこくて勇敢《ゆうかん》な人間の子なのだよ。わしの生徒《せいと》として、将来《しょうらい》バルーの名をジャングルじゅうに知らしめてくれるだろう。それに、わしは——わしらはあの子を大切に思ってるんだよ、カー」バルーは言った。

「テュ！　テュ！」カーは頭を前後にくねらせながら言った。「だれかを大切に思う気持ちなら、おれにもわかるぞ。いくつか話があってな——」

「そいつは、晴れた夜に聞かせてくれ。腹《はら》がいっぱいで、ゆっくり聞けるときに」バギーラはすかさず言った。「おれたちの人間の子は、今バンダー・ログたちに捕《つか》まってるんだ。ジャングルの民《たみ》の中で、連中《れんちゅう》が怖《おそ》れてるのは、カーだけだからな」

「やつらはおれだけを怖《おそ》れてる。とうぜんだ。おしゃべりで愚《おろ》かでみえっぱりで愚かでおしゃべり。それがサルたちだ。だが、その子もやつらの手に落ちたとは、ついてないな。やつらは、木の実を拾っておいて、飽《あ》きるとほうり投げる。なにかすごいことをやろうとして、枝《えだ》を半日も持ち歩いたあとで、ぽきりと折《お》っちまう。その人間の子も、うらやましい状況《じょうきょう》ではないな。やつらはほかに、おれのことをなんて言ってた？　黄色い魚だったか？」

「ミミズ、そう、ミミズ、虫けらだとさ」バギーラは言った。「ほかにも、恥《は》ずかしくて口に出せないようなことを言っていたよ」

「主人への口のきき方を教えてやらねばならんようだな。アアアアーシュッ！　やつらの記憶《きおく》があちこちへいかないようにしてやろうじゃないか。さて、やつらは人間の子を連《つ》れてどこへいったんだ？」

「それを知ってるのはジャングルだけだ。おそらく日の沈《しず》む方向だとは思うが」バルーは言った。「おまえさんなら知ってると思ってたんだが、カー」

「おれが？　どうして？　やつらが目の前に現《あらわ》れればひっつかまえてやるが、バンダー・ログを狩《か》ったりはせん。カエルも、それを言うなら、水たまりの緑の藻《も》もだ。シュウウウウ！」

「上だ、上だ！　上だ、上だ！　ピーヒョロ、ヒョロ！　ヒョロ！　上を見ろ、シオニーの群《む》れのバルー！」

バルーが声の聞こえる方向を見あげると、トビのチールがさあっと舞《ま》いおりてきた。上へそり返るように広がった翼《つばさ》が、夕日にあたって輝《かがや》いている。もうねぐらに帰る時間にもかかわらず、クマを探《さが》してジャングルじゅうを飛《と》びまわっていたのだが、生《お》い茂《しげ》った葉にさえぎられて、今まで見つけられなかったのだ。

「なんだね？」バルーはたずねた。

「バンダー・ログのところでモウグリを見たよ。おまえさんに伝《つた》えてくれってたのまれたんだ。おれが見てたところだと、バンダー・ログはあの子を川向こうのサルの都《みやこ》に連《つ》れていったようだ。〈冷《つめ》たい隠《かく》れ家《が》〉にね。一晩《ひとばん》いるか、十晩いるか、もしくは一時間いるかってところだな。夜のあいだは、コウモリたちに見張《みは》りをたのんでおいた。以上《いじょう》、伝えたぞ。よい狩《か》りを、地上のものたち！」

「いっぱいの食べ物と深い眠《ねむ》りを、チール」バギーラはさけんだ。「次の狩《か》りのときはおまえさんのためだけに、頭を残《のこ》しとくよ！　おまえさんはトビの中のトビだ！」

「いいってことよ、いいってことよ。あの子は合言葉を言ったんだ。これくらい、なんでもないいさ」チールはまた輪《わ》を描《えが》いて飛《と》びながら、ねぐらに帰っていった。

「あの子は、舌《した》を使うってことを忘《わす》れてなかったんだ」バルーは誇《ほこ》らしげにくっくと笑《わら》った。「まだ幼いのに、木の上を引きずられながら、鳥の合言葉を思い出せるとはな！」

「なにせしっかりたたきこまれたからな」バギーラは言った。「とはいえ、おれも鼻が高いよ。さあ、冷《つめ》たい隠《かく》れ家《が》にいこう」

冷《つめ》たい隠《かく》れ家《が》の場所は、だれもが知っていた。だが、ジャングルの民《たみ》でここを訪《おとず》れる者は少ない。彼《かれ》らが冷たい隠れ家と呼《よ》んでいるのは、実際は廃墟《はいきょ》となったむかしの都《みやこ》で、今はすっかりジャングルに埋《う》もれている。人間が使っていたものを、動物たちが使うことはめったにない。イノシシは使うこともあるが、狩《か》りをする種族《しゅぞく》は決して使わなかった。その上、ここはサルたちが住《す》み処《か》にしているのだ。まあ、サルたちに住み処というものがあるならの話だが。誇《ほこ》りを持っている動物なら、冷たい隠れ家が目に入る範囲《はんい》に近づこうとはしなかった。とはいえ、乾季《かんき》のときだけは別《べつ》で、崩《くず》れかけた水槽《すいそう》や貯水池《ちょすいち》のわずかな水をめあてに訪れることもある。

「真夜中までかかるぞ、全速力でもな」バギーラが言うと、バルーは思《おも》い詰《つ》めた表情で不安《ふあん》そうに言った。「せいいっぱい急ぐつもりだ」

「おまえのことは待たないでいく。あとからこい、バルー。おれたちは先にいく、カーとおれで」

「足があろうがなかろうが、おれはあんたがた四本足とおなじように走れる」カーはきっぱりと言った。バルーは必死《ひっし》に急ごうとしたが、じきにハアハアと息をついてすわりこんでしまった。なので、バギーラはあとから追いかけてくるように言いのこし、ヒョウのすばやい足運びで先へ急いだ。カーはなにも言わなかったが、バギーラと張《は》り合《あ》うように進んでいく。巨大《きょだい》なニシキヘビと黒ヒョウは並《なら》んでジャングルを抜《ぬ》けていったが、山あいの川を越えたところで、バギーラが先になった。バギーラはひと跳《と》びで飛《と》び越《こ》えたが、カーは頭と首を六十センチほど水の上に出し、泳いでわたったからだ。だが、また平らな陸《りく》にあがると、すぐに追いついた。

「おれを自由の身にしたこわれた錠前《じょうまえ》にかけて、あんたはちっとものろまなんかじゃないな！」夜が更《ふ》けてきたころ、バギーラは言った。

「腹《はら》が減《へ》ってるんだ。それに、水玉もようのカエルと呼《よ》ばれたのだぞ」
「ミミズだ。ミミズ、しかも黄色だと」
「おなじことだ。さあ、いこう」カーはしっかりと近道を見極《みきわ》めつつ、地面の上を流れるように進んだ。

冷《つめ》たい隠《かく》れ家《が》にいるサル族たちは、モウグリの友のことなど思い出しもしなかった。少年をまんまと失《うしな》われた都《みやこ》に連《つ》れてくることができて、すっかり満足《まんぞく》していたのだ。モウグリは太古のインドの都を目にするのは、初《はじ》めてだった。ほとんどが瓦礫《がれき》の山と化していたが、それでもすばらしく立派《りっぱ》に思えた。ある王が、はるかむかしに小さな丘《おか》の上につくったもので、今もなお辿《たど》れる石畳《いしだたみ》の道にそって進むと、崩《くず》れた城門《じょうもん》があり、木の扉《とびら》の最後《さいご》の破片《はへん》が錆《さ》びてぼろぼろになったちょうつがいにぶら下がっている。木々は城壁《じょうへき》をつらぬいてさらに上へ伸《の》び、銃眼《じゅうがん》のついた胸壁《きょうへき》は崩《くず》れ落《お》ちて朽《く》ち、植物のつるが這《は》って塔《とう》の窓《まど》からあふれんばかりに垂《た》れ、うっそうと生《お》い茂《しげ》っていた。

丘《おか》の上には、大きな宮殿《きゅうでん》があった。屋根は落ち、中庭や噴水《ふんすい》の大理石はどれもひび割《わ》れ、赤や緑に変色《へんしょく》している。かつて王のゾウが飼《か》われていた中庭も、敷石《しきいし》が草や若木《わかぎ》に押《お》しあげられ、ガタガタになっている。宮殿からは、やはり屋根のない家がどこまでも並《なら》んでいるのが見え、都は闇《やみ》で満《み》たされたからっぽのハチの巣《す》のようだった。四つの道が出合う広場には、かつて偶像《ぐうぞう》だった、角《かど》の取れた石の塊《かたまり》が転がっている。道の角にあいている穴《あな》やくぼみは、公共《こうきょう》の井戸《いど》があったところだ。寺院のこなごなになった丸屋根のわきからは、野生のイチジクが伸《の》びている。

サルたちはここを自分たちの都《みやこ》だと言って、森に住んでいるジャングルの動物たちをバカにしているふりをしていた。にもかかわらず、ここの建物《たてもの》がなんのために作られ、どう使われたのか、なにも知らないのだ。王の会議室《かいぎしつ》に輪《わ》になってすわり、ノミにかまれたところをぼりぼりかいたり、人間のふりをしたりしているだけだった。そうでなければ、屋根のない家から家へ走り回って、隅《すみ》っこに転がっているしっくいのかけらや古いレンガを集め、隠《かく》したあげくにその場所を忘《わす》れて、けんかになって取っ組み合ったりわめいたりする。かと思えば、いきなり王の庭のテラスをのぼったりおりたりして、バラやオレンジの木をゆさぶって、花や実が落ちるさまをながめるのだった。宮殿《きゅうでん》の小道から、真っ暗なトンネルから、何百とある暗い小部屋にいたるまで、ひとつ残《のこ》らず探検《たんけん》して回るのはいいが、なにを見てなにを見ていないか、決して覚《おぼ》えられない。なのに、一、二匹《ひき》、もしくはもっと大勢《おおぜい》であてどなく歩き回り、互《たが》いにまるで人間みたいだと言い合うのだった。水槽《すいそう》から水を飲んで、ぜんぶにごらせてしまい、そのことでけんかをしたあげく、今度は群《む》れで集まって大声でわめきちらす。「ジャングルで、バンダー・ログほどかしこくて、立派《りっぱ》で、抜《ぬ》け目《め》がなくて、強くて、やさしい種族《しゅぞく》はいない」それから、またおなじことをくりかえし、都に飽《あ》きるとまた樹上《じゅじょう》にもどって、ジャングルの民《たみ》の気を引こうとするのだった。

モウグリはジャングルのおきてのもとで訓練《くんれん》を受けてきたから、こうした生活は好《す》きでもなければ、理解《りかい》すらできなかった。サルたちがモウグリを冷《つめ》たい隠《かく》れ家《が》に引っぱってきたのは、もう夕方に近いころだったが、モウグリが長旅のあとにするように眠《ねむ》ろうともせず、手をつないで踊《おど》りまわり、バカバカしい歌を歌った。そのうち一匹《ぴき》が演説《えんぜつ》をはじめた。モウグリを捕《つか》まえたことでバンダー・ログの一族に新しい歴史《れきし》が刻《きざ》まれた、なぜなら、モウグリは枝《えだ》や茎《くき》を編《あ》んで雨や寒さをしのぐものを作る方法《ほうほう》を教えてくれるから、と言う。そこで、モウグリは植物のつるを取ってきて、編みはじめ、サルたちもまねしようとしたが、ものの数分で興味《きょうみ》を失《うしな》ってしまい、仲間《なかま》のしっぽを引っぱったり、両手両足でピョンピョン跳《は》ねてのどを鳴らしたりしはじめた。

「なにか食べたい」モウグリは言った。「ジャングルのこのあたりは知らないんだ。食べ物を持ってきてよ。じゃなかったら、ここで狩《か》りをする許《ゆる》しをくれ」

二、三十匹《ぴき》のサルが跳《は》ねるように走っていって、木の実や野生のパパイヤをとってきた。ところが、途中《とちゅう》でけんかになり、面倒《めんどう》になって、残《のこ》った果物《くだもの》まで置《お》いてきてしまった。モウグリは、空腹《くうふく》だったところに、そんなことがあってすっかり頭にきてふきげんになり、なにもない都《みやこ》の中を、時おりよその狩場《かりば》で狩《か》りをするときの言葉をさけびながらうろついたが、答える者はだれもいなかった。ひどいところにきちまったぞ、とモウグリは思った。

「バルーがバンダー・ログについて言ってたことはぜんぶほんとだったよ。こいつらにはおきてもなければ、狩りの呼《よ》びかけも、長《おさ》もいない。あるのは、バカバカしいだけの言葉と、ひとの物を盗《ぬす》む手だけだ。万が一ここで飢《う》え死《じ》にしたり、殺《ころ》されたりしても、ぜんぶ自分の責任《せきにん》だ。なんとかぼくのジャングルにもどる方法《ほうほう》を考えなきゃ。バルーには殴《なぐ》られるだろうけど、バンダー・ログたちなんかとバラの葉っぱを追いかけてるよりはましだ」

そして、都《みやこ》の城壁《じょうへき》に向かって歩き出したが、すぐにサルたちに引きもどされて、自分がどんなに幸せかわかってないんだとか、感謝《かんしゃ》しろなどと言われてつねられた。モウグリは歯を食いしばってなにも言わず、わあわあ騒《さわ》いでいるサルたちといっしょにテラスまでいった。その下には、赤い砂岩《さがん》の水槽《すいそう》があって、半分ほど雨水がたまっている。テラスの真ん中には、崩《くず》れかけた白い大理石の東屋《あずまや》があった。数百年前に死んだ王妃たちのために建《た》てられたものだ。丸屋根は半分落ち、むかし王妃たちが入り口として使っていた、宮殿《きゅうでん》からの地下道をふさいでいた。しかし、壁《かべ》は大理石の網目《あみめ》もようのついたてでできていて、美しい乳白色《にゅうはくしょく》の透《す》かし彫《ぼ》りに、瑪瑙《めのう》や紅玉髄《べにぎょくずい》や碧玉《へきぎょく》や瑠璃《るり》といった宝玉《ほうぎょく》が散《ち》りばめられている。丘《おか》の向こうに月がのぼると、もようの穴《あな》から光が差《さ》しこんで、黒いビロードの刺繍《ししゅう》のような影《かげ》を落とした。

悲しいのと眠《ねむ》いのとお腹《なか》がすいたのとで、モウグリは、バンダー・ログたちがまたおなじことを言いはじめると、もう笑《わら》うしかなかった。二十四《ぴき》もよってたかって、自分たちはこんなに偉大《いだい》でかしこくて強くてやさしいのだから、ここを出ていくなんて愚《おろ》かしいことだとわめきたてるのだ。「おれたちゃ、偉大だ。おれたちゃ、自由だ。おれたちゃ、すばらしい。おれたちゃ、ジャングルじゅうでいちばんすばらしい種族《しゅぞく》なんだ！　おれたちみんなが、そう言ってんだから、正しいに決まってる！」サルたちはさけんだ。「おまえが新しい聞き手になって、おれたちの言葉を伝《つた》えりゃ、ジャングルの連中《れんちゅう》も関心《かんしん》を持つだろう。だから、おれたちがいかにすばらしいか、すべて話して聞かせよう」モウグリはわざわざ反対しなかった。何百匹ものサルたちがテラスに集まってきて、仲間《なかま》の演説者《えんぜつしゃ》たちがバンダー・ログ一族をほめたたえる歌を歌うのに耳をかたむけた。そして、演説者が息を切らして休むたびに、声を合わせてさけぶのだった。「すべて本当だ。おれたちみんな、そう言ってる」モウグリは目をぱちくりさせながらうなずいて、質問《しつもん》されるたびに「そうだね」と言っていたが、騒々《そうぞう》しさのあまり頭の中はぐるぐる回っていた。「こいつら全員、ジャッカルのタバキに噛《か》まれたにちがいない。それで、頭がおかしくなっちまったんだ。まちがいなくこれは、デワニー、狂気《きょうき》だ。どうして眠《ねむ》らないいんだ？　雲が出てきて、月をおおいそうだぞ。雲が大きければ、闇《やみ》にまぎれて逃《に》げるんだけどな。でも、くたびれちゃったよ」

そのおなじ雲を、二頭のよき友が城壁《じょうへき》の下のぼろぼろに崩《くず》れた溝《みぞ》の中からながめていた。バギーラとカーは、サル族は大勢《おおぜい》だとやっかいだと知っていたから、危険《きけん》を冒《おか》したくはなかった。サルたちは、百対一でもないかぎり決して戦《たたか》おうとはしない。好《す》き好《この》んでそんな戦いをする者は、ジャングルにはいない。

「おれは西の城壁《じょうへき》へ回る」カーがシュウシュウとささやいた。「あの斜面《しゃめん》は一気にすべりおりるのに好都合《こうつごう》だからな。このおれの背中《せなか》にやつらが百匹《ぴき》のってくることはないだろうが――」

「わかってる」バギーラは言った。「バルーがいてくれりゃあな。しかし、おれたちだけでやれることをやるしかない。あの雲が月を隠《かく》したら、おれはテラスまでいく。やつらは、あの子のことで話し合いのようなことをやってるようだ」

「よい狩《か》りを」カーはきっぱりと言うと、するすると西の城壁《じょうへき》へ向かった。しかし、西の城壁はほかの城壁にくらべまだしっかりしていて、大蛇《だいじゃ》は乗りこえる場所を探《さが》すのにてまどってしまった。雲が月を隠《かく》し、モウグリはさあどうしようと考えはじめた。と、そのとき、バギーラがそっとテラスを踏《ふ》む足音が聞こえた。黒ヒョウはほとんど音をたてずに駆《か》け上《あ》がってくると、いきなりサルたちの中に突《つ》っこんだ。いちいち嚙《か》みついていたら、きりがないのはわかっている。五重、六重にもモウグリを取《と》り囲《かこ》んでいたサルたちは、恐《きょう》怖《ふ》と怒《いか》りでわめきたてた。が、転がって足をじたばたさせているサルにバギーラがつまずいたとたん、一匹《ぴき》がさけんだ。「相手は一頭だぞ！　殺《ころ》せ！　殺せ！」サルたちはいっせいにバギーラにとびかかり、嚙んだり引っかいたり引《ひ》き裂《さ》いたり毛をひっぱったりした。そのすきに五、六匹がモウグリをつかまえ、東屋《あずまや》の壁《かべ》の上に引っぱりあげて、壊《こわ》れた屋根の穴《あな》から中へ押《お》しこんだ。人間に育てられた少年なら、ひどいケガをしただろう。なにしろ、下までたっぷり五メートルはあったのだ。しかし、モウグリはバルーに教えられたとおりの落ち方で、両足で着地した。

「そこにいろ」サルたちはどなった。「おまえの仲間《なかま》を殺《ころ》したら、また遊んでやる。毒《どく》の一族がおまえを生かしておいてくれたらな」

「おれたちはおなじ血、おれとおまえと」モウグリはすかさずヘビ族の合言葉を言った。まわりのがれきのあいだを、シュウシュウ、サラサラと這《は》い回《まわ》る音がする。モウグリは念《ねん》のため、もう一度合言葉をくりかえした。

「ソオオウだとしても！　シュウウ、みな、頭をさげよ！」五、六匹《ぴき》の低《ひく》い声がした。インドの廃墟《はいきょ》は、遅《おそ》かれ早《はや》かれヘビたちの住《す》み処《か》になる。この古い東屋《あずまや》は、コブラの巣窟《そうくつ》だったのだ。「じっとしてろよ、兄弟。その足でふんずけられたらたまらんからな」

モウグリはできるだけ静《しず》かに立ち、壁《かべ》の透《す》かしもようの穴《あな》から外を見て、黒ヒョウのまわりでくりひろげられている戦《たたか》いのようすに耳をかたむけた。サルたちのわめいたりさけんだり取っ組み合っている音、バギーラののどの奥《おく》から出る低《ひく》いかすれたうなり声。うしろにさがり、飛《と》び跳《は》ね、からだをねじり、サルたちの山に突《つ》っこむ。生まれてはじめてバギーラは命がけで戦っていた。

「バルーがそばにいるはずだ。バギーラがひとりでくるわけないからな」モウグリは思った。そして、大きな声で言った。「水槽《すいそう》だ、バギーラ。水槽へ向かって走れ。走っていって、中に飛《と》びこむんだ。水の中に！」

それを聞いて、モウグリが無事《ぶじ》だと知ったバギーラは新たな勇気《ゆうき》を奮《ふる》い起《お》こした。しゃにむになってじりじりと、無言《むごん》でサルたちを殴《なぐ》りながら、水槽《すいそう》のほうへ進んでいく。と、そのとき、ジャングルにいちばん近い側《がわ》の城壁《じょうへき》から、とどろくようなバルーの雄《お》たけびがあがった。年とったクマはせいいっぱい走って、今ようやく到着《とうちゃく》したのだ。「バギーラ、わしがきたぞ。今、のぼってる！　もう少しだ！　グワオウゥゥゥ！　小石がすべるわい！　待っててくれ。この恥《は》ずべきバンダー・ログどもめ！」バルーはあえぎながらテラスにのぼってくるなり、あっという間《ま》にサルたちの波に飲みこまれた。しかし、どっしりと尻《しり》をついてすわると、前足をがばと広げ、サルたちを抱《かか》えられるだけ抱えこみ、蒸気船《じょうきせん》の外輪《がいりん》が水をたたくような動きで、バン、バン、バン、バンと殴《なぐ》りはじめた。すると、バシャンという音がして、バギーラが水槽に飛《と》びこんだのがわかった。サルたちは水には入れない。黒ヒョウは顔だけ水面に出してハアハアとあえいだ。サルたちは、赤い石段《いしだん》の上に三重になって水槽を取《と》り囲《かこ》み、腹立《はらだ》たしげに跳《は》ね回《まわ》って、バギーラがバルーの助太刀《すけだち》に出てこようものなら、四方から飛びかかってやろうと待ちかまえた。そのときだった。バギーラがあごから水をしたたらせ、やけくそになってヘビの助けを求《もと》める合言葉をさけんだのは。

「おれたちはおなじ血、おれとおまえと」バギーラは、カーが最後《さいご》の最後でしっぽを巻《ま》いて逃《に》げ出《だ》したと思いこんでいたのだ。テラスのはしでサルの下敷《したじ》きになって窒息《ちっそく》しかけていたバルーですら、あの黒ヒョウが助けを求《もと》めているのを聞いて、笑《わら》わずにはいられなかった。

カーはやっと西の城壁《じょうへき》を越《こ》えたところだった。からだをねじって地面におりると、城壁の上の笠石《かさいし》が溝《みぞ》に落ちていった。地上で戦《たたか》うほうが有利《ゆうり》なのだから、それを活《い》かさない手はない。一、二度、とぐろを巻《ま》いてはのばし、からだのすみずみまできちんと動くことをたしかめた。そのあいだも、バルーは戦いつづけ、サルたちは水槽《すいそう》のまわりでわめきたて、コウモリのマンはいったりきたりしては、激《はげ》しい戦いのようすをジャングルに伝《つた》えている。しまいには、ゾウのハティさえ鼻を鳴らしはじめたものだから、遠くまであちこちに散《ち》らばっているサル族の群《む》れが目を覚《さ》まし、冷《つめ》たい隠《かく》れ家《が》の仲間《なかま》たちを助けようと樹上《じゅじょう》の道をすっ飛《と》んできた。その騒《さわ》ぎに、数キロ四方の昼間の鳥たちすら、目を覚《さ》ました。

そしてついに、カーが殺気《さっき》をみなぎらせ、猛《もう》スピードで突《つ》っこんできた。ニシキヘビの戦闘力《せんとうりょく》は、全体重をこめて持てるかぎりの力でくりだされる頭にある。半トン近くある槍《やり》か破城槌《はじょうづち》、もしくはハンマーに、冷静《れいせい》かつ冷淡《れいたん》な頭脳《ずのう》を持つ生きた柄《え》がついているところを想像《そうぞう》してほしい。それが、戦《たたか》いのときのカーだと思えば、ほぼまちがいない。一メートルから一メートル半のニシキヘビに胸《むね》の真ん中をつかれるだけで、人間なら気を失《うしな》う。そしてカーは十メートルあるのだ。最初《さいしょ》の一打は、バルーを囲《かこ》んでいたサルたちの真ん中にくりだされた。閉《と》じた口から一声もあげぬまま加《くわ》えられた一打のあと、もはや二打目は必《ひつ》要《よう》なかった。サルたちはあっという間《ま》にちりぢりになった。「カーだ！　カーがきたぞ！逃《に》げろ！　逃げろ！」

サルたちは、小さいころからカーのおそろしい物語を聞かされて育ってきた。苔《こけ》が生えるほど静《しず》かに木々のあいだをするすると這《は》い、いちばん強いサルをさらっていく真夜中のどろぼう。またあるときは、枯《か》れ枝《えだ》や腐《くさ》った切《き》り株《かぶ》に化け、いちばんかしこいサルをころりとだまして、捕《つか》まえてしまう老《ろう》ヘビ。カーこそは、サルたちがジャングルでなによりもおそれている天敵《てんてき》だった。カーの力がいったいどれだけあるのかだれも知らないし、カーの顔をまともに見られる者もいない。カーにしめつけられたら最後《さいご》、生きて帰った者はいないのだ。だから、サルたちは恐怖《きょうふ》で舌《した》をもつれさせ、廃墟《はいきょ》の城壁《じょうへき》や屋根の上に逃《に》げていった。おかげで、バルーはほっと深く息を吐《は》いた。バルーの毛は、バギーラよりは厚《あつ》いとはいえ、全身がヒリヒリしている。すると、カーが初《はじ》めて口をひらき、シュウウウと長いひと言を発した。とたんに、冷《つめ》たい隠《かく》れ家《が》の助太刀《すけだち》に集まりつつあった遠方のサルたちは身をすくませ、その場で凍《こお》りついた。重みに耐《た》えかねて枝《えだ》がしなり、ボキボキと折《お》れる。一方、城壁の上や空き家に逃げこんだサルたちはぴたりとだまり、廃墟の都《みやこ》は静寂《せいじゃく》に包《つつ》まれた。水槽《すいそう》からあがってきたバギーラが、濡《ぬ》れたわき腹《ばら》をふるわせた音が聞こえたくらいだ。そして次の瞬間《しゅんかん》、ふたたびわめき声が響《ひび》き、サルたちはさらに城壁の上へ上へと逃げはじめた。大きな石像《せきぞう》の首にしがみつき、胸壁《きょうへき》から胸壁へ飛《と》び移《うつ》りながら金切り声をあげているサルたちを見て、モウグリは東屋《あずまや》の透《す》かしもように目を押しつけたまま踊《おど》りまわり、前歯のあいだからフクロウのようなホーホーという声をあげて、思うぞんぶんあざ笑《わら》った。

「人間の子をあそこから出してやってくれ。おれはもう、これ以上《いじょう》なにもできん」バギーラがあえぎながら言った。「人間の子を連《つ》れて、ここを出よう。また襲《おそ》ってくるかもしれんぞ」

「おれが命じるまでは、一歩も動けんさ。そのままじっとしてろ、シュウウウウウ！」カーがさけぶと、都《みやこ》はふたたび静《しず》まり返《かえ》った。「これでもせいいっぱい早くきたんだ、兄弟。そういえばあんたが呼《よ》ぶ声を聞いたような気がするな」これは、バギーラに対してだった。

「た、たしかに戦《たたか》いの最中《さいちゅう》に声をあげたかもしれんな」バギーラは言った。「バルー、痛《いた》むか？」

「やつらにさんざん引きむしられたからな、百匹《ぴき》の子グマになってたとしてもおかしくないわい」バルーは深刻《しんこく》な面持《おもも》ちで一本ずつ足をふった。「ウオウ！　痛《いた》いぞ。カー、恩《おん》に着るよ。おまえさんは、わしらの――バギーラとわしの命の恩人《おんじん》だ」

「どうということはない。人間の子はどこだね？」

「ここだよ！　閉《と》じこめられてんだ。出られないんだよ」モウグリはさけんだ。落ちた丸屋根が、ちょうど頭の上にかぶさるかっこうになっていたのだ。

「この子を出してやってくれ。クジャクのマオみたいに跳《は》ねまわっとる。子どもらがつぶされちまう」中のコブラたちが言った。

「ハハ！」カーはクスクス笑《わら》った。「どこにでも友がいるようだな、あんたがたの人間の子は。下がってろ、人間の子。それから、毒《どく》を持つ一族よ、身を隠《かく》していろ。今から壁《かべ》をこわすから」

カーは壁《かべ》をじっくりと見ると、大理石にひびが入って変色《へんしょく》し、弱くなっているところを見つけた。そしてそこを二、三回、頭で軽くついて距離《きょり》をさだめ、それから、頭を二メートルほど持ちあげると、鼻から全力で、六回ほど体当たりした。透《す》かしもようの壁は倒《たお》れ、破片《はへん》が飛《と》び散《ち》り、土煙《つちけむり》がもうもうとあがった。モウグリは大きくあいた穴《あな》から飛《と》び出《だ》してくると、バルーとバギーラのあいだに入って、二頭の大きな首に腕《うで》を回した。

「ケガはしていないか？」バルーはそっとモウグリを抱《だ》きしめながらきいた。

「からだじゅうヒリヒリするし、お腹《なか》はすいてるけど、ケガはしてないよ。でも、あいつら、ひどいことをしたんだね、兄弟！　血が出てるよ」

「おれだけじゃないがな」バギーラは唇《くちびる》をなめ、テラスや水槽《すいそう》のまわりに転がっているサルの死体を見やった。

「どうってことない、気にしなくていい、おまえが無事《ぶじ》ならな。ああ、わしの大切な小さいカエルっ子！」バルーはすすり泣《な》いた。

「気にしなくていいかどうかは、あとでよく考えよう」バギーラの乾《かわ》いた声を聞いて、モウグリはいやな予感がした。「ここにいるカーのおかげで、おれたちは戦《たたか》いに勝てたし、おまえは命を救《すく》われた。おれたちの慣《なら》わしにしたがって、礼を言うんだ、モウグリ」

モウグリはカーのほうを向いて、自分より三十センチほど上でゆらゆらゆれているニシキヘビの大きな頭を見た。

「では、これが人間の子なのだな。ずいぶんやわらかい皮膚《ひふ》をしているな。それに、バンダー・ログと似《に》ていないわけでもない。おれが皮を着替《きが》えたすぐあと、とくにたそがれどきなどは気をつけるのだぞ。サルと見まちがえることもあるかもしれん」

「おれたちはおなじ血、おれとおまえと」モウグリは言った。「今夜は、あなたから命をもらった。あなたが腹《はら》をすかしてるときは、ぼくのえものはあなたのものだ、カー」

「それはありがたいな、小さな兄弟」カーは言ったが、その目は面白《おもしろ》がるようにきらめいた。「で、勇敢《ゆうかん》なハンターはなにをしとめるんだね？　次に狩《か》りに出かけるときは、ごいっしょさせていただくか」

「ぼくはなにも殺《ころ》さない。まだ小さいから。でも、ヤギを、殺すことのできる者のところまで追いこむことはできる。腹《はら》がからっぽになったら、今、言ったことが本当かどうか、たしかめにきて。ぼくはここに特別《とくべつ》な力を持っているんだ」そう言って、モウグリは両手を出した。「万が一罠《わな》にかかったら、恩《おん》を返すことができる。バギーラとバルーにも。師《し》であるみなさんによい狩《か》りを！」

「よく言った」バルーは低《ひく》い声で言った。モウグリの感謝《かんしゃ》の言葉は完璧《かんぺき》だった。ニシキヘビは頭をさげ、一分ほどそっとモウグリの肩《かた》にのせた。「勇敢《ゆうかん》な心と礼儀《れいぎ》正《ただ》しい舌《した》を持っていれば、ジャングルをどこまでもいける。だが、今はもう、友とともに帰れ。帰って寝《ね》るんだな。もうすぐ月が沈《しず》む。それに、このあとのことは見ないほうがいい」

月は丘《おか》のうしろに沈《しず》もうとしていた。サルたちはブルブル震《ふる》えながら、城壁《じょうへき》や胸壁《きょうへき》の上にずらりとならんで身を寄《よ》せ合《あ》い、まるで縁飾《ふちかざ》りが揺《ゆ》れているように見える。バルーは水を飲みに水槽《すいそう》のほうへおりていき、バギーラは毛をつくろいはじめた。すると、カーはするするとテラスの真ん中に出ていって、あごを閉《と》じた。カチッという音が響《ひび》き、サルたちの目がいっせいにカーに向けられた。

「月が沈《しず》んだ。だが、まだおれが見えるか？」

城壁《じょうへき》の上から、こずえを揺《ゆ》らす風のようなうめき声があがった。「見えます、カー」

「いいだろう。さあ、今からダンスをはじめる。腹《はら》をすかせたカーの踊《おど》りだ。じっとして、よく見ていろ」カーは二回、三回と大きな輪《わ》を描《えが》き、左右に頭をくねらせた。からだがぬるりと巻《ま》いて、数字の8の形になり、次にぬらぬらとやわらかい三角形になって、溶《と》けて四角形になり、さらに五角形になったかと思うと、くるくるととぐろを巻いた。止まることなく、しかし、急ぐこともなく、そのあいだじゅう低《ひく》い声でハミングをしつづけている。あたりはどんどん暗くなり、ついに、ずるずると這《は》い、形を変《か》えつづけるとぐろも見えなくなった。うろこの擦《す》れる音だけが響《ひび》いている。

バルーとバギーラは石のように立ちつくし、のどの奥《おく》で低《ひく》くうなっていた。首の毛が逆《さか》立《だ》っている。モウグリはきょとんとしてじっと見ていた。

「バンダー・ログよ」ついにカーが口を開いた。「おれの命令《めいれい》なしで、足を動かせるか、手を動かせるか？　答えよ！」

「あなたの命令《めいれい》なしには、足も手も動かすことはできません、カー！」

「いいだろう！　一歩、おれのほうへ出ろ」

サルたちの列が、抗《あらが》いがたい力に引っぱられるようにゆらりと前に出た。バルーとバギーラもつられるように、しゃちこばって一歩前へ出る。

「もっとだ！」カーがシュウウウウとささやく。動物たちもまた前へ出る。

モウグリはバルーとバギーラの背《せ》に手をおいて、カーから引きはなした。二頭の大きな獣《けもの》は、夢《ゆめ》から覚《さ》めたようにビクンとからだを震《ふる》わせた。

「肩《かた》に手を置《お》いていてくれ」バギーラがささやいた。「はなさないでくれよ。でないと、またいっちまう。カーのところへ。アア！」

「年よりのカーが、土の上でぐるぐるまわってるだけじゃないか。もう、いこうよ」モウグリは言った。そして、モウグリとバルーとバギーラは城壁《じょうへき》の隙間《すきま》を抜《ぬ》けて、ジャングルへもどっていった。

「フウウウッ」ふたたび静《しず》かな木々の下までくると、バルーはうなった。「カーには二度と助太刀《すけだち》はたのまんぞ」そして、全身をブルッと震《ふる》わせた。

「おれたちよりも、ずっといろいろなことを知っているんだ」バギーラも震《ふる》えながら言った。「もう少し長くあの場にいたら、自分からやつの口に飛《と》びこんでただろうよ」

「ふたたび月がのぼるまでに、大勢《おおぜい》がやつののどを下っていくだろう。大猟《たいりょう》になるな。あれがやつのやり方か」バルーが言う。

「さっきのは、どういうことなのさ？」モウグリには、ニシキヘビのえものを虜《とりこ》にする力はさっぱりわからなかった。「でかいヘビが暗くなるまで、バカみたいにぐるぐるまわってただけじゃないか。しかも、鼻がすりむけてた。ハハハ！」

「モウグリ」バギーラが怒《おこ》って言った。「カーの鼻がすりむけたのは、おまえのせいだろう。おれの耳とわき腹《ばら》と前足が痛《いた》むのも、バルーの首と肩《かた》が噛《か》み傷《きず》だらけなのも、ぜんぶおまえのせいだ。バルーもおれもこれから数日は、狩《か》りを楽しめないんだぞ」

「どうってことないさ」バルーが言った。「人間の子を取りもどせたんだ」

「たしかにな。だが、この子のせいで、ずいぶんと時間を失《うしな》った。本当だったら、いい狩《か》りができていたかもしれん。しかも、ケガを負い、毛も失った。背中《せなか》の毛なんて、半分引《ひ》っこ抜《ぬ》かれたよ。そして、いいか、名誉《めいよ》まで失ったんだ。モウグリ、覚《おぼ》えておけ、黒ヒョウであるこのおれがカーに助けを求《もと》めるはめになり、しかも、バルーもおれもあの狩りのダンスのせいで、小鳥みたいにバカをさらしちまった。それもこれもすべて、いいか、人間の子、おまえがバンダー・ログとふざけたりしたからなんだ」

「本当にそうだね、わかってる」モウグリは悲しそうに言った。「ぼくは悪い人間の子だよ、腹《はら》が悲しい気持ちになってる」

「フウッ！　ジャングルのおきてではどういうことになってるんだ、バルー？」

バルーはこれ以上《いじょう》モウグリにいやな思いはさせたくなかったが、かといって、おきてを変《か》えるわけにはいかなかった。そこで、もごもごと言った。「悲しんだところで、罰《ばつ》から逃《のが》れられるわけじゃない。だが、忘《わす》れるな、バギーラ、この子はまだ幼いんだぞ」

「ああ、忘《わす》れてないさ。だが、この子は悪さをした。今こそ、たたかなきゃいけないんじゃないか。モウグリ、なにか言いたいことはあるか？」

「ないよ。ぼくが悪いんだ。そのせいで、バルーとあなたはケガをしてしまった。とうぜんだよ」

バギーラは、六発モウグリをたたいた。黒ヒョウから見れば、愛撫《あいぶ》くらいのもので、眠《ねむ》っている黒ヒョウの子を起こすこともできない程度《ていど》だったが、七歳《さい》の人間の子には、できれば遠慮《えんりょ》したい、手痛《ていた》い六発だった。六発すべてがおわると、モウグリはくしゃみを一回して、ひと言も言わずに起きあがった。

「さあ、じゃあ、背中《せなか》にお乗り、小さな兄弟。家へ帰ろう」バギーラは言った。

ジャングルのおきてのいいところは、罰《ばつ》を受ければ、それですべてがなかったことになる点だ。あとからぐちぐち言われることはない。

モウグリはバギーラの背中《せなか》に頭をのせると、すやすやと眠《ねむ》ってしまった。洞穴《ほらあな》の母オオカミのもとにおろされても、目も覚《さ》まさなかった。

バンダー・ログの行進の歌

さあ、花綱《フェストゥーン》のようにつながって
いくぞ、月まであと少し！
月もうらやむおれたちの、陽気な踊《おど》りがうらやましいか？
二本の手がうらやましいか？
おまえのしっぽが、そう、もしも
キューピッドの弓型《ゆみがた》ならば、うれしくないか？
　おやおや、とうとう怒《おこ》ったね、ええと——ま、いいさ
　兄弟、しっぽが尻《しり》からたれてるぞ。

さあ、枝《えだ》にずらりとならんで
きれいなものを　心に浮《う》かべ

りっぱな行いを　夢見《ゆめみ》よう
そうすりゃ、すぐさま、かなうから
気高く、かしこく、善《よ》いことも
願《ねが》うだけで　ほらできた
　さあ、これから、ええと――ま、いいさ
　兄弟、しっぽが尻《しり》からたれてるぞ。

これまで聞いた　話をぜんぶ
コウモリ、獣《けもの》、小鳥たち
毛皮やうろこに、ひれ、羽毛《うもう》
やつらの話を　一度にぜんぶ　しゃべっちまえ！
すごいぞ！　みごとだ！　もう一回！
これで、おれたちゃ人間みたい！
　真似《まね》しようじゃないか、ええと――ま、いいさ。
　兄弟、しっぽが尻《しり》からたれてるぞ

これが、サル族のやり方さ
さあ、連《つら》なって、マツの枝《えだ》わたれ
軽々のぼれ　野ブドウ揺《ゆ》れる高みまで
あとに残《のこ》したゴミにかけ、格調《かくちょう》高い声にかけ、
いいか、ほら聞け、おれたちゃ、立派《りっぱ》なことするぞ！

トラ！　トラ！

勇《いさ》ましきハンター、狩《か》りはどうした？
兄弟よ、長く、寒い待《ま》ち伏《ぶ》せだった
しとめにいったえものはどうした？
兄弟よ、ジャングルでまだ、草を食《は》んでる
おまえが誇っていた力はどこへ？
兄弟よ、胸《むね》と腹《はら》から出ていった
どこへいくのだ、そんなにいそいで？
兄弟よ、巣穴《すあな》へくたばりにいくところさ

集会の岩場でオオカミの群《む》れと戦《たたか》ったあと、モウグリは洞穴《ほらあな》を出て、村の人間たちが住む、耕《たがや》された土地までおりていった。だが、そこで足を止めるつもりはなかった。ジャングルに近すぎる。集会で、少なくとも一頭、たちの悪い敵《てき》を作ったことはわかっていた。そこで、さらに先へいくことにして、谷をくだるでこぼこ道を、一定の速度で三十キロほど走っていくと、知らない土地に出た。谷がひらけ、広々とした平野につながり、そこかしこに岩があって、雨に削《けず》られてできた細く深い溝《みぞ》がいくつも走っている。片側《かたがわ》に小さな村があり、向かい側《がわ》にはうっそうとしたジャングルが牧草地《ぼくそうち》のすぐそばまで迫《せま》り、草刈《くさか》り鎌《がま》で断《た》ち切《き》られたようにぷっつりとおわっていた。いたるところで、牛や水牛が草を食《は》んでいる。

すると、牛飼《うしか》いの少年たちがモウグリに気づき、悲鳴をあげて逃《に》げ出《だ》した。インドの村をうろついている黄色っぽい毛のパリア犬が、ワンワン吠《ほ》え立てる。しかし、モウグリは腹《はら》が減《へ》っていたので、そのまま歩きつづけた。そして、村の入り口までくると、日が暮《く》れたあとに村の門の前に置《お》かれる、トゲの生えた枝《えだ》の束《たば》がわきにどけられているのに気づいた。

「ふん！」こうしたバリケードなら、これまでも食べ物を探《さが》してうろついている夜に、何度か見かけたことがあった。「ここでも、人間はジャングルの民《たみ》をおそれてるわけだ」モウグリは門のそばにすわった。やがて男が出てくると、モウグリは立ち上がって口をあけ、中を指さして食べ物がほしいことを伝《つた》えた。男は目を丸くして、通りを駆《か》けもどると、大声で僧《そう》を呼《よ》んだ。僧は大柄《おおがら》の太った男で、白い衣《ころも》を身につけ、ひたいに赤と黄色の印《しるし》をつけていた。僧は門までやってきたが、少なくとも百人以上《いじょう》の人間がいっしょにきて、モウグリをじろじろ見て、指をさし、なにか言ったりどなったりした。

「礼儀《れいぎ》ってものを知らないんだな、この人間たちは。こんなに不作法《ぶさほう》なのは、ハイイロザルくらいだよ」そこで、モウグリは長い髪《かみ》をさっとはねのけると、顔をしかめてみせた。

僧《そう》が口を開いた。「なにを怖《こわ》がることがある？　あの腕《うで》や足の傷《きず》を見ろ。オオカミに噛《か》まれたあとだ。あれは、ジャングルから逃《に》げ出《だ》してきた、ただのオオカミ子どもだ」

とうぜんのことながら、いっしょに遊んでいるときに子オオカミが相手をつい強く噛《か》んでしまうことはよくあった。だから、モウグリの腕《うで》と足は白い傷跡《きずあと》だらけだったが、モウグリにしてみれば、こんなのは噛まれたうちに入らなかった。本気で噛まれたらどうなるか、よく知っているからだ。

「まあまあ《アレーアレー》」二、三人の女が口々に言った。「オオカミに噛《か》まれたなんて、かわいそうな子。立派《りっぱ》な男の子じゃないの。真っ赤に燃《も》えてる炎《ほのお》みたいな目をしてるわ。あたしの名誉《めいよ》にかけて言うけど、ほら、メスワ、トラにさらわれたあんたの子にそっくりよ」

「見せて」手首と足首に重そうな銅《どう》の飾《かざ》り輪《わ》を何本もつけた女が言った。女は、目の上に手をかざして、じっとモウグリを見た。「たしかにそうね。あの子のほうが痩《や》せてるけど。でも、顔はよく似《に》てるわ」

僧《そう》は抜《ぬ》け目《め》のない男だった。メスワが村いちばんの金持ちの妻《つま》だと知っていたから、しばらく空を見あげたあと、おごそかな口調《くちょう》でこう言った。「ジャングルがとりあげたものを、ジャングルが返してきたのじゃ。その子を家へ連《つ》れ帰《かえ》りなさい。人の生の奥深《おくふか》くまで見通すこの僧への礼を忘《わす》れるでないぞ」

「ぼくの代価《だいか》になった雄牛《おうし》にかけて、こいつらがべらべらしゃべってるようすは、群《む》れでの子オオカミのお広めのときとそっくりだ！　まあ、いい。ぼくが人間なら、人間にならなきゃいけないんだろう」モウグリは心の中でつぶやいた。

人間たちは左右にわかれ、女がモウグリに手招《てまね》きし、自分の小屋へ連《つ》れ帰《かえ》った。小屋には、赤い漆《うるし》ぬりのベッドと、奇妙《きみょう》な浮《う》き彫《ぼ》りもようのほどこされた穀物用《こくもつよう》の陶製《とうせい》の大箱、銅鍋《どうなべ》が五、六個《こ》に、壁《かべ》の小さなくぼみに置《お》かれたヒンドゥーの神像《しんぞう》、さらに、市《いち》で売られている本物の鏡《かがみ》もかけてあった。

メスワはモウグリにゆっくりと牛乳《ぎゅうにゅう》を飲ませ、パンを与《あた》えた。それから、モウグリの頭に手を置《お》いて、じっと目をのぞきこんだ。もしかしたら本当に、トラにさらわれた息子《むすこ》がもどってきたのかもしれないと思ったのだ。それから、メスワは言った。「ナトゥー、おお、ナトゥー」しかし、モウグリは、名前に聞《き》き覚《おぼ》えのあるようすは見せなかった。「新しい靴《くつ》をやったときのことは覚えてる？」モウグリの足に触《ふ》れると、動物の角《つの》のように硬《かた》かった。メスワは悲しくなってつぶやいた。「ちがうわ。この足は靴をはいたことのない足ね。でも、おまえはあたしのナトゥーにそっくりよ、あたしの息子になっておくれ」

モウグリは落ちつかなかった。屋根の下に入ったことがなかったからだ。けれども、草で葺《ふ》かれた屋根を見て、外に出たければいつでも穴《あな》をあけられるし、窓《まど》にも鍵《かぎ》がついていないことに気づいた。そして、最後《さいご》にはこうつぶやいた。「人間になったって、人間の話す言葉がわからなきゃ、しょうがない。今のぼくは、ジャングルにきた人間みたいに、なにもしゃべれなくてバカみたいだ。人間の言葉をしゃべれるようにならなきゃ」

オオカミたちと暮《く》らしていたとき、雄《お》ジカが反撃《はんげき》してくるときにあげる声や、子イノシシがフウフウうなっているのをよくまねしていたが、遊びでやっていたわけではない。だから、メスワが言葉を発すると、モウグリもすぐ、ほぼ完璧《かんぺき》にまねてみせた。そして、暗くなるころには、小屋の中にあるものの名前をだいぶ覚《おぼ》えていた。

寝《ね》るときに、問題が持ちあがった。というのも、モウグリはヒョウの罠《わな》そっくりなこの小屋で眠《ねむ》る気になれなかったのだ。なので、人間たちが扉《とびら》を閉《し》めると、窓《まど》から抜《ぬ》け出《だ》した。

「好《す》きにさせてやれ」メスワの夫《おっと》は言った。「今まで一度もベッドで寝たことがないんだから。本当にわれわれの息子《むすこ》の代わりに遣《つか》わされた子なら、逃《に》げはしないだろう」

モウグリは、畑の端《はし》の高くて清潔《せいけつ》な草の上に長々と寝《ね》そべった。しかし、目を閉《と》じる間《ま》もなく、やわらかい灰色《はいいろ》の鼻にあごの下をつつかれた。

「ちぇっ！」灰色《はいいろ》の兄弟は言った。母オオカミのいちばん上の子だった。「三十キロも追いかけてきたのに、とんだごほうびだな。煙《けむり》のにおいと家畜《かちく》のにおいがぷんぷんするぞ。もうすっかり人間みたいだな。ほら、起きろよ、兄弟。知らせを持ってきたぞ」

「ジャングルのみんなは元気かい？」モウグリは兄弟を抱《だ》きしめた。

「赤い花で火傷《やけど》したオオカミ以外《いがい》はな。いいか、よくきけ。シア・カーンが狩場《かりば》を遠くへ移《うつ》したんだ。また毛が生えそろうまではもどってこないだろう。かなりひどく焦《こ》がしたからな。だが、もどってきたら、おまえの骨《ほね》をワインガンガ川に沈《しず》めてやると言っている」

「それについては、こっちも言いたいことがあるけどね。それに、ぼくもちょっとした誓《ちか》いを立てたんだ。そういう知らせはいつだって歓迎《かんげい》だよ。今夜はくたびれてんだ。新しいことだらけで、疲《つか》れちゃったよ、灰色《はいいろ》の兄弟。でも、これからもいろいろ知らせてくれよ」

「自分がオオカミだってこと、忘《わす》れないよな？　人間たちに、忘れさせられたりしないよな？」灰色《はいいろ》の兄弟は心配そうに言った。

「忘《わす》れないさ。これからもずっと、巣穴《すあな》のみんなのことが大好《だいす》きだよ。だけど、群《む》れから放《ほう》り出《だ》されたことは、ぜったい忘れない」

「ほかの群《む》れからも追い出されるかもしれないってことも、覚《おぼ》えておくんだぞ。人間はしょせん人間だ、兄弟。連中《れんちゅう》の言うことは、池のカエルの言うこととおなじさ。今度、こっちまでおりてくるときは、牧草地《ぼくそうち》のはずれの竹林で会おう」

その夜から三か月間、モウグリはほとんど村の門から出ずにすごした。人間たちのやり方や習慣《しゅうかん》を学ぶのに忙《いそが》しかったのだ。最初《さいしょ》は、からだに布《ぬの》を巻《ま》くことからだった。モウグリはそれがいやでいやでしょうがなかった。次は、お金のことを学ばなければならなかった。でも、さっぱりわからなかったし、畑を耕《たがや》したり鋤《す》いたりということも、どうしてそんなことをしなければならないのか、理解《りかい》できなかった。村の子どもたちにも頭にきた。ジャングルのおきてでかんしゃくを抑《おさ》えなければならないと学んでいたのは、幸いだった。ジャングルでは、怒《いか》りをこらえられなければ、食べ物も命もなくすことになる。けれども、ゲームをしないとか、凧《たこ》をあげないとか、言葉の発音をまちがえたとか、そんなことでバカにされたとき、相手を捕《つか》まえて真っぷたつに引《ひ》き裂《さ》かなかったのは、ひとえに毛のないはだかの子どもを殺《ころ》すのはひきょうだと知っていたからだ。モウグリは、自分の力のほどをまったくわかっていなかった。ジャングルでは、獣《けもの》たちに比《くら》べれば弱いとわかっていたが、村では、雄牛《おうし》のように強いと言われた。ほかにも、人間同士《どうし》の身分《カースト》の差《さ》というのが、モウグリにはさっぱりピンとこなかった。焼物師《やきものし》のロバが、焼物の粘土《ねんど》をとる穴《あな》に落ちてしまったとき、モウグリはしっぽを持って引きあげ、カンイワラの市《いち》に持っていくというつぼを積《つ》むのを手伝《てつだ》ってやったのだが、これもまた、人々には信じがたいことだった。というのも、焼物師というのは身分が低《ひく》く、そのロバはさらに卑《いや》しい存在《そんざい》だからだ。僧《そう》に叱《しか》られると、モウグリは、おまえをロバの背中《せなか》に乗っけてやると言い返した。

そんなこともあって、僧《そう》はメスワの夫《おっと》に、なるべく早くモウグリを働《はたら》きに出したほうがいいと助言した。そこで、村の長《おさ》はモウグリに、次の日から水牛を牧草地《ぼくそうち》に連《つ》れていって、草を食べているあいだ見張《みは》るようにと言った。モウグリは大喜《おおよろこ》びだった。村の仕事をすることになったので、その晩、モウグリは大きなイチジクの木の下にある石造《いしづく》りの壇《だん》で毎晩《まいばん》開かれている集まりに出かけていった。いわば村の集会のようなもので、村長と見張りの男、村じゅうのうわさに通じている床屋《とこや》、そして村のハンターである老ブルデオがいて、タバコを吸《す》っていた。ブルデオはかつてイギリス軍が使っていた古いマスケット銃《じゅう》を持っていた。壇の上の木では、サルたちがおしゃべりをし、壇の下には穴《あな》があって、コブラが住んでいた。コブラは神聖《しんせい》な生き物としてうやまわれ、毎晩《まいばん》小さな皿に牛乳《ぎゅうにゅう》を注いでもらっていた。老人《ろうじん》たちは木のまわりにすわって、夜更《よふ》けまで、しゃべったり大きな水ギセル《フカス》を吸《す》ったりする。みな神々や人間や幽霊《ゆうれい》の出てくるふしぎな話をしたが、中でもブルデオの話は輪《わ》をかけてあやしげなものばかりで、どれもジャングルの獣《けもの》が出てきた。輪の外にすわっている子どもたちは、目をまるくしてそうした話に耳をかたむけた。ほとんどが動物たちの話なのは、ジャングルと村はとなり合わせだからだ。シカや野ブタが村の作物を掘《ほ》り返《かえ》し、たそがれどきには、村の門のすぐそばまでトラがやってきて、人間をさらっていくこともある。

　モウグリは、人間たちが話しているようなことはとうぜん知っていたから、顔を隠《かく》して笑《わら》っているのを見られないようにした。ブルデオがマスケット銃《じゅう》をひざに置《お》いて、ふしぎな話を次から次へと話して聞かせているあいだ、モウグリの肩《かた》はふるえっぱなしだった。

　ブルデオは、メスワの息子《むすこ》をさらっていったのは幽霊《ゆうれい》トラで、数年前に死んだ、悪い金《かね》貸《か》しの老人《ろうじん》の霊《れい》がとりついているのだと言った。「それがほんとだってことは、おれにはわかってるんだ。っていうのも、あのプアーアン・ダースは、やつの会計帳簿《ちょうぼ》が燃《も》やされたときの暴動《ぼうどう》で殴《なぐ》られて以来《いらい》、足を引きずってたからな。おれが話したトラも足を引きずってるんだ。足跡《あしあと》が左右ちがうからわかったのさ」

「なるほど、そうか。なら、本当にちがいない」老人《ろうじん》たちはみな、うなずいた。

「今の話は、クモの巣《す》か月の話みたいにいいかげんだよ」モウグリは言った。「あのトラが足を引きずってるのは、生まれつきだ。そんなこと、みんな知ってる。あいつは、ジャッカルよりも臆病《おくびょう》なんだ。金貸《かねか》しの霊《れい》がとりついたなんて、子どものたわごとだよ」

　ブルデオは驚《おどろ》いて一瞬《いっしゅん》、言葉を失《うしな》った。村長は目を丸くした。

「おやおや！　ジャングルのこぞうじゃないか」ブルデオは言った。「おまえがそんなにかしこいなら、カンイワラにやつの毛皮を持っていくんだな。政府《せいふ》が百ルピーの懸賞金《けんしょうきん》を出してるぞ。だが、もっといいのは、大人が話してるときに口出ししないことだ」

モウグリは立ち上がって、その場を離《はな》れた。だが、その前にふりかえって言った。「ぼくは一晩《ひとばん》じゅう、ここで話を聞いてた。ブルデオがジャングルについて話したことは、ひとつかふたつをのぞいて、あとはでたらめだ。ジャングルはすぐとなりにあるっていうのに。その調子じゃ、ブルデオが見たっていう幽霊《ゆうれい》やら神さまやら悪鬼の話なんて、ますます信《しん》じられないよ」

「どうせあの子はもう、牛の番にいく時間だ」村長はとりなしたが、ブルデオはモウグリの無礼《ぶれい》にぷんぷん腹《はら》を立てていた。

たいていのインドの村では、朝早くに数人の少年が牛や水牛の群《む》れを牧草地《ぼくそうち》に連《つ》れていき、夜にもどってくるのが、慣《なら》わしだった。白人を踏《ふ》みつけて殺《ころ》してしまうこともある牛たちだが、自分たちの鼻に背がようやく届《とど》くか届かないかという子どもにたたかれたり、おどされたり、どなられたりするのは平気なようだった。少年たちも群れといるかぎり、安全だ。トラでさえ、水牛の群れを襲《おそ》うことはない。ただし、花を摘《つ》んだり、トカゲを捕《つか》まえにいったりしてはぐれてしまうと、さらわれてしまうこともあった。

モウグリは夜明けに、ラーマーという名の大きな雄《おす》の水牛の背《せ》にまたがり、村の通りを進んでいった。青みがかった灰色《はいいろ》の水牛たちが、一頭、また一頭と小屋から出てきて、あとに続《つづ》く。長い角《つの》はぐっとカーブしてうしろへ伸《の》び、荒々《あらあら》しい目をしている。モウグリは、ほかの少年たちに対し、自分がリーダーだということをはっきり示《しめ》した。みがいた長い竹の棒《ぼう》で水牛たちをたたき、カムヤという少年に、牛たちに草を食《は》ませ、群《む》れから離《はな》れないように気をつけろと言《い》い残《のこ》して、自分は水牛たちを連《つ》れてさらに先へ進んだ。

インドの牧草地《ぼくそうち》は岩だらけで、低《ひく》い木のしげみや草むらがあちこちにあり、雨に削《けず》られてできた幅《はば》のせまい深い溝《みぞ》が幾本《いくほん》も走っている。群《む》れが四方に散《ち》らばると、岩や草むらの陰《かげ》に隠《かく》れて見えなくなってしまう。水牛たちはたいてい池や泥地《どろち》のそばにいて、何時間でも中で転げまわったり、あたたかい泥をあびたりしている。モウグリは群れを牧草地《ぼくそうち》のはずれの、ジャングルからワインガンガ川が流れ出てくるところまで連《つ》れていった。そして、ラーマーの首から飛《と》びおり、竹林まで走っていって、灰色《はいいろ》の兄弟を見つけた。灰色の兄弟は言った。「ああ、何日も待ってたんだぞ。どうして水牛どもを連れてるんだ？」

「命令《めいれい》なんだよ。しばらくは、村の牛番なんだ。シア・カーンについての知らせはあるかい？」

「こっちの土地にもどってきて、ずっとおまえのことを待ってたぞ。今はまた、いっちまった。えものが少なかったんでな。だが、おまえを殺《ころ》すつもりなのはまちがいない」

「よし。あいつがいないあいだは、四人の兄弟のだれかが、あの岩の上にすわっててくれないかな。そしたら、村を出たとき、姿《すがた》が見えるから。で、シア・カーンがもどってきたら、平原の真ん中の花没薬樹《はなもつやくのき》のそばの溝《みぞ》でぼくのことを待ってて。シア・カーンの口の中に飛《と》びこむようなことには、なりたくないからね」

それからモウグリは木陰《こかげ》を探《さが》して横になり、水牛たちが草を食《は》んでいるあいだ眠《ねむ》っていた。インドの牛番ほど、のんびりした仕事はない。牛たちはちょっと動いては草を食み、横になってはまた歩くだけで、モーと鳴くことすらない。低《ひく》い声でうなるしか、水牛たちにいたっては声もめったに出さず、一頭、また一頭と泥《どろ》の沼《ぬま》の中にぞろぞろ入っていって、鼻と瑠璃《るり》色《いろ》の目だけ外に出し、丸太のようにごろりと横になる。太陽の熱気《ねっき》で岩がゆらめき、牛番の子どもたちは、いつも一羽《わ》しかいないトビがほとんど見えないくらい高いところでピーヒョロ鳴いている声に耳をかたむける。自分たちか牛が死んだら、あのトビが舞《ま》い降《お》りてくるだろう。そしてそれを見た、数キロ先にいるトビがまた舞い降りてきて、また次、また次というように、こっちが死ぬか死なないかのうちに、腹《はら》をすかせたトビが二十羽《わ》あまりもやってくるのだ。そんなことを考えながら眠り、また目覚《めざ》めては眠り、乾《かわ》いた草で小さなかごを編《あ》んで、バッタを入れたり、カマキリを二匹捕《ひきつか》まえて戦《たたか》わせたり、赤と黒の実で首飾《くびかざ》りを作ったり、トカゲが岩の上で日向《ひなた》ぼっこしているのを観察《かんさつ》したり、沼のそばでヘビがカエルを狩《か》っているのをながめたりする。それから、長い長い歌を歌う。最後《さいご》は、独特《どくとく》の震《ふる》え声《ごえ》でしめくくる。そんな牛番の子どもたちの一日は、たいていの人間の一生より長いようにすら思えた。時には、泥で城《しろ》を作ったりもする。泥の人形と馬と水牛を作って、人形に葦《あし》を持たせ、自分たちは王で、人形を軍隊《ぐんたい》ということにして遊ぶのだ。人々があがめる神の役になることもある。こうして、やがて日が暮《く》れると、少年たちの呼《よ》び声《ごえ》に、水牛たちはスポン、スポンと銃声《じゅうせい》のような音を立てながらねっとりした泥から抜《ぬ》け、よたよたと出てくると、また数珠《じゅず》つなぎになって、ちらちら光る村の灯《ひ》へ向かって灰《はい》色《いろ》の平原を帰っていくのだった。

毎日のようにモウグリは水牛たちを連《つ》れて泥《どろ》の沼《ぬま》へいき、毎日のように平原の二キロ半ほど先に灰色《はいいろ》の兄弟の背中《せなか》が見えるかどうかたしかめた。そして、毎日のように草の上にねっころがって周囲《しゅうい》の音に耳をすませ、かつてジャングルですごした日々を夢見《ゆめみ》るのだった。万が一シア・カーンがワインガンガ川のそばのジャングルにやってきても、そうした長く静《しず》かな昼ならすぐに、足を引きずる音に気づくだろう。

そしてついに、その日がやってきた。岩の上に灰色《はいいろ》の兄弟の姿《すがた》が見えなかったのだ。モウグリは笑《わら》って、水牛たちを花没薬樹《はなもつやくのき》のそばの溝《みぞ》へ連《つ》れていくと、木にはあざやかな朱色《しゅいろ》の花が咲《さ》きほこり、その下に、灰色の兄弟が背中《せなか》の毛という毛を逆立《さかだ》ててすわっていた。

「やつは一か月間、隠《かく》れてたんだ。おまえを油断《ゆだん》させようとしたんだな。昨日《きのう》の夜、タバキとこっちの狩場《かりば》にもどってきた。おまえのあとをつけてる」灰色《はいいろ》の兄弟は息をハアハアさせながら言った。

モウグリは顔をしかめた。「シア・カーンは怖《こわ》くないよ。でも、タバキはずるがしこいからな」

「大丈夫《だいじょうぶ》だ」灰色《はいいろ》の兄弟はかるく舌《した》なめずりをした。「夜明けにタバキに会ったんだ。今ごろは、トビにでも自分の知ってることをぺらぺらしゃべってるだろうが、おれにもすべてしゃべったよ。背骨《せぼね》をへし折ってやるとおどしてやったんだ。シア・カーンは今夜、村の門で待《ま》ち伏《ぶ》せするつもりらしい。ああ、もちろん、おまえのことをだ。今は、ワインガンガ川が干上《ひあ》がったあとの深い溝《みぞ》で休んでる」

「今日はえものは食ったの？　それとも、腹《はら》をすかせて狩《か》りをするつもりかな？」モウグリはきいた。その答えが、まさに生死をわけるのだ。

「夜明けにえものをしとめたよ。ブタだ。それに、水もたらふく飲んでる。わかるだろ、シア・カーンは断食《だんじき》したりしないんだ。復讐《ふくしゅう》のときでさえね」

「そうか！　バカなやつめ！　まるで子どもだな！　腹《はら》いっぱい食って飲んで、しかも、たっぷり眠《ねむ》るまで、ぼくが待ってるとでも思ってるのか。さあて、やつはどこで休んでる？　ぼくたちオオカミが十匹《ぴき》いれば、やつが寝《ね》てるあいだに倒《たお》せるのにな。水牛たちは、トラのにおいを嗅《か》ぎつけないかぎりは、攻撃《こうげき》しないだろうし、ぼくは水牛の言葉はしゃべれない。水牛たちがにおいに気づくように、シア・カーンのうしろに回りこめるかな？」

「においを残《のこ》さないように、やつはワインガンガ川をずっと泳いで下ってきたんだ」

「タバキの入《い》れ知恵《ぢえ》だな。シア・カーンが自分でそんなことを考えつくわけがない」モウグリは指を口に入れて考えこんだ。「ワインガンガ川の深い溝《みぞ》にいるのか。平原側《へいげんがわ》の出口は、たしかここから八百メートルもいかないところにあったな。ぼくは水牛の群《む》れを連《つ》れて、ジャングルを抜《ぬ》けて溝の入り口に回ろう。そこから、一気に溝を下る。でも、反対《はんたい》側《がわ》から逃《に》げるかもしれないからな。反対側もふさがないと。灰色《はいいろ》の兄弟、水牛の群れをふたつに分けることはできるかな？」

「おれには無理《むり》かもしれない。だが、いっしょにきた知恵ある仲間が力をかしてくれる」

灰色《はいいろ》の兄弟はさっと走っていって、穴《あな》に飛《と》び下《お》りた。すると、穴の中から、モウグリがよく知っている灰色の大きな頭がのぞいた。熱《あつ》い空気に、ジャングルでもっとも孤独《こどく》な声が響《ひび》きわたった。オオカミが昼に狩《か》りをするときの遠吠《とおぼ》えだった。

「アケイラ！　アケイラじゃないか！」モウグリは手をたたいた。「あなたがぼくのことを忘《わす》れっこないって、わかってなきゃいけなかったのに。これから大仕事が待ってるんだ。アケイラ、群《む》れをふたつに分けてくれ。雌《めす》と子どもはいっしょにして、雄《おす》と鋤《すき》を引く水牛をもうひとつのグループにして」

二匹《ひき》のオオカミは、まるで村踊《おど》りのように群《む》れの中を出たり入ったり走り回った。水牛たちは鼻からフウフウと息を吐《は》き、頭をふりあげながらも、ふたつのグループに分かれた。片側《かたがわ》には、子を中心にして囲《かこ》むように雌《めす》たちが立ち、オオカミが足を止めたら最後《さいご》、踏《ふ》み殺《ころ》してやろうとばかりに前足で地面を蹴《け》り、目を怒《いか》らせている。もう片側には、年寄《としよ》りから若《わか》いのまで雄《おす》たちがやはり鼻息荒《あら》く、足を踏《ふ》み鳴《な》らしている。だが、見かけは強そうでも、実はこちらのほうがまだ危険《きけん》は少ない。守る子がいないからだ。人間が六人いても、こうはうまく分けられなかっただろう。

「次はどうする？」アケイラは息を切らしながら言った。「またいっしょになろうとしてるぞ」

モウグリは雄《おす》の水牛ラーマーの背《せ》にまたがった。「アケイラ、雄たちを左側《ひだりがわ》に駆《か》っていってくれ。灰色《はいいろ》の兄弟、ぼくたちが向こうへいったら、雌《めす》たちを溝《みぞ》の出口のほうから中へ追いこんで」

「どのへんまでだ？」灰色《はいいろ》の兄弟がハアハアしながら、あごを鳴らす。

「溝《みぞ》の両壁《りょうかべ》が、シア・カーンがジャンプしても届《とど》かない高さになるまでだ」モウグリは大声で言った。「ぼくたちがおりていくまで、そこにとどめておいて」アケイラが吠《ほ》えると、雄《おす》たちはいっせいに駆《か》け出《だ》した。灰色《はいいろ》の兄弟は、雌《めす》たちの前にすっくと立った。すると、雌たちが突進《とっしん》してきたので、灰色の兄弟はそのぎりぎり前を走るようにしながら溝《みぞ》の出口のほうへ向かった。一方、アケイラは反対の左のほうへ雄たちを追いたてていく。

「いいぞ！　次に突《つ》っこんでいったら、雄《おす》たちは一気に走り出すぞ。さあ、気をつけて、気をつけてよ、アケイラ。牙《きば》を鳴らしすぎると、雄たちは走り出しちゃうから。すごいぞ！　黒ジカを狩《か》るときよりずっと激《はげ》しい。こいつらがこんなに速く走れるなんて、知ってた？」モウグリは言った。

「むかし――まだ元気だったころ、こいつらも狩《か》ってたからな」アケイラはもうもうとあがる土煙《つちけむり》に咳《せ》きこみながら言った。「さあ、ジャングルへ追いこむか？」

「ああ！　ジャングルへ向かおう。すばやくね！　ラーマーが怒《いか》り狂《くる》ってる。ああ、ラーマーにぼくが今日、なにをしてほしいか伝《つた》えられたらなあ」

雄《おす》たちはアケイラに追われて、右に向きを変《か》え、目の前のやぶに突《つ》っこんでいった。牛たちといっしょに七、八百メートル離《はな》れたところからそのようすを見ていた牛番の子どもたちは、全速力で村まで走っていって、水牛たちの頭がおかしくなって逃《に》げ出《だ》した、と口々にさけんだ。モウグリの計画は単純《たんじゅん》だった。ぐるりと輪《わ》を描《えが》いて丘《おか》の上の、溝《みぞ》の入り口のほうにまわり、そこから雄たちを送りこんで、シア・カーンを雄と雌《めす》のあいだで挟《はさ》み撃《う》ちにする、というだけだ。たらふく食べて飲んだあとでは、シア・カーンは戦《たたか》うことはおろか、溝からはいあがることもできないだろう。モウグリは水牛たちに声をかけて一時《いちじ》的《てき》に落ちつかせ、遅《おく》れている水牛たちをうながすだけにとどめた。かなり大きく輪を描いて、溝に近づきすぎないようにし、シア・カーンに警戒《けいかい》されないよう気をつけながら進んでいく。そしてとうとうまごついている水牛たちを溝の入り口まで連《つ》れていった。草に覆《おお》われた急な斜面《しゃめん》が、まっすぐ溝までつづいている。この高さからだと、木々のこずえの向こうに平原が広がっているのが見えた。しかし、モウグリが見ているのは、溝の両側《りょうがわ》の壁《かべ》だった。壁がほとんど垂直《すいちょく》なのを見て、モウグリはほくそ笑《え》んだ。ツタや草のつるが上から垂れ、トラが出ようにも足がかりがない。

「アケイラ、水牛たちに息をつかせてやって」モウグリは言って、片手《かたて》をあげた。「まだシア・カーンのにおいを嗅《か》ぎつけてないんだ。水牛たちにゆっくり息をさせてやらないと。ぼくはシア・カーンにだれがきたか、教えてやる。やつはもう袋《ふくろ》のネズミだ」

モウグリは口に両手をあて、溝《みぞ》の下のほうに向かってさけんだ。声は、トンネルの中でさけんだかのように響《ひび》きわたり、岩から岩へこだましていった。

しばらくすると、起こされたばかりの満腹《まんぷく》のトラの、長く伸《の》ばした眠《ねむ》そうなうなり声が返ってきた。

「だれだ?」シア・カーンが言い、みごとな羽《はね》のクジャクがかん高い声をあげて、溝《みぞ》から バタバタと飛《と》んでいった。

「ぼくだ。モウグリだ。家畜《かちく》どろぼうめ、とうとう集会の岩場へいくときがきたぞ。今だ、アケイラ、水牛たちを追い立てろ。いけ、ラーマー、いけ!」

群《む》れは一瞬《いっしゅん》、溝《みぞ》の入り口で足をとめたが、アケイラが腹《はら》の底《そこ》から狩《か》りの声をあげると、突進《とっしん》する機関車《きかんしゃ》のように、次々に溝に飛《と》びこみはじめた。砂《すな》と小石が舞《ま》いあがる。一度、走り出せば、もはや止めることはできない。溝の底《そこ》に足をつけるよりはやく、ラーマーがシア・カーンのにおいを嗅《か》ぎつけて吠《ほ》えた。

「ハ！　ハ！」モウグリはラーマーの背中《せなか》からさけんだ。「やっと嗅《か》ぎつけたな！」黒い角《つの》と泡《あわ》を吹《ふ》く鼻と見開かれた目が、洪水期《こうずいき》の大石のごとく溝《みぞ》を一気に駆《か》け下《くだ》った。力の弱い水牛はわきへ押《お》しのけられ、壁《かべ》を覆《おお》っているツタが引《ひ》き裂《さ》かれる。水牛たちは、前にが待《ま》ち構《かま》えているかわかっているのだ。突進《とっしん》する水牛の群《む》れが相手では、トラでも立ち向かうことはできない。シア・カーンはとどろくようなひづめの音を聞きつけると、あわてて起きあがり、這《は》いあがれる場所はないか左右を見ながらよたよた逃《に》げ出《だ》した。溝の両《りょう》側《がわ》は垂直《すいちょく》だが、戦《たたか》いたくなければ、たらふく飲み食いした重いからだで這いあがるしかない。水牛たちは、シア・カーンがさっきまで寝《ね》ていた水たまりをはね散《ち》らかして通りすぎ、大声で吠《ほ》えた。幅《はば》のせまい溝に声が響《ひび》きわたる。と、反対側《はんたいがわ》からそれに応《こた》える声が聞こえ、同時に、シア・カーンがこちらに向き直るのが見えた。さすがのトラも、最悪《さいあく》の場合には、子を連《つ》れた雌《めす》よりはまだ雄《おす》を相手にするほうがましなのはわかっているのだ。次の瞬間《しゅんかん》、ラーマーが足をすべらせ、よろめいた。が、持ちこたえ、なにかやわらかいものの上を乗《の》り越《こ》えると、うしろの雄たちを引《ひ》き連《つ》れたまま、反対側《はんたいがわ》からきた雌たちとまともにぶつかった。力の弱い水牛はぶつかった衝撃《しょうげき》で完全《かんぜん》に足をすくわれて折り重なるように平原へ押《お》しあげられ、角《つの》で突《つ》くわ、ひづめで踏《ふ》むわ、鼻を鳴らすわの大混乱《だいこんらん》になった。モウグリは自分の出番だと、ラーマーの首からすべりおり、持っていた棒《ぼう》で左右の水牛を打ちまくった。

「はやく！　アケイラ！　群《む》れをばらばらにして。じゃないと、互《たが》いにけんかを始めるから。追《お》い散《ち》らすんだ。ハイ、ラーマー！　ハイ、ハイ、ハイ！　ほら、落ちついて。もうおわったんだよ」

アケイラと灰色《はいいろ》の兄弟はいったりきたり、水牛の足を軽く噛《か》んでまわった。群《む》れはまたジャングルのほうへ向かって走りはじめていたが、モウグリがなんとかラーマーの向きを変《か》えると、ほかの水牛もラーマーのあとについて泥《どろ》の沼《ぬま》のほうへ向かいだした。

シア・カーンは、これ以上踏《いじょうふ》みつける必要《ひつよう》もなかった。すでに事切れ、さっそくトビたちが集まりはじめていた。

「兄弟たち、こしぬけ野郎《やろう》が死んだよ」モウグリは人間と暮《く》らすようになってからいつも首にかけている鞘《さや》に入ったナイフをつかんだ。「どっちにしろ戦《たたか》う根性もなかっただろうけどね。この毛皮は集会の岩場にぴったりだ。さっさと済《す》ましてしまおう」

人間の中で育った少年なら、三メートルもあるトラの皮を一人ではごうとは思いもしないだろうが、モウグリは動物の皮がどんなふうについていて、どうすればはがれるのか、よくわかっていた。とはいえ、重労働《じゅうろうどう》であることには変《か》わりなく、一時間ほど、フウフウ言いながら切ってははがす作業を続《つづ》けた。そのあいだ、オオカミたちはだらりと舌《した》を垂《た》らし、たのまれると、そばへいって皮をひっぱるのを手伝《てつだ》った。それから少したって、肩《かた》に手が置《お》かれたので、ふりかえると、ブルデオがマスケット銃《じゅう》を持って立っていた。子どもたちに水牛が暴走《ぼうそう》したことを聞いて、腹《はら》を立て、群《む》れの番をしなかったモウグリを叱《しか》りつけてやろうと意気ごんでやってきたのだ。オオカミたちは、人間がくるのを見たとたん、すっと姿《すがた》を消した。

「いったいどういうことだ?」ブルデオは怒《おこ》ってどなった。「トラの皮をはがせると思ってるのか、バカめ。水牛たちはどこでこのトラを殺《ころ》したんだ? そいつは例《れい》の足の悪いトラだろう。そいつには百ルピーの懸賞金《けんしょうきん》がかかってる。よしよし、おまえが群《む》れを暴走《ぼうそう》させたのは見逃《みのが》してやろう。まあ、懸賞金から小銭《こぜに》くらいはやってもいい。おれがその皮をカンイワラに持っていってやる」ブルデオは腰巻《こしまき》から火打石と鋼《はがね》を取り出し、かがんでシア・カーンのひげを燃《も》やした。インドの猟師《りょうし》たちはかならずトラのひげを燃やす。トラの霊《れい》にとりつかれないようにするためだ。

「フン！」モウグリは前足の皮をはぎながら、独《ひと》り言《ごと》のように言った。「皮をカンイワラに持っていって、懸賞金《けんしょうきん》から一ルピーくれるだって？　おれにはおれの、皮の使い道があるんだ。おい、じいさん、その火、やめてくれよ！」

「村いちばんのハンターに向かって、どういう口のきき方だ？　おまえの水牛がバカだったおかげで、運よく殺《ころ》せただけじゃないか。そのトラは腹《はら》いっぱい食ったばかりだったんだろう。そうじゃなきゃ、今ごろ三十キロは遠くへいっちまってるはずだ。おまえのような物乞《ものご》いのこぞうにまともに皮をはげるわけがない。しかも、このブルデオさまに、ひげを焼《や》くななどと命令《めいれい》しおって。もうおまえには一アンナもやらん。思い切りたたいてやるからそう思え。死骸《しがい》から離《はな》れろ！」

モウグリは肩《かた》の皮にとりかかっていた。「ぼくの代価《だいか》になった雄牛《おうし》にかけて言うけど、昼じゅう、この年寄《としよ》りザルとしゃべってなきゃならないわけ？　ねえ、アケイラ、この人間をなんとかしてよ」

ブルデオはシア・カーンの頭の上にかがみこんでいたが、次の瞬間《しゅんかん》、気づくと、草むらに大の字になって、灰色《はいいろ》のオオカミに押《お》さえつけられていた。モウグリはインドには自分ひとりしかいないみたいに、皮をはぎつづけた。

「ああ、そうさ」モウグリは歯を食いしばりつつ言った。「おまえの言うとおりだよ、ブルデオ。おまえからは一アンナも受け取らないさ。この足の悪いトラとぼくは、むかしから敵同士《かたきどうし》だったたんだ。本当にむかしからね。そして、ぼくが勝ったのさ」

ブルデオの名誉《めいよ》のために言うと、今より十歳若《さいわか》ければ、そしてもし、オオカミと出くわしたのが森の中ならば、アケイラと戦《たたか》ったかもしれない。しかし、このオオカミは、人間の子の命令《めいれい》に従《したが》い、その人間の子は人食い虎《どら》と敵同士《かたきどうし》だなどと言っている。とてもふつうのオオカミとは思えない。魔術《まじゅつ》だ、それもおそろしい悪の魔術だ、とブルデオは思った。首にかけた魔《ま》よけが守ってくれるだろうか。ブルデオは、今にもモウグリがトラに変身《へんしん》するんじゃないかと、身じろぎもせず地面に横たわっていた。

「マハラジャ！　偉大《いだい》なる王よ！」ついにブルデオはかすれた声で言った。

「なんだい？」モウグリはふりかえりもせずに返事をすると、クスッと笑《わら》った。

「おれは年寄《としよ》りで、あなたさまのことはただの牛番だと思ってたんです。起きあがって、ここから立ち去ってもいいでしょうか？　それとも、あなたさまのしもべに引《ひ》き裂《さ》かれてしまうのでしょうか?」

「いっていいよ。無事《ぶじ》に帰れよ。ただ、今度からはぼくのえものに手を出すな。放してやれ、アケイラ」

ブルデオは足を引きずり、何度もふりかえりながらせいいっぱい急いで村へ向かった。モウグリがなにかおそろしいものに変身《へんしん》したら、たまらない。そして、村へつくと、魔法《まほう》だ、魔術《まじゅつ》だ、妖術《ようじゅつ》だと騒《さわ》ぎ立《た》てたので、僧《そう》は深刻《しんこく》な面持《おもも》ちになった。

モウグリは作業を続《つづ》けたが、日が暮《く》れかけるころになってようやく、大きくけばけばしい毛皮をはがし終えた。

「これをどこかに隠《かく》して、水牛たちを連《つ》れ帰《かえ》らなきゃ。水牛たちを追っていくのを手伝《てつだ》ってよ、アケイラ」

群《む》れは霧《きり》がかったたそがれの中を、ひとかたまりになっておりていった。村の近くまでいくと、光が見え、ほら貝の音や寺院の鐘《かね》が鳴る音が響《ひび》いてきた。村人の半分が、門のところで待《ま》ち構《かま》えている。「ぼくがシア・カーンを殺《ころ》したからか」ところが、耳元をヒュンヒュンと石がかすめ、村人たちが口々にどなった。「魔術師《まじゅつし》め! オオカミの子! ジャングルの悪魔《あくま》! 出ていけ! ここから出ていくんだ! じゃないと、お坊《ぼう》さまがおまえをまたオオカミにもどしてしまうぞ。撃《う》て、ブルデオ、撃つんだ！」

古いマスケット銃《じゅう》が火を吹《ふ》き、若《わか》い水牛が痛《いた》みに吠《ほ》えた。

「また魔術《まじゅつ》だ！」村人たちは言った。「弾《たま》の向きを変《か》えられるんだ。ブルデオ、あれはおまえの水牛だぞ」

「いったいなんなんだ？」モウグリはとほうにくれた。だが、石はますます激《はげ》しく飛《と》んでくる。

「オオカミの群《む》れとそう変《か》わらんな、おまえの仲間《なかま》たちも」アケイラはすわったまま、落《お》ちつき払《はら》って言った。「おれの考えじゃ、あの弾丸《だんがん》に意味があるなら、おまえを追い出そうということだろうな」

「オオカミ！　オオカミの子！　立ち去るのじゃ！」僧《そう》は大声をはりあげ、聖《せい》なるトゥルシーの葉をふりまわした。

「またか。前は、ぼくが人間だからだったのに、今度はぼくがオオカミだからなのか。いこう、アケイラ」

女がひとり、走ってきた。メスワだった。「ああ、息子《むすこ》よ、あたしの息子！　みんながおまえのことを魔術師《まじゅつし》で、獣《けもの》に姿《すがた》を変《か》えられると言うの。あたしは信《しん》じてない。でも、お

いき。でないと、殺《ころ》されちまうからね。ブルデオはおまえのことを魔術師だと言っている
けど、あたしにはわかっているわ。おまえがナトゥーの敵《かたき》をとってくれたんだってね」
「メスワ、もどってこい！」村人たちはさけんだ。「もどってこないと、おまえにも石を
投げるぞ」
モウグリは顔をゆがめてふっと笑《わら》った。石が口にあたったのだ。「もどるんだ、メスワ。
これも、やつらが夕暮《ゆうぐ》れに大きな木の下で語っていたバカバカしい話のひとつさ。少なく
とも、あなたの息子《むすこ》の敵《かたき》はとってやったよ。さようなら。早くもどるんだ。これから、や
つらの石のつぶてよりも速く、水牛たちを走らせてやるから。ぼくは魔《ま》法使《ほうつか》いなんかじゃ
ないよ、メスワ。さようなら！」
そして、大声で言った。「さあ、アケイラ。最後《さいご》だ。水牛たちを追い立てて！」
水牛たちは村にもどりたがっていたから、アケイラの声を聞くまでもなく、門に向かっ
てつむじ風のように突進《とっしん》し、村人たちを右へ左へ追《お》い散《ち》らした。
「数を数えろよ！」モウグリはバカにしたようにどなった。「ぼくが一頭くらい盗《ぬす》んでる
かもしれないよ。ほら、数えろ。ぼくはもう、おまえたちの牛の番なんかしないからね。
じゃあな、人間の子どもたち。メスワに感謝《かんしゃ》しろよ。じゃなかったら、オオカミたちを連《つ》

れてきて、おまえたちを追いかけ回してやるところさ」

そして、くるりと背《せ》を向けると、独《ひと》りオオカミとともに村をあとにした。星を見あげると、幸せな気持ちがこみあげてきた。「もう、罠《わな》の中で眠《ねむ》らなくていいんだね、アケイラ。シア・カーンの毛皮を取ったらいいこう。いいや、村はおそわないよ。メスワは親切にしてくれたんだ」

平原の空に月がのぼると、すべてが乳白色《にゅうはくしょく》に染《そ》まった。怯《おび》えきった村人たちは、モウグリが二匹《ひき》のオオカミを従《したが》え、まるめた毛皮を頭にのせて、草原を走る野火のようにオオカミの駆《か》け方《かた》で去っていくのを見ていた。それから、寺院の鐘《かね》を鳴らし、ますます大きな音でほら貝を吹《ふ》き鳴《な》らした。メスワは大声で泣《な》き、ブルデオはジャングルでの事件《じけん》をおおげさに尾《お》ひれをつけて話し、最後《さいご》には、アケイラがうしろ足で立って、人間の言葉をしゃべったところでしめくくった。

月が沈《しず》みはじめたころ、モウグリと二匹《ひき》のオオカミは集会の岩場のある丘《おか》についた。そして、母オオカミの洞穴《ほらあな》の前で足をとめた。

「母さん、人間たちはぼくを群《む》れから追い出したよ」モウグリは洞穴《ほらあな》の中に向かって言った。「でも、約束《やくそく》どおり、シア・カーンの皮を持ってきたんだ」母オオカミは緊張《きんちょう》した足取りで穴《あな》から出てきた。うしろから、子オオカミたちもついてきた。母オオカミは、トラの皮を見ると、目を輝《かがや》かせた。

「あの日、やつに言ってやったのよ。やつが洞穴《ほらあな》に首と肩《かた》を突《つ》っこんで、カエルっ子、おまえの命を奪《うば》おうとしたときにね。狩《か》る者が狩られることになるよって。よくやったわ」

「小さな兄弟、本当によくやった」しげみから低《ひく》い声がした。「ジャングルにおまえがいなくなって、さみしいよ」バギーラがモウグリのはだしの足に向かって走ってきた。モウグリとバギーラはいっしょに集会の岩によじ登り、むかしアケイラがすわっていた平らな岩の上に毛皮を広げ、四本の竹を割ったものでしっかりととめた。そして、アケイラがその上に寝《ね》そべり、むかしの集会の呼《よ》びかけをした。「見よ、よく見よ、オオカミたち」まさに、モウグリが最初《さいしょ》にここにきた夜とおなじセリフだった。

アケイラが長《おさ》の座《ざ》をしりぞいてから、長のいなくなった群《む》れは好《す》き勝手《かって》に狩《か》りやけんかをするようになっていた。しかし、これまで身に染《し》みついた習慣《しゅうかん》から、その呼《よ》び声《ごえ》を聞いて集まってきた。なかには、罠《わな》にかかって足を引きずっている者もいた。銃《じゅう》に撃《う》たれてケガをした者や、腐《くさ》ったものを食べて哀《あわ》れな姿《すがた》になった者もいる。それに、かなりの数の仲《なか》間《ま》がいなくなっていた。しかし、それでも、残《のこ》ったオオカミたちはみな、集会の岩場へやってきて、シア・カーンの毛皮が岩の上に広げられ、巨大《きょだい》なかぎ爪《づめ》が皮だけになった足からぶら下がっているのを見た。

モウグリが歌を作ったのは、そのときだった。ひとりでにのどにせりあがってきたその歌を、モウグリは声をかぎりに息が続《つづ》かなくなるまで歌いつづけた。トントンと毛皮の上ではね踊《おど》り、かかとでリズムをとる。詞《し》と詞のあいまに灰色《はいいろ》の兄弟とアケイラが長い吠《ほ》え声《ごえ》を響《ひび》かせた。

「よく見よ、オオカミたち！　ぼくは約束《やくそく》を守ったろ？」歌いおわると、モウグリは言った。オオカミたちは「そのとおりだ」と吠《ほ》え、一匹《ぴき》の老いさらばえたオオカミがさけんだ。

「もう一度長《おさ》になってくれ、アケイラ、もう一度、おれたちを導《みちび》いてくれ、人間の子。もうおきてのない状態《じょうたい》はこりごりだ。もう一度、自由の民《たみ》になろうじゃないか」

「だめだ」バギーラがのどを鳴らした。「それは、無理《むり》だろう。たらふく食えるようになったら、おまえたちはまたのぼせあがるにちがいない。自由の民《たみ》と呼《よ》ばれるのには、それだけの理由が必要《ひつよう》だ。おまえたちは自由のために戦《たたか》ったんだろう。これがおまえたちの自由だ。存分に食らうがいい、オオカミたちよ」

「人間の群《む》れにもオオカミの群れにも追い出された。もうぼくは、ジャングルでひとりで狩《か》りをするしかないんだ」

「おれたちがいっしょに狩《か》りをするさ」四匹《ひき》の兄弟たちが言った。

こうしてモウグリは、その場を立ち去り、その日から四匹《ひき》の兄弟たちと狩《か》りをするようになった。だが、ずっとひとりだったわけではない。なぜなら、数年後に人間にもどって、結婚《けっこん》したからだ。

でも、それは大人のための物語だ。

モウグリの歌

モウグリが、集会の岩に広げたシア・カーンの毛皮の上で踊《おど》ったときに歌った歌

さあ、モウグリの歌だ——このぼくが、モウグリが、これから歌う。ジャングルよ、きけ、これがぼくの物語。

シア・カーンは言った、殺《ころ》す、ぼくを殺すって！　たそがれどきの村の門、このモウグリを、カエルを、殺すと言ったのさ！

だが、やつは食い、たらふく飲んだ。いっぱい飲んどけ、シア・カーンよ。次は、いつ飲めるかわからんぞ。ほうら、眠《ねむ》れ、えものをしとめる夢《ゆめ》でも見てろ。

牧草地《ぼくそうち》にいたぼくのもとへ、灰色《はいいろ》の兄弟きてくれた！　独《ひと》りオオカミもきてくれた！

さあ、勝負のはじまりだ！

水牛の群《む》れをつれてこい、青光りし、目を怒《いか》らせた雄《おす》たちを。追いたてろ、ぼくの命令《めいれい》

どおりに。

まだ眠《ねむ》いか、シア・カーン？　目を覚《さ》ませ！　覚ますんだ！　ぼくがきたぞ、水牛たちを引《ひ》き連《つ》れて。

水牛の王ラーマーは、ひづめを踏《ふ》み鳴《な》らす。ワインガンガの川よ、シア・カーンはどこにいる？

ヤマアラシのサヒは穴《あな》を掘《ほ》り、クジャクのマオは空を飛《と》ぶ。コウモリのマンは、木にぶら下がる。けれども、やつは、どれもしない。キィキィきしむ小さな竹よ、やつはどこへ逃《に》げたんだ？

おお！　いたぞいたぞ、ほら、そこに。ラーマーの足下《あしもと》に、三本足のトラがいる。起きろ、シア・カーン！　起きて、狩《か》れ！　ほら、肉だ、水牛の首をへし折《お》ってみろ！

シィ！　やつは眠《ねむ》ってる。起こすな、やつは強いから。トビたちが見におりてきた。黒アリたちも出てきたぞ。やつを讃《たた》えに、集まるがいい。

しまった、ぼくには服がない。トビにはだかを見られちまう。これじゃ、だれにも会えやしない。

おまえの毛皮を貸《か》せ、シア・カーン。おまえの派手《はで》な縞《しま》のコートを。それで、集会の岩場にいこう。

ぼくの代価《だいか》の雄牛《おうし》にかけて、ぼくは誓《ちか》った、小さな誓いを。あと必要《ひつよう》なのは、この毛皮だけ。

このナイフ、人間の、ハンターのナイフをにぎりしめ、ぼくはかがむ、贈《おく》り物《もの》のうえに。

ワインガンガの川よ、シア・カーンが毛皮をくれたぞ、愛《あい》の証《あかし》さ。引け、灰色《はいいろ》の兄弟！　引け、アケイラ！　重いぞ、シア・カーンの毛皮は。

人間は怒《いか》り、石を投げた。言うことは、まるで子どものよう。ぼくの口から血が流れ、ぼくは村から逃《に》げ出《だ》した。

夜を、熱帯《ねったい》の夜を駆《か》け抜《ぬ》けろ。兄弟たちよ、ぼくとともに。村の灯《ひ》をあとに残《のこ》し、低《ひく》く輝《かがや》く月を目指して。

ワインガンガの川よ、人間はぼくを追い出した。悪いことはしていないのに、怖《おそ》れたのさ、このぼくを。なぜなんだ？

オオカミの群《む》れよ、おまえもぼくを追い出した。ジャングルはぼくをしめだし、村は門を閉《と》ざす。なぜなんだ？

コウモリは、獣《けもの》と鳥のあいだを飛《と》び、ぼくは、村とジャングルのあいだを飛ぶ。なぜなんだ？

ぼくは踊《おど》る、シア・カーンの毛皮の上で。だけど、心は重いんだ。口は切れ、村人の投げた石で傷《きず》ついて。だけど、心は軽いんだ。ジャングルにもどったからさ。なぜなんだ？

ぼくの中で、ふたつが戦《たたか》う。泉《いずみ》で戦うヘビのよう。目から水が流れ出す。でも、流しながら、笑《わら》うのさ。なぜなんだ？

ふたりのモウグリ。シア・カーンの毛皮を踏《ふ》みつける。

ジャングルじゅうが知っている、ぼくがシア・カーンを殺《ころ》したことを。見よ、よく見よ、オオカミたち！

ああ、心が重い、ぼくには決してわからぬ理由で。

恐怖《きょうふ》がはじまったわけ

川は縮《ちぢ》み、池は干上《ひあ》がる
おれたちは仲間《なかま》、おまえとおれは
熱《ねっ》っぽいのど、ほこりまみれのわき腹《ばら》
押《お》し合《あ》いながら川岸をいく
日照《ひで》りの恐怖《きょうふ》に息をひそめ
狩《か》りもえものも忘《わす》れ去《さ》り
堰《せき》の下で、シカは目にする
やせ細ったオオカミの群《む》れが、シカのように怯《おび》えているのを
背《せ》の高い雄《お》ジカはひるまず見つめる
父ジカののどを食《く》い破《やぶ》った、あの牙《きば》を
池は縮《ちぢ》み、川は干上《ひあ》がる
おれたちは遊び仲間、おまえとおれは
あの雲が――よい狩《か》りを！――雨を放ち
水飲み場の停戦《ていせん》を破《やぶ》るまで

ジャングルのおきては、世界でもっとも古い法《ほう》だ。ジャングルの民《たみ》にふりかかるほとんどのことについて、なにかしら決まりがあり、時を重ね、さまざまな慣《なら》わしによって整えられ、今では完璧《かんぺき》に近くなっている。すでにこれまでの物語を読んでいれば、モウグリがジャングルにきてからほとんどの時間をシオニーのオオカミの群《む》れとすごし、ヒグマのバルーからおきてを学んだことは覚《おぼ》えていると思う。モウグリがたえず命令《めいれい》されることに腹《はら》を立てたときに、おきてとはジャングルをおおう巨大《きょだい》なツタのようなものだと言ったのも、バルーだった。だれの背中《せなか》にも等しく垂《た》れ、逃《のが》れられる者はいない。「いいかい、小さな兄弟、わしとおなじくらい生きれば、ジャングルの全員が従《したが》わなくてはならないおきてが、少なくともひとつあるのがわかるだろう。そのさまは、見たいものではないがな」

しかし、このバルーのせりふは右の耳から左の耳へ抜《ぬ》けていった。男の子なんてものは、食べることと寝《ね》ることでせいいっぱいで、実際《じっさい》になにかが目の前で起こるまでは、心配などしないのだ。ところが、ある年、バルーの言葉が現実《げんじつ》になり、モウグリはジャングルがその「ひとつのおきて」に従《したが》うさまを目《ま》のあたりにしたのだった。

始まりは、冬の雨がほとんど降《ふ》らなかったことだった。竹林でヤマアラシのサヒと出くわすと、サヒはヤマイモがほとんど枯《か》れてしまったとなげいた。サヒがバカバカしいほど食べ物の好《この》みにうるさく、いちばん熟《う》れておいしいものしか食べないことはみんな知っていたので、モウグリは笑《わら》って言った。「ぼくには関係《かんけい》ないよ」

「今はな」サヒは不愉快《ふゆかい》そうに、硬《かた》くした針《はり》を鳴らした。「だが、じきにわかる。〈ミツバチ岩〉のところにある深い池に、まだ飛《と》びこんでるかな、小さな兄弟？」

「ううん。水がどんどん干上《ひあ》がってるんだ。むかつくよ。頭の骨《ほね》を折《お》りたかないからね」そのころはジャングルの民《たみ》を五匹《ひき》いっしょにしたより物知りだと自信《じしん》たっぷりだったモウグリは言った。

「そりゃ残念《ざんねん》だな。ちょっとばかしひびでも入れれば、そこから知恵《ちえ》が入るかもしれないのに」そう言うと、サヒは、モウグリにひげを引っぱられないようにすばやく頭を引っこめた。モウグリがバルーに、サヒが言っていたことを伝《つた》えると、バルーは深刻《しんこく》な顔をして、半分独《ひと》り言《ごと》のようにつぶやいた。「わしひとりなら、すぐにでも狩場《かりば》を変《か》えているところだ。ほかのやつらが考えはじめるまえにな。とはいえ、知らない連中《れんちゅう》のところで狩《か》りをすれば、争《あらそ》いのもとになる。人間の子を傷《きず》つけるやつがいるかもしれん。もう少し待って、マーワの木が花を咲《さ》かせるかどうか見てみよう」

その春、バルーが大好《だいす》きなマーワの木は花を咲《さ》かせなかった。緑がかったクリーム色のつやつやしたつぼみは、開く前に暑さでやられてしまい、バルーがうしろ足で立って木を揺《ゆ》らしても、いやなにおいのする花びらが数枚《まい》、落ちてくるだけだった。それから、容赦《ようしゃ》ない暑さがじわじわとジャングルの中心部まで入りこんできて、木々を黄色から茶色に、そして最後《さいご》には真っ黒に変《か》えた。急流で削《けず》られた溝《みぞ》の両側《りょうがわ》に生えていた緑の草木もひからびて、折《お》れた針金《はりがね》か、めくれあがったうすい皮のように見えた。木々に隠《かく》れていた池もどんどん水位《すいい》が下がって、泥《どろ》が固《かた》まり、最後《さいご》にやってきた動物の足跡《あしあと》が鉄の鋳型《いがた》にとったように残《のこ》っている。木にからみついていたツタのみずみずしい茎《くき》も落ちて、木々の根元で枯《か》れ果《は》てていた。竹はしなびて、熱《あつ》い風が吹《ふ》くとカラカラと音を立て、ジャングルの奥深《おくふか》くにある岩も苔《こけ》がはがれて、川底《かわぞこ》で流れにさらされている青い石のようにつるつるになり、熱《ねっ》をおびた。

鳥たちやサル族は早いうちに北へいってしまっていた。どういうことになるか、わかっていたのだ。シカや野ブタは、枯野《かれの》となった村の畑にまではるばるでかけては、彼《かれ》らを殺《ころ》す力もないほど弱りきった人間たちの前で力尽《ちからつ》きて死んだ。トビのチールは、たっぷりの死肉で肥《こ》え太《ふと》り、新しい狩場《かりば》にいく力も残《のこ》っていない獣《けもの》たちに、毎夕のように知らせをもたらした。トビの翼《つばさ》で三日の距離《きょり》にあるジャングルはすべて、太陽に焼《や》かれ、死にかけていた。

本当の飢《う》えというものを経験《けいけん》したことのなかったモウグリはもっぱら、岩のあいだにある空《から》の巣《す》からかき集めたハチミツにたよっていた。ハチミツは三年はたった古いもので、ベリーのように黒ずみ、糖分《とうぶん》が固《かた》まってざらざらになっていた。ほかにも、木の皮をはがして幹《みき》の奥深《おくふか》くにもぐりこんでいる幼虫《ようちゅう》をとったり、スズメバチの子をぬすんだりもした。ジャングルのえものはみな、骨《ほね》と皮ばかりにやせこけ、バギーラは一晩《ひとばん》にいつもの三倍しとめても、腹《はら》を満《み》たすことはできなかった。しかし、なによりもみなを苦しめたのは、のどの渇《かわ》きだった。ジャングルの民《たみ》はめったに水を飲まない代わりに、飲むときはたっぷり飲まねばならないのだ。

暑さはいつまでも続《つづ》き、あらゆる水分を吸《す》い取《と》って、ついには、ワインガンガ川の主流さえ、草木の枯《か》れ果《は》てた両岸のあいだをちょろちょろ流れるだけとなった。百年以上《いじょう》生きているゾウのハティは川の真ん中に長細い青い岩肌《いわはだ》がのぞいているのを見て、〈平和の岩〉だと気づき、その場で長い鼻をふりあげ、〈水飲み場の停戦《ていせん》〉を宣言《せんげん》した。ハティの父親が五十年前に宣言して以来《いらい》のことだ。シカや野ブタや水牛は嗄《か》れた声をあげ賛同《さんどう》し、トビのチールは遠くまで大きな輪《わ》を描《えが》いて飛び、かん高い声で警告《けいこく》をくりかえした。

ジャングルのおきてでは、水飲み場の停戦《ていせん》がひとたび宣言《せんげん》されれば、水飲み場で狩《か》りをした者は、死をもってつぐなうことになっている。理由はただひとつ、生きるには、食べることより飲むことが優先《ゆうせん》されるからだ。えものが少ないだけなら、なんとか生《い》き延《の》びることができる。だが、水の場合は、そうはいかない。水のあるところがひとつしかないなら、ジャングルの民《たみ》が渇《かわ》きを満《み》たしにそこへ集まるあいだは、狩りはすべて一時中断《ちゅうだん》される。

季節《きせつ》のいい、水のたっぷりある時期には、ワインガンガ川や、ほかのどこにしろ、水飲み場にいくのは、命がけだ。でも、だからこそ、夜に行動するのがたまらない魅力《みりょく》になるとも言える。葉一枚《まい》揺《ゆ》らさぬようこっそり水飲み場へおりていって、膝《ひざ》まである浅瀬《あさせ》をバシャバシャとわたっていく。背後からの音は、ゴウゴウと流れる川の音にまぎれてしまう。何度もふりかえりながら水を飲み、からだじゅうの筋肉《きんにく》をはりつめ、危険《きけん》を感じとったら、すぐさま命がけのジャンプに移《うつ》れるよう常《つね》にかまえている。たらふく飲んで、鼻面《はなづら》を濡《ぬ》らしたまま、川岸の砂《すな》の上を転がるようにもどれば、待つのは仲間《なかま》からの賞賛《しょうさん》だ。それこそが、つややかな角《つの》を持つ若《わか》い雄《お》ジカにとって、たまらない喜《よろこ》びだった。いつバギーラやシア・カーンが飛《と》びかかってきて、倒《たお》されるかわからないのだから。だが、今は、そうした命がけの遊びも終わりだ。ジャングルの民《たみ》は飢《う》えて疲《つか》れ果《は》て、すっかり細くなった川へやってくる。トラもクマもシカも水牛も野ブタも、みなおなじだ。そして、汚《きたな》らしい水を飲み、もはや立ち去る力もないまま、たむろしている。

シカや野ブタは一日中、ひからびた木の皮やしおれた葉よりもましな餌《えさ》をさがして歩きまわった。水牛はからだを冷《ひ》やす浅瀬《あさせ》も、盗《ぬす》んでくる穀物《こくもつ》も見つけられず、ヘビはジャングルから川までおりてきて、はぐれたカエルでも捕《つか》まえられないかと濡《ぬ》れた石のまわりにとぐろを巻《ま》いた。餌《えさ》をあさる野ブタが鼻で押《お》しのけても、攻撃《こうげき》すらしない。川ガメはとっくに、ジャングル一のハンター、バギーラに食いつくされ、魚はひび割《わ》れた泥《どろ》の奥深《おくふか》くにもぐりこんでいた。平和の岩だけが、長いヘビのように浅瀬《あさせ》に横たわり、さざ波がくたびれたように打《う》ち寄《よ》せては、熱《あつ》い岩肌《いわはだ》に触《ふ》れてジュウッと蒸発《じょうはつ》した。

モウグリも毎晩《まいばん》、涼《すず》しさと仲間《なかま》を求《もと》めて、この水飲み場へいった。そのころにはもう、敵《てき》の獣《けもの》たちも、たとえ腹《はら》をすかせていても、少年には目もくれなかっただろう。毛がないせいで、仲間《なかま》たちよりもいっそう痩《や》せて哀《あわ》れに見える。髪《かみ》は日に焼《や》けて亜麻色《あまいろ》になり、あばら骨《ぼね》が籐《とう》カゴの芯《しん》のように浮《う》きあがっていた。手足をついて歩いていたころの名残《なごり》でひざとひじにタコができていたが、そのせいで、やせ衰《おとろ》えた手足が節《ふし》だらけの茎《くき》のように見える。しかし、もつれた前髪《まえがみ》の下からのぞいている目は、冷《ひや》やかで落ちついていた。苦しいときの助言者であるバギーラに、静《しず》かに動き、ゆっくりと狩《か》り、どんなときでも短気を起こさぬよう、言いふくめられていたのだ。

「今はつらいときだ」黒ヒョウは言った。焼《や》けつくような暑さの夜だった。「だが、最後《さいご》まで生《い》きのびれば、いずれ過《す》ぎ去《さ》る。腹《はら》は満《み》たされているか、人間の子？」

「腹《はら》の中に入ってることは入ってるけど、ぜんぜん足りないよ。ねえ、バギーラ。雨はぼくたちのことを忘《わす》れて、二度ともどってこないんじゃないかな」

「そうは思わん。またマーワの花が咲《さ》くのを見られるさ。新しい草で肥《こ》え太《ふと》った子ジカもな。平和の岩までおりていって、なにか知らせがないかきいてみよう。背中《せなか》にお乗り、小さな兄弟」

「重いものを運んでる場合じゃないよ。まだひとりで立ててるさ。でもさ、ぼくたちはとてもじゃないけど、太った雄牛《おうし》とは言えないね」

バギーラは、汚《よご》れてあばら骨《ぼね》の浮《う》き出《で》たわき腹《ばら》をながめ、小声で言った。「昨日《きのう》の夜、くびきにつながれてた雄牛《おうし》を殺《ころ》したんだ。こっちもすっかり弱ってるから、やつがつながれてなかったら、襲《おそ》わなかっただろうよ。まったく！」

モウグリは笑《わら》った。「ああ、ぼくらは今や、とんだハンターだね。ぼくなんて、すっかり肝《きも》が据《す》わってさ、地虫《じむし》も食べられるようになったんだから」そして、モウグリとバギーラは連《つ》れだってカサカサに枯《か》れた草むらを抜《ぬ》けて、川岸までおりていった。細い流れがレースもようのように四方八方へのびている。

「ここの水も、もう長くはもたないな」バルーがやってきて、言った。「見てごらん！　人間の作る道みたいな跡《あと》がいくつもできとるよ」

川岸の先のほうにある平原を見ると、ジャングルの草は立《た》ち枯《が》れ、かわいてミイラのようになっていた。シカや野ブタが踏《ふ》み固《かた》めた道はどれも川へ向かい、色を失《うしな》った平原に縞《しま》もようを作っている。丈《たけ》が三メートルほどある草むらを走るほこりっぽい道はどれも、早い時間から、水飲み場へ一番乗りを目指す者たちでいっぱいだった。かぎタバコのような土ぼこりで、シカたちが咳《せき》をしているのが聞こえる。

上流の、よどんだ水が平和の岩のまわりにたまっているところに、水飲み場の停戦《ていせん》の番人であるゾウのハティが、息子《むすこ》たちとともに立っていた。月明かりにやせ衰《おとろ》えた灰色《はいいろ》のからだが浮《う》かびあがり、ゆらゆらと揺《ゆ》れている。ハティはいつもからだを揺らしている。そこからちょっとくだったところに、先頭を切ってやってきたシカたちがいて、そのさらに下流には野ブタと水牛の姿《すがた》が見えた。対岸の、背《せ》の高い木々が水際《みずぎわ》まで迫《せま》ってきているあたりは、肉を食う者たち用の場所だ。トラや、オオカミ、ヒョウや、クマといった者たちだ。

「おれたちは、まさにひとつのおきての下《もと》にあるってわけだ」バギーラはバシャバシャと浅瀬《あさせ》に入っていって、シカや野ブタが角《つの》をぶつけ、怯《おび》えた目をしながら、押《お》し合《あ》いへしあいしている対岸をながめた。「よい狩《か》りを、おなじ血を分けた者たちよ」バギーラはそう言うと、片方《かたほう》のわき腹《ばら》を水の上に出し、長々と浅瀬《あさせ》に寝《ね》そべった。そして、声をひそめて付《つ》け加《くわ》えた。「おきてがなかったら、実際《じっさい》よい狩りになるところだよ」

耳ざといシカが最後《さいご》の言葉を聞きつけ、怯《おび》えたようなささやきが川岸の列を伝《つた》っていった。「停戦《ていせん》だぞ！　停戦だということを忘《わす》れるな！」

「ほらそこ！　静《しず》かにしろ！」ゾウのハティがガラガラ声で言った。「停戦《ていせん》を守れよ、バギーラ。狩《か》りの話をするときではないぞ」

「それは、おれがいちばんわかってるさ」バギーラは黄色い目をぐるりと回し、上流に向けた。「おれは今や、しがないカメ食いのカエル捕《と》りさ。ガォーッ。おれも枝《えだ》をかんで、腹《はら》がいっぱいになりゃあな！」

「わたしたちだってそう思ってるんです、心からね」まだ若《わか》いシカが哀《あわ》れっぽい声で言った。この春生まれたばかりで、木の枝《えだ》を食べるのがいやでいやでしかたなかったのだ。ジャングルの民《たみ》はみな、すっかりみじめな気持ちだったが、それを聞いて、ハティさえくすくす笑《わら》った。生あたたかい水の中に両ひじをついていたモウグリも声をあげて笑い、足をばたつかせた。

「よく言ったな、まだ角《つの》も生えそろわぬガキのくせに」バギーラはのどを鳴らした。「停《てい》戦《せん》が終わっても、忘《わす》れずに覚《おぼ》えておいてやろう」そして、鋭《するど》い目で闇《やみ》を見透《みす》かし、若《わか》ジカの顔をしっかり頭に焼《や》きつけた。

徐々《じょじょ》に、水飲み場に話し声が広がっていった。野ブタがもっと場所をあけろと鼻を鳴らし、もみ合っている。水牛たちはモーモーと鳴《な》き交《か》わし、よろめきながら砂州《さす》をわたっていく。シカは食べ物を探《さが》し回《まわ》ったせいで足を痛《いた》めたとぼやいている。ときおり、川向こうの肉を食う者たちにあれこれ質問がとんだが、返ってくるのは悪い知らせばかりだった。ジャングルの熱風《ねっぷう》は吹《ふ》いては止《や》み、岩のあいだを抜《ぬ》けて枝《えだ》を鳴らし、小枝《こえだ》や水面に浮《う》いたちりをあちこちへ散《ち》らした。

「人間たちも、鋤《すき》の横で死んでたよ」と若《わか》いサンバーが言った。「日暮《ひぐ》れから夜にかけて、三人も見かけた。倒《たお》れたままピクリともしないで、雄牛《おうし》たちも鋤につながれたままさ。おれたちもじきにそうなるかもな」

「昨日《きのう》の夜から川の水もまた減《へ》った」バルーが言った。「なあ、ハテイ、こんな日照《ひで》りを経験《けいけん》したことはあるかね?」

「いつかはおわる、いつかはおわるさ」ハテイは鼻で背中《せなか》とわき腹《ばら》に水をかけた。

「ここにひとり、長くはもたないやつがいるんだ」バルーは言って、愛《あい》する少年のほうを見やった。

「ぼくのこと?」モウグリは腹《はら》を立ててからだを起こした。「確《たし》かにぼくには骨《ほね》を覆《おお》う長い毛はないけどさ、でも、バルーだって、もしその毛皮をひっぺがしてやったら——」

ハテイがそれを聞いて、全身を震《ふる》わせ、バルーはきびしい口調《くちょう》で言った。

「人間の子、今のは、おきての師《し》に対して言うことじゃないぞ。毛皮のない姿《すがた》など、見られたことはない」

「わかってるよ、悪気はなかったんだ。でも、バルーはさ、言ってみれば殻《から》に入ったココナツみたいなもんだろ、で、ぼくは殻なしのココナツさ。つまり、その茶色の毛皮を——」モウグリはあぐらをかいてすわると、いつものように人差《ひとさ》し指《ゆび》を使って説明《せつめい》を始めたが、バギーラがやわらかい前足をのばし、水の中にあおむけに転がした。

「悪くなるばかりだな」モウグリが水を跳《は》ね飛《と》ばして起き上がると、黒ヒョウは言った。

「まずはバルーの毛皮をはがせ、お次はバルーはココナツだ、だと？　気をつけろよ、バルーが熟《う》れたココナツにならないようにな」

「どういうこと？」モウグリはうっかりたずねた。ジャングルでも、むかしからあるひっかけのひとつなのだ。

「おまえの頭をかちわるってことさ」バギーラは落《お》ちつき払《はら》って言うと、もう一度モウグリをひっくり返した。

「自分の先生をからかうのはよくないな」クマも言い、モウグリはこれで三度目に水中にひっくり返された。

「よくない、だけか！　そいつはなにさまだ？　おまえのはだかのこぞうは好《す》き勝手《かって》に走り回って、かつてはすぐれたハンターだった者たちに対してサルのようなふざけた態度《たいど》をとってるんだぞ。おれたちのようなえらい獣《けもの》のひげをふざけて引っぱるようなまねをしているんだ」三本足《ラングリ》のシア・カーンだった。トラは足を引きずりながら、水辺《みずべ》へおりてきた。そして、対岸のシカたちが恐《おそ》れおののいているようすを楽しんでから、ふさふさした毛に囲《かこ》まれた四角い頭をさげ、低《ひく》いうなり声をあげながらピチャピチャと水を飲みはじめた。「ジャングルははだかのガキの養育場《よういくば》になっちまったようだな。おい、人間の子、おれを見ろ!」

モウグリはそちらを見た。それも、ただ見ただけでなく、思いきり横柄《おうへい》なようすでじっと見つめてやった。するとすぐに、シア・カーンは落ちつかなげに視線《しせん》をそらした。「人間の子、人間の子と騒《さわ》ぎおって」シア・カーンは低《ひく》い声で言うと、また水を飲みはじめた。「こいつは人間でもオオカミでもない。じゃなきゃ、おれさまを怖《こわ》がるはずだ。次の季節《きせつ》には、水を飲むのにも、こいつの許《ゆる》しを得《え》なきゃならなくなるだろうよ。ウォオ!」

「かもしれないな」バギーラはシア・カーンの目をじっと見つめた。「そうなるかもしれん……おい、シア・カーン、またなにか恥《はじ》さらしなことをしでかしたな?」

三本足のトラはあごを水につけて飲んでいたが、そこから黒くねっとりしたものが幾筋《いくすじ》か、下流に流れていく。

「人間さ!」シア・カーンはしゃあしゃあと言った。「一時間前に殺《ころ》したばかりだ」そして、なおものどを鳴らしながら、低《ひく》い声でうなった。

動物たちの列に震《ふる》えが走って、左右に揺《ゆ》らぎ、ささやきがたちまちさけび声になった。

「人間！　人間だと！　やつは人間を殺《ころ》した！」それから、みな、いっせいにゾウのハティのほうを見たが、ハティは聞こえなかったような顔をしていた。ハティはいざというときまで腰《こし》をあげることはない。だからこそ、こんなにも長く生きているのだ。

「よりにもよってこんなときに人間を殺《ころ》すとは！　ほかにえものはいなかったのか？」バギーラは軽蔑《けいべつ》しきったように言うと、汚《よご》れた水からあがり、ネコのように一本一本足をふった。

「殺《ころ》したいから殺したのさ。食うためじゃない」ふたたび怯《おび》えたようなささやき声が広がり、ハティの用心深い小さな白い目がキッとシア・カーンのほうに向けられた。「ああ、殺したくてだ。それで、水を飲んで、からだを洗《あら》うためにここにきた。なにか問題はあるか？」シア・カーンはわざとゆっくりと言った。

バギーラの背中《せなか》が竹のようにぐっとしなったが、ハティが鼻をかかげ、静《しず》かな口調《くちょう》で言った。

「おまえは殺《ころ》したいから殺したのか？」ハティはたずねた。ハティに質問《しつもん》されたら、答えるのが賢明《けんめい》だ。

「だとしても、それはおれの権利《けんり》だ。おれの夜だからな。あんたはよくご存知《ぞんじ》のはずでしょう、ハティ」シア・カーンはていねいとも言える口調《くちょう》で答えた。

「ああ、知っているとも」ハティは言った。そして、しばらく沈黙《ちんもく》したあとで、きいた。

「たっぷり飲んだか？」

「ああ、今夜のところはな」

「ならば、いけ。この川は水を飲むための場所で、汚《よご》されては困《こま》る。このようなときに、自分の権利《けんり》を言い立てるのは、三本足のトラだけだ。われわれが――そう、人間もジャングルの民《たみ》もおなじように苦しんでいる、このような時期にな。からだが汚れていようがいまいが、さっさとねぐらに帰れ、シア・カーン」

最後《さいご》の言葉は、銀のトランペットの音のように響《ひび》き渡《わた》った。ハティの三頭の息子《むすこ》が半歩ほど前にでたが、その必要《ひつよう》はなかった。シア・カーンはうなり声をあげる勇気《ゆうき》すらなく、こそこそと逃《に》げ出《だ》した。さすがのシア・カーンもみなと同様、最後《さいご》の最後はハティこそがジャングルの主《あるじ》だとわかっているのだ。

「シア・カーンが言ってる権利《けんり》ってなんのこと？」モウグリはバギーラの耳元でささやいた。「人間を殺《ころ》すのはいつだって、恥《は》ずべきことでしょ。おきてにそうあるじゃないか。なのに、ハティは――」

「ハティにきいてみろ。おれは知らん。権利《けんり》があろうがなかろうが、ハティがなにも言わなきゃ、今ごろあの三本足に思い知らせてやったところだ。人間を殺《ころ》したその足で、この平和の岩にくるとは。しかも、それを自慢《じまん》するなんて、ジャッカル並《な》みだ。おまけに、このきれいな水を汚《よご》したんだぞ」

モウグリは勇気《ゆうき》を出すのにしばらくかかった。ハティに直接《ちょくせつ》話しかける者はそうそうない。しかし、とうとう大きな声で言った。「ハティ、シア・カーンの権利《けんり》ってなに？」両岸でモウグリの言葉がくりかえされた。というのも、ジャングルの民《たみ》はみな、興味《きょうみ》しんしんだったのだ。たった今、目にしたことを、だれも理解《りかい》しているようすはない。ただ、バルーだけは考えこんだ顔をしていた。

「むかしの話なのだ。ジャングルよりむかしのな。両岸の者たち、静《しず》かにせよ。そうすれば、話してきかせよう」ハティが言った。

野ブタと水牛たちは押《お》しのけあっていたが、一、二分もすると収《おさ》まって、それぞれの群《む》れの長《おさ》が一匹《ぴき》、また一匹と低《ひく》い声で「用意できました」と報告《ほうこく》した。ハティは平和の岩のそばの水たまりに、膝《ひざ》くらいの深さまで入っていった。痩《や》せてしわだらけで、牙《きば》は黄ばんでいたが、それでもジャングルの民《たみ》が認めた主《あるじ》の座《ざ》にふさわしい姿《すがた》だった。

「よいか、子どもらよ、あらゆるものの中でもっともおまえたちが怖《おそ》れているのは人間だろう?」そのとおりだというつぶやきがあがる。

「この物語は、おまえにも関係《かんけい》あるようだな、小さな兄弟」バギーラはモウグリに言った。

「ぼくに? ぼくはオオカミの群《む》れの一員だよ。自由の民《たみ》のハンターだ。人間なんかと、関係《かんけい》ないよ」

「しかし、なぜ人間を怖《おそ》れているかは、知らんだろう?」ハティは続《つづ》けた。「理由はこういうことだ。ジャングルがいつ始まったかはだれも知らぬが、そのころ、われわれジャングルの者たちはともに歩み、たがいを怖れることもなかった。当時は、日照《ひで》りもなく、ひとつの木に葉と花と果実が同時につき、われわれはみな、葉や花や草、果実や木の皮しか食べなかった」

「そのころ生まれなくてよかったよ」バギーラが言った。「木の皮なんて、爪《つめ》を研《と》ぐためにあるものだ」

「ジャングルの王はターと呼《よ》ばれる、最初《さいしょ》のゾウだった。彼《かれ》はその鼻で深い水底《みなそこ》からジャングルを引っぱりだし、牙《きば》で地面に溝《みぞ》をうがち、川を流した。その足で大地を打つと、そこからきれいな水をたたえた泉《いずみ》がこんこんと沸《わ》き、鼻を鳴らすと——そう、こんなふうに——木々が倒《たお》れた。こうして、ジャングルはターによって創《つく》られたのだ。そのように、わたしは聞いている」

「話っていうのは、どんどん太っていくようだな」バギーラがささやき、モウグリは手で口を隠《かく》して笑《わら》った。

「そのころは、麦やウリやコショウやサトウキビなどなかったし、おまえたちが見たことのあるような小さな小屋もなかった。ジャングルの民《たみ》は人間のことなどいっさい知らずに、ジャングルでひとつの民としてともに暮《く》らしていたのだ。しかし、そのうち食べ物のことで争《あらそ》うようになった。みなにいきわたるだけの草はたっぷりあったのに、だ。彼《かれ》らは怠《なま》け者《もの》だった。みな、横たわった場所でそのまま食うことができればと願《ねが》った。今でも、春によい雨が降《ふ》ったときは、われわれもするがな。

最初《さいしょ》のゾウであるターは新しいジャングルを作り、川を導《みちび》くのに忙《いそが》しかった。すべての場所を歩いて回ることはできなかったので、最初のトラを主《あるじ》とし、ジャングルの民《たみ》が持ちこむ争《あらそ》いを解決《かいけつ》する判事《はんじ》の役を任《まか》せたのだ。そのころは、最初のトラもみなとおなじように果物《くだもの》や草を食っていたのだよ。大きさもこのわたしほどあって、非常《ひじょう》に美しく、全身黄ヅタの花のような色をしていた。まだ、筋《すじ》や縞《しま》のもようは入っていなかったのだ、ジャングルが新しかったよき時代にはな。ジャングルの民はみな、なんの恐《おそ》れも抱《いだ》かず彼《かれ》の前にやってきたし、彼の言葉はそのまま全ジャングルのおきてだった。さっきも言ったとおり、そのころわれわれはみな、ひとつの民だったのだ。ところが、ある夜、二匹《ひき》の雄《お》ジカのあいだで争《あらそ》いが起こった。食べものをめぐる争いで、今なら、角《つの》と前足で決着をつけるところだ。話では、二匹は、花に囲《かこ》まれて寝《ね》そべっているトラの前で申し立てをしたが、そのとき一匹《ぴき》の雄ジカが角でトラをついてしまったという。最初のトラは自分がジャングルの主であり判事であることも忘《わす》れ、その雄ジカに飛《と》びかかって、首の骨《ほね》を折《お》ってしまった。

その夜までは、ジャングルで死んだ者は一匹《ぴき》もいなかった。最初《さいしょ》のトラは自分のしでかしたことを目にし、血のにおいに正気《しょうき》を失《うしな》って北の沼地《ぬまち》へ逃《に》げこんだ。治《おさ》める者がいないまま残《のこ》されたジャングルの民《たみ》は、あっという間《ま》に争《あらそ》うようになった。ターはその騒《さわ》ぎを聞きつけ、もどってきた。ある者はこうだと言い、別《べつ》の者はそれはちがうと言う。ターは花の上で死んでいる雄《お》ジカを見て、だれが殺《ころ》したのかたずねた。だれも答えようとしない。血のにおいのせいで頭がおかしくなっていたのだ。みな、ぐるぐる走り回って、飛《と》び跳《は》ねてはさけび、頭をふりまわすだけだ。そこで、ターは枝《えだ》を垂《た》らしている木々やジャングルを覆《おお》うツタに命令《めいれい》を下した。雄ジカを殺した犯人《はんにん》に印《しるし》をつけ、次に会ったらすぐにそれとわかるようにせよ、と。それからターは言った。『だれがジャングルの主《あるじ》になるか？』すると、木の上に住んでいるハイイロザルが飛《と》び出《だ》してきた。『これからはおれさまがジャングルの主だ』それを聞いてターは笑《わら》い、『好《す》きにするがよい』と言《い》い残《のこ》して、怒《おこ》って去ってしまった。

子どもらよ、ハイイロザルのことは知っているだろう。そのころのやつも、今とおなじだった。最初《さいしょ》はかしこそうな顔を装《よそお》っていたが、すぐにぽりぽりからだをかいたり、ピョンピョン飛《と》び跳《は》ねたりしはじめ、ターがもどってきたときには、大枝《おおえだ》から逆《さか》さにぶら下がって、木の下に立っている者たちをあざけっていた。ジャングルの者たちも、ハイイロザルのことをあざけり返した。ジャングルのおきてはなくなり、あるのは、バカバカしいおしゃべりと、意味のない言葉だけとなった。

やがて、ターがわれわれ全員を集めた。『おまえたちの最初《さいしょ》の主《あるじ》は、ジャングルに死をもたらした。そして、二番目の主は恥《はじ》を。そろそろおきてを作るときがきたようだ。決して破《やぶ》ってはならぬおきてを。そして、おまえたちは〈恐怖《きょうふ》〉を知ることになる。それを見つけたあかつきには、恐怖こそがおまえたちの主だとわかるだろう。あとのことは、おのずと解決《かいけつ》していくはずだ』ジャングルの民《たみ》はたずねた。『恐怖とはなんですか？』ターは答えた。『自分たちで探《さが》すがよい』そこで、われわれは恐怖を探して、ジャングルじゅうをいったりきたりした。すると、ほどなく、水牛たちが――」

「えっ！」水牛の長《おさ》であるマイサが砂州《さす》で声をあげた。

「そうだ、マイサ、水牛たちだったのだよ。水牛たちはもどってきて、ジャングルの洞《ほら》穴《あな》に恐怖《きょうふ》がすわっていると言った。恐怖には毛がなく、うしろ足で立って歩くという。そこで、ジャングルの者たちが水牛の群《む》れのあとについて、その洞穴までいくと、洞穴の入り口に恐怖が立っていた。水牛たちが言ったとおり、毛がなく、うしろ足で歩いている。われわれを見ると、大声でさけんだが、それを聞いたとたん、みな恐《おそ》ろしさでいっぱいになった。今とおなじだ。そして、いっせいに逃《に》げ出《だ》したのだ。怯《おび》えきって、互《たが》いを引《ひ》き裂《さ》き、踏《ふ》みつけあってな。わたしがきいたところによれば、その夜、ジャングルの者たちはこれまでのようにともに横にはならず、種族《しゅぞく》ごとに散《ち》っていったという。野ブタは野ブタ、シカはシカというように、角《つの》を並《なら》べ、ひづめを並べて、おなじ種族同士《どうし》で固《かた》まって、震《ふる》えながら眠《ねむ》りについたのだ。

最初《さいしょ》のトラだけが、そこにはいなかった。彼《かれ》はまだ、北の沼地《ぬまち》に隠《かく》れていたのだ。みなが洞穴《ほらあな》で見た生き物のうわさが耳に届《とど》くと、トラは言った。『おれがそいつのところへいって、首をへし折《お》ってやる』そこで、トラは夜通し走って、洞穴までやってきた。しかし、木やツタはターの命令《めいれい》を覚《おぼ》えていて、走っていくトラの背中《せなか》やわき腹《ばら》やひたいやあごを垂《た》らした枝《えだ》でなぞった。枝が触《ふ》れたところには、黄色い毛皮の上に縞《しま》や筋《すじ》ができた。そのときの縞を、トラの子孫《しそん》らは今日《こんにち》まで身につけているわけだ！　トラが洞穴までいくと、毛のない恐怖《きょうふ》は手を伸《の》ばして、呼《よ》びかけた。『闇《やみ》にまぎれてやってくる、しましま野郎《やろう》め』最初《さいしょ》のトラはふるえあがって、吠《ほ》え声《ごえ》をあげながら沼地へ逃《に》げもどった」

ここで、モウグリはあごを水につけたまま、押《お》し殺《ころ》した声でクスクスと笑《わら》った。

「あまり大きな声で吠《ほ》えたために、ターが聞きつけた。『なにが悲しいのだ？』最初《さいしょ》のトラは鼻づらを、そのころ創《つく》られたばかりだった空に向けた。今ではすっかり古くなっているがな。『わたしの力を返してください、ター。ジャングルのみなのまえで恥《はじ》をかかされ、毛のない生き物から逃《に》げてきたのです。やつは、不名誉《ふめいよ》な名前でわたしを呼《よ》びました』ターはたずねた。『なぜだ？』最初のトラは答えた。『沼地《ぬまち》の泥《どろ》で汚《よご》れていたからです』ターは言った。『ならば、水浴《みずあ》びをし、濡《ぬ》れた草の上で転がれ。それが泥なら、落ちるだろう』そこで、最初のトラは水浴びをし、草の上をさんざんに転がった。しまいには、目の前でジャングルがぐるぐる回り始めたが、それでも細い縞《しま》一本、消えはしなかった。ターはそれを見て、笑《わら》った。

最初のトラは言った。『こんな目にあうなんて、わたしがなにをしたというんです?』ターは言った。『雄《お》ジカを殺《ころ》し、ジャングルに死を解《と》き放《はな》った。それで死は恐怖《きょうふ》を連《つ》れてきて、ジャングルの民《たみ》は互《たが》いを怖《おそ》れるようになった。おまえが毛のない者を怖れているようにな』最初のトラは言った。『彼《かれ》らがわたしを怖れることなどありません。始まりのときから知っているのですから』ターは言った。『ならば、見てこい』

最初のトラはあちこち走り回って、シカや野ブタやサンバーやヤマアラシら、ジャングルの者たちに呼びかけたが、みんな、かつての判事《はんじ》から大急ぎで逃げていった。彼を怖れていたのだ。

最初《さいしょ》のトラはもどってくると、すっかり誇《ほこ》りを傷《きず》つけられ、地面に頭を打ちつけて、四本の足で大地を引《ひ》き裂《さ》いた。『わたしがかつてジャングルの主《あるじ》だったことを思い出してください! わたしのことを忘《わす》れないでください、ター。わたしが恥《はじ》も恐怖《きょうふ》もなき存在《そんざい》であったことを、子どもらが忘れないようにしてください!』すると、ターは言った。『その望《のぞ》みはかなえてやろう。おまえとわたしはともに、ジャングルが創《つく》られるのを目にしてきたのだからな。毎年、一晩《ひとばん》だけ、雄《お》ジカが殺《ころ》される前とおなじ状態《じょうたい》にもどしてやる。おまえも、おまえの子どもたちもだ。その夜は、万が一毛のない者に出くわしても、怖《おそ》れは感じないだろう。彼《かれ》の名は人間という。そのときだけは、人間のほうがおまえのことを怖れるのだ。おまえがジャングルの判事《はんじ》であり、あらゆるものの主《あるじ》であるかのように。よいか、人間の恐怖の夜には、情《なさ》けをかけてやれ。なぜなら、おまえはもう、恐怖がどんなものか、知っているのだから』

最初《さいしょ》のトラは答えた。『わかりました』と。ところが、次に水を飲みにいったとき、ふと胸《むね》の横やわき腹《ばら》の黒い縞《しま》が目に入り、毛のない者が口にした名を思い出して、また怒《いか》りが燃《も》えあがった。一年のあいだ、トラは沼地《ぬまち》で暮《く》らし、ターが約束《やくそく》した日をじっと待ちつづけた。そしてその夜、月のジャッカル(宵《よい》の明星《みょうじょう》)がジャングルのはるか上空で輝《かがや》きはじめると、とうとうトラは自分の夜がやってきたのを知った。トラは、毛のない者を探《さが》しに洞穴《ほらあな》へ向かった。すると、ターが約束《やくそく》したとおり、毛のない者は彼《かれ》の前にひれ伏《ふ》し、地面に身を投げ出したので、最初のトラは毛のない者を打ち背骨《せぼね》をへし折《お》った。ジャングルに毛のない者は一匹《ぴき》しかいないと思っていたのだ。これで恐怖《きょうふ》を殺《ころ》した、とトラは思った。そして、えものの上に鼻を突《つ》きだすと、北の森からターがやってくる音が聞こえた。ほどなく、最初のゾウの声がした。こんな声だ――」

あたりを揺《ゆ》るがすような大音響《だいおんきょう》が、乾《かわ》いてひび割《わ》れた丘《おか》から丘へとわたっていった。しかし、それも雨をもたらしはしなかった。崖《がけ》の向こうで稲光《いなびかり》がひらめいただけだ。ハティは続《つづ》けた。

「そのときトラが聞いたのは、この声だ。そして、ターは言った。『これがおまえの情《なさ》けなのか？』最初《さいしょ》のトラは唇《くちびる》をなめて言った。『なにが問題なんです？　わたしは恐怖《きょうふ》を殺《ころ》したんですよ』すると、ターは言った。『なにも見えていない愚《おろ》か者《もの》めが！　おまえは死の足を解《と》き放《はな》ってしまったのだ。これから死ぬまでつけまわされるだろう。おまえは人間に、殺すことを教えてしまったのだ！』

最初《さいしょ》のトラはぎこちなくえもののほうを見て、言った。『こいつも、あの雄《お》ジカとおなじです。もう恐怖《きょうふ》は存在《そんざい》しない。わたしはまた、ジャングルの民《たみ》を裁《さば》く役につきます』

すると、ターは言った。『ジャングルの民《たみ》は二度とおまえのところにはこない。おまえの通ったあとを横切ることもないし、おまえの近くで眠《ねむ》ることも、おまえのあとについていくことも、おまえの巣穴《すあな》に立《た》ち寄《よ》ることもない。恐怖《きょうふ》だけがおまえをつけまわし、おまえには見ることのできぬその手でもって、おまえを好《す》きなように利用《りよう》するだろう。おまえの足の下の地面を開き、おまえの首にツタを巻《ま》きつけ、おまえが飛《と》び越《こ》えられぬようまわりを高い木で囲《かこ》い、しまいには皮をはいで、寒いときにそれで自分の子らを包《つつ》むだろう。おまえが情《なさ》けをかけなかったから、恐怖もおまえに情けをかけることはないのだ』

最初《さいしょ》のトラはひどく大胆《だいたん》になっていた。まだ彼《かれ》の夜が続《つづ》いていたからだ。『ターの約束《やくそく》はターの約束だ。わたしの夜まで取り上げようというのではないでしょうね？』そこで、ターは言った。『おまえの一夜はおまえのものだ。わたしが言ったとおりな。しかし、支《し》払《はら》わねばならぬ代償《だいしょう》もある。人間に殺《ころ》すことを教えたのはおまえだ。人間は学ぶのが早いぞ』

最初《さいしょ》のトラは言った。『やつはここに、わたしの足の下にいますよ。背骨《せぼね》をへし折《お》られてね。ジャングルに、わたしが恐怖《きょうふ》を殺《ころ》したと知らせてくださいよ』

ターは笑《わら》って言った。『おまえが殺《ころ》したのは、たくさんいるうちの一匹《ぴき》にすぎぬ。おまえが自分で知らせるのだな。おまえの夜はもうおわるのだから！』

そして、日がのぼると、洞穴《ほらあな》からまた別《べつ》の毛のない者が出てきた。彼《かれ》は小道に転がっている死体と、その上にのっている最初《さいしょ》のトラを見ると、先の尖《とが》った棒《ぼう》をかかげ――」

「今、人間どもが投げてくるのは、こっちを真っぷたつにするようなもんだけどね」ヤマアラシのサヒが言って、カサカサ音を立てながら土手をおりてきた。このあたりに住むゴンド族はヤマアラシのことをホー・イグーと呼《よ》び、すばらしくおいしい肉だと考えている。だから、森の空き地をトンボみたいに飛《と》んでくる小さなおそろしい斧《おの》のことを、サヒはよく知っているのだ。

「そのときのものは、先の尖《とが》った棒《ぼう》だった。落とし罠《わな》の底《そこ》にしかけてあるようなもののことだ」ハティは言った。「彼《かれ》はそれを投げ、最初《さいしょ》のトラのわき腹《ばら》を深々と貫《つらぬ》いた。ターの予言したとおり、最初のトラは吠《ほ》えながらジャングルじゅうを走り回り、ようやく棒を引《ひ》き抜《ぬ》いたときには、ジャングルじゅうが、毛のない者は離《はな》れたところからでも相手を襲《おそ》えるのを知ることになった。ゆえに、ますます毛のない者を怖《おそ》れるようになった。こうして最初のトラは毛のない者に殺《ころ》すことを教えたのだ。それ以来《いらい》、われわれがさまざまな危《き》害《がい》に見舞《みま》われるようになったのは、知ってのとおりだ。輪縄《わなわ》に、落とし罠、隠《かく》し罠に、空を飛《と》んでくる棒、白い煙《けむり》から現《あら》われて刺《さ》してくるハエ(ライフル銃《じゅう》のことだ)、そして、われわれを隠《かく》れる場所のないところへ駆《か》り出《だ》す赤い花。それでも、一年に一度は、ターの約《やく》束《そく》したとおり、毛のない者がトラを怖れる夜がある。事実、毛のない者が怖れるだけの原《げん》因《いん》をトラは作ってきたのだ。毛のない者を見つけたら最後《さいご》、たちまちその場で殺してきたのだからな。最初のトラが恥《はじ》をかかされたことを忘《わす》れてはいないのだ。だが、あとの日々は、恐怖《きょうふ》が昼も夜もジャングルを大手を振《ふ》って歩き回ることになる」

「アヒ！　アオオオオ！」シカが言った。それが自分たちにとってどういう意味を持つか、わかったからだ。

「そして、今のように、あらゆる恐怖《きょうふ》に勝《まさ》る恐怖があるときのみ、われわれジャングルの者たちは、小さな恐怖のことは一時わきに置《お》いて、まさに今しているように一か所に集まるのだ」

「たった一晩《ひとばん》だけ、人間はトラを怖《こわ》がるの？」モウグリがきいた。

「たった一晩《ひとばん》だけだ」ハティが答えた。

「でも、ぼくは――つまりぼくら、ジャングルの者はみんな、シア・カーンがひとつの月ごとに二回も三回も人間を殺《ころ》してるのを知ってるよ」

「だとしてもだ。そういうときは、やつは人間の背後《はいご》から跳《と》びかかって、攻撃《こうげき》を加《くわ》えるときも顔はそむけている。なぜなら、心は恐怖《きょうふ》でいっぱいだからだ。人間に正面から見られれば、すぐさま逃《に》げ出《だ》すだろう。だが、自分の夜だけは、堂々《どうどう》と村までおりていって、家々のあいだを歩き回り、戸口から頭をつっこむのだ。人間はひれ伏《ふ》し、やつはやすやすと人間を殺《ころ》す。だが、一晩《ひとばん》にやつが殺せるのは、一匹《ぴき》だけだ」

「そうか！」モウグリは言うと、ごろりとあおむけになった。「それで、どうしてシア・カーンがあのとき自分を見ろって言ったのか、わかったよ。むだだったけどね。やつはぼくとずっと目を合わせてることはできなかったんだから。もちろんぼくのほうだって、やつの足元にひれ伏《ふ》したりしなかった。だけど、ぼくは人間じゃないからね。自由の民《たみ》の一員なんだ」

「うむ」バギーラが毛に覆《おお》われたのどの奥《おく》でうなった。「トラは自分の夜がいつか、わかるのか？」

「月のジャッカルが、夜の霧《きり》の上にまたたいて初《はじ》めてわかるのだ。雨の降《ふ》らぬ夏のときもあれば、雨季《うき》のときもある。その一晩《ひとばん》だけが、トラの夜なのだ。だが、最初《さいしょ》のトラさえいなければ、こんなことにはならなかっただろうし、われわれが恐怖《きょうふ》を知ることもなかったのだ」

シカが悲しそうにうめくと、バギーラが唇《くちびる》をめくりあげてにんまり笑《わら》った。「人間たちはこの——話を知ってるのか？」

「知らぬ。知っているのはトラと、そしてターの子孫《しそん》であるわれわれゾウだけだ。だが、今日、水飲み場の者たちも耳にすることになったわけだな。わたしが話したから」

ハティは長い鼻を水に差《さ》し入《い》れた。これ以上《いじょう》話す気はないということだ。

「でも――でも――でも」モウグリはバルーのほうを見た。「どうして最初《さいしょ》のトラは草や葉を食べるのをやめちゃったの？　雄《お》ジカの首の骨《ほね》を折《お》っただけでしょ。食べたわけじゃないんだ。どうして生の肉を食べるようになったの？」

「木々やツタが印《しるし》をつけたからさ、小さな兄弟。そのせいで、今のような縞《しま》もようになっちまった。だから二度と木々のつける実は口にしなかったのさ。その代わりに、その日から、シカやほかの草を食う者たちに腹《はら》いせをするようになったわけだ」バルーが言った。

「じゃあ、バルーはこの話を知ってたんだね？　ねえ！　どうして今まで話してくれなかったのさ？」

「ジャングルにはそんな話が山ほどあるからな。はじめちまったら、決しておわりはない。ほらほら、わしの耳から手を離《はな》すんだ、小さな兄弟」

ジャングルのおきて

ジャングルのおきてにどれだけいろいろなものがあるか、わかってもらうために、オオカミのおきてをいくつか、紹介しよう(バルーはいつも、歌を歌うようにおきてを暗唱《あんしょう》する。だからこのような詩の形になっている)。もちろんほかにもっと複雑なものが何百とあるが、基本的なものとしていい例になるはずだ。

さあ、これがジャングルのおきてだ。空のように古く、いつわりはない。守るオオカミは栄《さか》え、守らぬ者は命を失《うしな》うことになろう。

木々に巻《ま》きつくツタのごとく、おきてはすみずみへいきわたる。
群《む》れの力がオオカミであり、オオカミの力は群れなのだ。

いいか毎日、鼻の先からしっぽの先まで洗《あら》え。たっぷり飲め、だが、飲みすぎるな。
夜は狩《か》りのときだと覚《おぼ》えておけ、昼は眠《ねむ》りのときなのを忘《わす》れるな。

ジャッカルはトラのあとをついてまわるかもしれぬ。
だが、子オオカミたち、ひげがのびるころまでに覚《おぼ》えておけ。
オオカミはハンターだ。自ら狩《か》って、自分の食べ物は手に入れる。
ジャングルの王たちとは争《あらそ》うな、トラ、ヒョウ、そしてクマ。
静《しず》かなるハティをわずらわせるな、巣穴《すあな》のイノシシをからかうな。

ジャングルで群《む》れと群れが出会い、双方《そうほう》が譲《ゆず》らぬときは、
長同士《おさどうし》が話すのを、背《せ》を低《ひく》くして待て。正しき言葉こそが勝つはずだ。
群れのオオカミと戦《たたか》うときは、群れから離《はな》れ、一対一で。
仲間《なかま》が争《あらそ》いに加《くわ》われば、群れはほろびてしまうから。

オオカミの巣穴《すあな》は隠《かく》れ家《が》、そこで彼《かれ》は家族を築《きず》く。

群《む》れの長《おさ》も入ってはならぬ。集会のオオカミもまたおなじ。
オオカミの巣穴は隠れ家、だが、手抜《てぬ》きをすれば、
集会から伝言《でんごん》が届《とど》く、掘《ほ》りなおせと。

真夜中の前に殺《ころ》したら、静《しず》かにしろ、遠吠《とおぼ》えで森を起こすな。
でないと、シカが怯《おび》え、兄弟たちがえものをとりそこねる。
自分やつれあい、子どものためなら、殺すがよい、必要《ひつよう》ならば、殺せるならば。
だが、たわむれに殺すな。そして、その七倍の注意を払《はら》い、決して人間は殺すな！

弱い者からえものを奪《うば》ったときは、誇《ほこ》りにかけてぜんぶは食うな、
群《む》れの権利《けんり》は弱者の権利。頭と皮は残《のこ》してやれ。

群《む》れのえものは、群れの肉。その場で食せ、
巣穴《すあな》へ持ち帰るな。持ち帰れば、死あるのみ。

一匹《ぴき》のえものは、一匹の肉。したいようにすればよい。
許《ゆる》しをもらうまでは、群《む》れは手を出してはならぬ。

子どもの権利《けんり》は、一年仔《ねんこ》の権利。群《む》れの全員から
たっぷりもらえ、しとめた者が食ったあとなら。拒《こば》んではならぬ。

巣《す》穴《あな》の権利《けんり》は、母親の権利。子育てのあいだは、
えものひとつにつき脚《あし》を一本もらうがよい。子どものためなら。拒《こば》んではならぬ。

洞穴《ほらあな》の権利《けんり》は、父親の権利。自分のために自分で狩《か》り、
たとえ群《む》れの呼《よ》びかけに応《こた》えなくとも、彼《かれ》を裁《さば》くは、集会のみ。

その年齢《ねんれい》と抜《ぬ》け目《め》なさ、その前足と力ゆえ、
おきてが及《およ》ばぬところは、長《おさ》の言葉がおきての言葉。

さあ、これがジャングルのおきて、あまたある大いなるおきて。
だが、おきての頭だろうとひづめだろうと、脚《あし》や背中《せなか》だろうと、従《したが》うのだ！

ジャングルを呼《よ》びよせる

覆《おお》え、隠《かく》せ、取《と》り囲《かこ》め
　花よ、ツタよ、草よ。
連中の姿も声も
　においも感触も、忘《わす》れさせてくれ！

祭壇《さいだん》の石の横のたっぷりとした黒い灰《はい》に
　雨が白い足跡《あしあと》をつける！
捨てておかれた畑でシカたちが子を産んでも
　もはや追いはらう者はいない
壁《かべ》は知らぬ間《ま》に崩《くず》れ、朽《く》ち果《は》て
　もう人が住むことはない！

モウグリはシア・カーンの毛皮を集会の岩にはりつけたあと、シオニーの群《む》れの生《い》き残《のこ》ったオオカミたちに、これからはジャングルでひとりで狩《か》りをすると宣言《せんげん》した。それに対し、四匹《ひき》の兄弟たちが、ともに狩ると応《こた》えた。しかし、それまでの生活をがらりと変《か》えるのは、簡単《かんたん》ではない。とくに、ジャングルではそうだ。秩序《ちつじょ》を失《うしな》った群れがこそこそと立ち去ったあと、モウグリはまず、自分の巣穴《すあな》にもどって、一昼夜眠《ねむ》りつづけた。それから、母オオカミと父オオカミに、彼《かれ》らが理解《りかい》できるかぎり、人間の世界で暮《く》らしたときのことを話してきかせた。皮はぎ用のナイフの刃《は》に朝日をキラキラと反射《はんしゃ》させると（シア・カーンの皮をはいだものだ）、いろいろ学んだようだなと二匹は目を細めた。アケイラと灰色《はいいろ》の兄弟も、自分たちがどんなふうに水牛の大群《たいぐん》を走らせたかを説明《せつめい》せずには気がすまなかった。バルーも苦労《くろう》して丘《おか》を上がってきて、一部始終に耳をかたむけ、バギーラはモウグリがうまく戦《たたか》ったのを知って、心底《しんそこ》うれしそうにからだじゅうをかいた。

朝日がのぼってだいぶ経《た》っていたが、だれも眠《ねむ》ろうとはしなかった。時おり母オオカミは頭をあげ、風が運んできた集会の岩のトラの毛皮のにおいを満足《まんぞく》げに吸《す》いこむのだった。

最後《さいご》にモウグリは言った。「でも、ここにいるアケイラと灰色《はいいろ》の兄弟がいなきゃ、なにもできなかった。ああ、母さん、母さん！　母さんも、青い水牛の群《む》れが溝《みぞ》を一気に走っていくのを見ていたらなあ。人間の群れが石を投げてきたとき、水牛たちが村の門になだれこんでいくところとかさ！」

「そっちのほうは見なくてよかったわ」母オオカミはこわばった声で言った。「自分の子どもがジャッカルみたいに追い立てられるのをただ見ているなんて、あたしにはとうてい無理《むり》だからね。あたしなら、人間どもには報《むく》いを受けさせたでしょうけど、まあ、おまえにミルクをくれたって女だけは見逃《みのが》してやってもいいわ。ええ、その女だけはね」

「まあまあ、落ちつけ、ラクシャ！」父オオカミはのんびりと言った。「おれたちのカエルっ子がまたもどってきたんだ。しかも、父親が自ら足をなめなきゃならないくらいかしこくなってな。ちょっとした顔の傷《きず》くらいなんだっていうんだ？　人間のことはほうっておけ」バルーとバギーラもくりかえした。「人間のことはほうっておけ」

モウグリは母オオカミのわき腹《ばら》に頭をのせると、満足《まんぞく》げにほほえんだ。そして、自分としては、二度と人間を見たくないし、声も聞きたくないし、においも嗅《か》ぎたくないと言った。

アケイラが片耳《かたみみ》をかたむけた。「だがもし、そう、もし人間のほうがおまえをほうっておいてくれなかったら？」

「こっちは五匹《ひき》だ」灰色《はいいろ》の兄弟は仲間《なかま》たちを見回した。そして、最後《さいご》の言葉のところでカチリと牙《きば》を鳴らした。

「おれたちもその狩《か》りに参加《さんか》してもいいぞ」バギーラはしっぽを小さくシャッシャッとふって、バルーを見た。「だが、アケイラ、どうして今、人間のことを？」

独《ひと》りオオカミは答えた。「こういうことだ。おれは、あの黄色いぬすっとの毛皮が岩にはりつけられたあと、もう一度、村までの道をたどったのだ。自分の足跡《あしあと》の上を歩いたり、脇《わき》にそれたり、寝《ね》そべったりして、跡がわからないようにしてきた。追いかけてこられないようにな。自分でもわからないというくらいうまくごまかしたんだが、そのとき、木のあいだからコウモリのマンがやってきて、おれの頭の上にぶらさがって言ったのさ。『人間の子を追い出した村が、スズメバチの巣《す》をつついたみたいな騒《さわ》ぎになってるよ』とね」

「ぼくが投げたでかい石のせいだな」モウグリはクックと笑《わら》った。うれたパパイヤの実をスズメバチの巣《す》に投げつけては、ハチたちに捕《つか》まるまえにいちばん近い池に飛《と》びこむというゲームを、よくしていたのだ。

「マンに、どんなようすだったかたずねてみた。村の門で赤い花が咲《さ》き、人間たちが銃《じゅう》を持ってうろうろしていたそうだ。おれにはわかるのだ。なにしろこれがあるからな」そう言って、アケイラはわき腹《ばら》の古傷《ふるきず》を見やった。「人間は、遊びで銃を持ったりしない。よいか、小さな兄弟、今に銃を持った人間があとをつけてくるぞ。実際《じっさい》、もうすでにつけてきているかもしれん」

「でも、どうして？　人間たちはぼくを追い出したんだよ。これ以上《いじょう》、なにをしたいっていうんだよ？」モウグリは怒《おこ》って言った。

「おまえは人間だろう、小さな兄弟よ」アケイラは答えた。「おれたち自由の民《たみ》にはわからんよ、おまえの種族《しゅぞく》がどういう理由で、なにをするかなどな」

アケイラがさっと前足をあげたのと同時に、すぐ下の地面に皮はぎ用のナイフが深々と突《つ》き刺《さ》さった。モウグリは、ふつうの人間の目では追えないほど速くナイフを投げたが、アケイラはオオカミだ。犬でさえ、遠い祖先《そせん》である野生のオオカミとはかなりへだたりがあるにもかかわらず、馬車の車輪《しゃりん》がわき腹《ばら》にふれたとたん、深い眠《ねむ》りからすぐさま目を覚《さ》まし、ひかれるまえに傷《きず》ひとつ負わず逃《に》げることができる。

「いいか、これからは」モウグリはナイフを鞘《さや》にもどしながら、静《しず》かに言った。「人間とモウグリのことはわけて話せ。いっしょにするな」

「ふうっ！　鋭《するど》い牙《きば》だな」アケイラは地面に残《のこ》った刃《は》の跡《あと》をフンフン嗅《か》いだ。「だが、人間の群《む》れと暮《く》らしたせいで目がおとろえたようだな、小さな兄弟。おまえがナイフを投げているあいだに、雄《お》ジカを一匹殺《ぴきころ》せたぞ」

バギーラがぱっと立ち上がった。首がぐっと伸《の》びてにおいをとらえ、からだの曲線という曲線に緊張《きんちょう》が走る。灰色《はいいろ》の兄弟もすぐにそれにならい、バギーラより少し左に出て、右から吹《ふ》いてくる風のにおいをかいだ。一方、アケイラは五十メートルほど風上まではずむように走っていくと、半分身をかがめ、やはりからだを固《かた》くした。モウグリはそれをうらやましそうにながめた。モウグリはほとんどの人間には嗅《か》げないようなにおいも嗅げたが、それでもジャングルの民《たみ》の鋭敏《えいびん》な嗅覚《きゅうかく》にはとてもかなわなかった。おまけに、煙《けむり》がただよう村で三か月もすごしたせいで、悲しくなるほどおとろえてしまっていた。しかし、指をしめらせて、鼻にこすりつけ、背筋《せすじ》をぴんと伸ばすと、上のほうのにおいを嗅いだ。かすかにしかにおわないが正確なのだ。

「人間だ！」アケイラはうなり声をあげると、地面に尻《しり》をついた。

「ブルデオだな！」モウグリも腰《こし》をおろした。「ぼくたちのあとをつけてきたんだ。やつの銃《じゅう》に太陽の光があたって光ってる。ほら！」

太陽の光がほんの一瞬《いっしゅん》、古いマスケット銃《じゅう》の真ちゅうの留《と》め金《がね》にあたって飛《と》び散《ち》っただけだが、ジャングルにはあんなふうに光るものはない。雲がものすごい速さで空を流れていくときくらいだ。そういうときには、雲母《うんも》のかけらや、小さな水たまりや、まれにすっかりつやつやになった葉が、回光通信機《かいこうつうしんき》（光の明滅により通信を行う。軍事用）のようにピカッと光ることがある。だが、今日は雲ひとつなく、おだやかな天気だった。

「人間が追ってくることはわかっていた。だてに群《む》れをひきいていたわけじゃないからな！」アケイラは胸をはって言った。

モウグリの四匹《ひき》の兄弟たちはなにも言わず、腹《はら》を斜面《しゃめん》につけるようにおりていって、モグラが芝地《しばち》にもぐるように、いばらや下草の中にまぎれこんだ。

「どこへいくんだ、なにも言わずに？」モウグリは呼《よ》びかけた。

「静《しず》かにしろ！　昼前には、やつの頭《ず》がい骨《こつ》をここに転がしてやる！」灰色《はいいろ》の兄弟は答えた。

「もどってこい！　もどってきて待て！　人間は人間を食ったりしない！」モウグリはさけんだ。

「たった今、自分はオオカミだと言ったのはだれだ？　人間かもしれないと言っただけでおれにナイフを投げたくせに」アケイラが言い、四匹《ひき》はむっつりしたようすでもどってきて、モウグリのうしろに控《ひか》えるように伏《ふ》せた。

「なにかするたびに理由を言わなきゃいけないわけ？」モウグリはかっとなって言い返した。

「まさに人間だ！　人間のもの言いだな！」バギーラがひげに隠《かく》れるようにしてつぶやいた。「ウダイプルの王の檻《おり》のまわりでも、人間たちはそんなふうにしゃべっていたな。人間がいちばんかしこいと、おれたちジャングルの者は思っている。だが、自分の耳を信《しん》じていれば、今ごろ、いちばん愚《おろ》かなのは人間だとわかっていたかもしれんな」それから、声を大きくして言った。「この点では、人間の子の言うことが正しい。人間は群《む》れで狩《か》りをする。一匹《ぴき》だけ殺《ころ》すのは、残《のこ》った連中《れんちゅう》がどう出るかわからない以上《いじょう》、うまいやり方ではないだろう。こい、その人間がおれたちをどうするつもりなのか、見てやろうじゃないか」

「おれたちはいかない」灰色《はいいろ》の兄弟はうなった。「ひとりで狩《か》りをしろ、小さな兄弟。おれたちは、自分のしたいことはわかってる。今ごろ、あとは頭《ず》がい骨《こつ》を持ってくるだけになってたはずなのに」

モウグリは胸《むね》を大きく上下させながら、友の顔をひとりひとり見たが、その目に涙《なみだ》がわきあがった。モウグリは前へ出ると、片膝《かたひざ》をついて言った。「ぼくはどうしたいかわかってないって？　ぼくを見ろよ！」

オオカミたちは落ちつかなげにモウグリを見た。彼《かれ》らの視線《しせん》がさまよいだすと、モウグリは何度も何度も、ほら見ろとくりかえした。しまいには、オオカミたちは全身の毛を逆《さか》立《だ》て、四本の脚《あし》をブルブル震《ふる》わせたが、それでもモウグリはじっと見つめつづけた。

「さあ、ぼくたち五匹《ひき》の中でだれが長《おさ》だ？」モウグリは言った。

「おまえだ、小さな兄弟」灰色《はいいろ》の兄弟は言って、モウグリの足をなめた。

「なら、ついてこい」モウグリが言い、四匹《ひき》はしっぽを脚《あし》のあいだに挟《はさ》んで、そのあとを追った。

「人間と暮《く》らしたせいだな」バギーラは言って、すべるようにモウグリたちを追った。

「今じゃ、ジャングルにはおきて以上《いじょう》のものがあるようだな、バルー」

年とったクマはなにも言わなかったが、頭の中ではいろいろな考えがうずまいていた。

モウグリはブルデオがくる道に交差《こうさ》するよう、音もなくジャングルを進んでいった。そして、下草をかきわけると、老人《ろうじん》が肩《かた》にマスケット銃《じゅう》をかけ、一晩前の跡《あと》を小走りで追ってくるのが見えた。

モウグリがはいだばかりのシア・カーンの重い生皮《なまかわ》を肩《かた》にかけ、村を出たときのことを思い出してほしい。アケイラと灰色《はいいろ》の兄弟もそのうしろを追ってきたから、彼《かれ》らが通ってきた跡《あと》ははっきり残《のこ》っていた。ほどなく、ブルデオは、アケイラがもどって、跡を消したところまでやってきた。そこで、彼はすわり、咳《せ》きこんだりぶつぶつつぶやいたりしながら、何度かきょろきょろまわりを見回して、ジャングルの奥をのぞきこみ、ふたたび跡を探《さが》そうとした。だが、そのあいだじゅう、石を投げれば届《とど》く距離《きょり》から見張《みは》られていたのだ。気配《けはい》をひそめているときのオオカミほど、静《しず》かになれる者はほかにいない。オオカミたちからはひどく動きが鈍《にぶ》いと思われているモウグリにしてみても、影《かげ》のように移動《いどう》することができた。モウグリたちは、蒸気船《じょうきせん》を取《と》り囲《かこ》むネズミイルカの群《む》れのようにブルデオを囲んだ。そのあいだも、仲間同士むとんちゃくにしゃべっていたが、それは、訓練《くんれん》していない人間が聞き取れる音域《おんいき》より低《ひく》い声だった。（反対に、高音の上限《じょうげん》は、コウモリのマンのかん高い声になる。たいていの人間は聞き取ることができない。マンの声がいちばん高く、鳥やほかのコウモリや昆虫《こんちゅう》たちは、その下のそれぞれの音域でしゃべっている。）

「狩《か》りより楽しいな」灰色《はいいろ》の兄弟は言った。ブルデオは息を切らしながら、かがんだりあたりをのぞきこんだりしている。「あれじゃ、川沿《かわぞ》いのジャングルで迷《まよ》ったブタだ。やつはなんて言ってるんだ?」ブルデオはなにかもうれつな勢《いきお》いでつぶやいている。モウグリは訳《やく》してやった。「オオカミの群《む》れは、このあたりで踊《おど》りまわったにちがいないって言ってる。こんな足跡《あしあと》は見たことがない、だってさ。疲《つか》れたって言ってる」

「足跡《あしあと》を見つける前に、休むつもりみたいだな」バギーラは冷《ひ》やかに言うと、かくれんぼうを続《つづ》けるかのように、すっと木の幹《みき》の向こう側《がわ》に移動《いどう》した。「で、あの細っこい人間はなにをするんだ?」

「食べるか、口から煙《けむり》を吐《は》き出《だ》すかだろ。人間はいつも口でなにかしてるんだ」モウグリは言った。あとをつけてきた者たちはだまって、老人《ろうじん》が水ギセル《フカス》のボウルに葉をつめ、火をつけるのを見ていた。それから、水タバコのにおいをしっかり覚《おぼ》えた。これで、必要《ひつよう》なら、闇夜《やみよ》でもブルデオの居場所《いばしょ》がわかる。

すると、道の向こうから炭焼《すみや》きの一団《いちだん》がやってきて、ブルデオを見ると、とうぜんのように足をとめ、話しだした。ハンターとしてのブルデオの名は、少なくとも三十キロ四方にとどろいていたのだ。そしていっしょに腰《こし》をおろし、水タバコを吸《す》いはじめた。バギーラたちがそばに近づいて見ていると、ブルデオは悪魔《あくま》の子モウグリの話の一部始終を、あれこれ尾《お》ひれをつけながら話しはじめた。自分がどんなふうにシア・カーンを殺《ころ》したかから始まって、オオカミに変身《へんしん》したモウグリと、日が落ちるまで死闘《しとう》をくりひろげたこと、ふたたび少年の姿《すがた》にもどったモウグリが、ブルデオのマスケット銃《じゅう》に呪文《じゅもん》をかけたこと、そのせいでモウグリを狙《ねら》った銃弾《じゅうだん》が曲がり、ブルデオの水牛を殺してしまったこと。そして、村人たちが、シオニー一のハンターとして知られている自分に悪魔の子どもを殺すようにたのんだこと。今ごろ、村人たちは、悪魔の子の両親であるメスワと夫《おっと》をとらえ、家にとじこめているはずだ、とブルデオは言った。拷問《ごうもん》して、まじない師《し》とまじない女だと白状《はくじょう》させるつもりらしい。それから、ふたりを火あぶりにするという。

「いつだ?」炭焼《すみや》きたちはたずねた。そんなすばらしい見世物を見逃《みのが》す手はない。

ブルデオは、自分がもどるまではなにも行われないと言った。ジャングルの子どもを殺《ころ》すのが先だからだ。そのあとに、メスワと夫《おっと》を始末《しまつ》し、ふたりの土地と水牛を村人たちのあいだでわけるつもりだった。メスワの夫は、見事な水牛を持っている。魔術師《まじゅつし》を滅《ほろ》ぼすのは、すばらしいことだし、ジャングルからやってきたオオカミ子どもを迎《むか》え入《い》れるような女は、魔女《まじょ》の中でもいちばんたちのわるい魔女にちがいない、というのがブルデオの考えだった。

だが、イギリス人の耳に入ったらどうする? と、炭焼《すみや》きたちは言った。聞いたところじゃ、イギリス人たちは完全《かんぜん》に頭がおかしいそうじゃないか。正直な農民《のうみん》がまじない女どもを殺《ころ》すのは当然なのに、それを許《ゆる》さないんだろ？

いや、村長は、メスワと夫《おっと》はヘビにかまれて死んだと報告《ほうこく》するつもりなのさ、とブルデオは言った。すべて手配済《ず》みなんだ。あとは、あのオオカミ子どもを殺《ころ》すだけだ。それらしいやつを見かけちゃいないかね？

炭焼《すみや》きたちはおそるおそるまわりを見まわすと、化け物に出くわさずにすんだことを星に感謝《かんしゃ》した。ブルデオのような勇敢《ゆうかん》な男ならそいつを見つけられるにちがいない、と男たちは口々に言った。太陽が沈《しず》みはじめると、彼《かれ》らはこのままブルデオの村までいって、邪《じゃ》悪《あく》なまじない女をひと目見ようと思い立った。それを聞いたブルデオは、悪魔《あくま》の子どもを殺《ころ》すという義務《ぎむ》はあるが、武器《ぶき》も持っていないあんたがたをそのまま いかせるわけにはいかない、自分がいなければ、いつオオカミの悪魔が現《あら》われるかもわからない、と言いだした。いっしょにいって、まじない師《し》の息子《むすこ》が現われたら――そう、そのときは、シオニー一のハンターの腕前《うでまえ》をお目にかけよう。化け物から身を守るお守りを僧《そう》にもらったし、なにも心配することはない、というわけだった。

「なんて言ってんだ？　なんて言ってんだ？　なんて言ってんだ？」オオカミたちは数

分ごとに質問《しつもん》した。モウグリは訳《やく》してやったが、まじない女の話になると、理解《りかい》の範囲《はんい》を超《こ》えたので、自分に親切にしてくれた男と女が罠《わな》にかけられたのだ、と言った。

「人間が人間を罠《わな》にかけるのか？」バギーラはきいた。

「やつはそう言ってる。よくわからないんだよ。やつらはみんな、頭がどうかしてるんだ。メスワと夫《おっと》がぼくになにをしたっていうんだ？　罠《わな》にかけられるようなことはしてないのに。それに、赤い花がどうとかって言ってたのはなんなんだ？　ぼく、見てこなきゃ。メスワになにをするつもりにしろ、ブルデオがもどるまではしないはずだ。つまり――」

モウグリは皮はぎ用のナイフの柄《え》をもてあそびながら、じっと考えこんだ。そのあいだに、ブルデオと炭焼《すみや》きの男たちは一列になって勇《いさ》ましげに歩いていってしまった。

「ひとつ走り、人間のところまでいってくる」ようやくモウグリは言った。

「あいつらは？」灰色《はいいろ》の兄弟は、飢《う》えた目で炭焼《すみや》きたちの灰色の背《せ》を追いながら言った。

「歌で送《おく》り届《とど》けてやって」モウグリはにやっとした。「暗くなるまで、村にはつかないようにしてほしいんだ。足止めできる？」

灰色《はいいろ》の兄弟はばかにしたように白い牙《きば》をむき出した。「杭《くい》につながれてるヤギみたいにおなじところをぐるぐる歩かせてやるよ。人間のことならまかせとけ」

「そこまでしなくていいよ。帰り道がさみしくないように、ちょっとばかし歌ってやってよ。だからってそんな楽しい歌にすることないからね。バギーラ、みんなといっしょにいって、歌うのを手伝《てつだ》ってやって。夜がふけたら、村で待ち合わせよう。場所は、灰色《はいいろ》の兄弟がわかってるから」

「人間の子のための狩《か》りは楽じゃないよ、まったくいつ寝《ね》りゃいいんだ?」バギーラはそう言ってあくびをしたが、目を見れば、すっかり楽しんでいるのがわかった。「このおれが、はだかの人間どもに歌ってやるとはな! だが、まあやってみよう」

バギーラは音がよく伝《つた》わるように頭を下げ、長い長い「よい狩《か》りを」のさけび声をあげはじめた。ふだんは夜に聞くかけ声が昼に聞こえてくるだけでも、出だしとしてはじゅうぶんおそろしい。その声があたりにとどろき、大きくなってまた小さくなり、最後《さいご》、物悲しくぶきみな声になっておわるのを聞いて、モウグリは笑《わら》いながらジャングルを走っていった。炭焼《すみや》きたちが身を寄《よ》せ合《あ》っているのが見え、老ブルデオが銃身《じゅうしん》をバナナの葉みたいに揺《ゆ》らしている。いっぺんに東西南北に向けようとしているみたいだ。すると、次に、灰《はい》色《いろ》の兄弟が、ヤラヒィ! ヤラハァ! をやりだした。群《む》れが青い大水牛ニルガイ(インドに生息する大型のアンテロープ。ウシ科)を狩るときの声だ。世界の果《は》てという果てから聞こえてくるようなその声はどんどん近づいてきて、しまいにはかん高いさけび声になり、それからプッッととぎれた。するとほかの三匹《びき》がそれに答え、モウグリさえ、群れ全体が声を張《は》りあげているような錯《さっ》覚《かく》にとらわれた。そして、オオカミたちは堂々《どうどう》たるジャングルの朝の歌を、調子を変《か》えたり、音を華《はな》やかに響《ひび》かせたり揺らしたりしながら歌いだした。群れの中でもとくに低《ひく》く太い声のオオカミが歌う歌だ。だいたいの意味はこんな感じだが、これが静《しず》まり返《かえ》った昼間のジャングルに響《ひび》き渡《わた》るところを、想像《そうぞう》しながら読んでほしい。

さっきまで、草原に
おれたちの影《かげ》はなかった
だが今は、くっきりと黒い姿《すがた》で追ってくる
おれたちは、ねぐらへ駆《か》けもどる
朝の静《しず》けさの中に、岩と木がじっと立つ
高々と、むきだしの姿をさらし
そして、さけぶ。
「ゆっくり休め、おきてを守りし者たちよ！」

角《つの》ある者も、毛皮ある者もみな
　ひそやかに姿《すがた》を消す
からだをかがめ、洞穴《ほらあな》へ、丘《おか》へ
ジャングルの貴族《きぞく》たちは去っていく
さあ、人間に飼われた雄牛《おうし》たちよ、力を入れて引け
　新しいくびきのついた鋤《すき》を
夜をはぎとられ怯《おび》えた暁《あかつき》が、赤く染《そ》まり
　ため池《タラオ》を照《て》らし出《だ》す

ほら！　巣穴《すあな》へもどれ！　太陽が燃《も》えあがる
　息づく草のうしろで
若竹《わかたけ》をきしませながら
　警告《けいこく》のささやきが駆《か》けめぐる
昼は森を見知らぬ場所へ変《か》え

おれたちは目をしばたたかせる
空の下で野ガモがさけぶ
「昼だ――人間の時間だ!」

毛皮をしめらせ、道を濡《ぬ》らした
夜露《よつゆ》も乾《かわ》き
水を飲んだ川岸のぬかるみは
乾いてひびわれる
裏切《うらぎ》り者《もの》の闇《やみ》はすべてをさらす
のばした爪《つめ》のあとも、隠《かく》した爪のあとも
そして、さけぶ。
「ゆっくり休め、おきてを守りし者たちよ!」

しかし、どう訳《やく》してみたところで、この歌のもたらした効果《こうか》は伝《つた》わらないだろう。四匹《ひき》のオオカミが、かん高い声でひと言ひと言にこめたさげすみも。木のぶつかり合う音が聞こえ、人間たちがあわてて木にのぼったのがわかった。ブルデオはまじないやら呪文《じゅもん》やらを唱《とな》えている。そこで、オオカミたちは横になって眠《ねむ》りについた。自分の力だけで暮《く》らしているものはみなそうだが、彼《かれ》らは規律《きりつ》正しい。それに、眠らなければ、活動できない。

そのあいだもモウグリはますますスピードをあげ、時速十五キロの速さで走っていった。人間たちとのきゅうくつな暮《く》らしのあとでも、これだけ走れるとわかってうれしかったのだ。頭にあるのはただひとつ、罠《わな》からメスワと夫《おっと》を救《すく》い出《だ》すことだけだ。どんな罠かはわからないが、もともと罠というものは信用《しんよう》していない。これがすんだら、村の全員に借《か》りを返してやる、とモウグリは誓《ちか》った。

よく見知った牧草地《ぼくそうち》まできたときには、日は沈《しず》みかけていた。シア・カーンを殺《ころ》した朝、灰色《はいいろ》の兄弟が待っていた花没薬樹《はなもつやくのき》が見える。人間という種族《しゅぞく》と社会に対し怒《いか》りを抱《かか》えていたものの、村の屋根が目に入ると、のどにこみあげるものがあって、息がつまりそうになった。村人たちがいつもよりも早く畑からもどってきていることに、モウグリは気づいた。夕飯《ゆうはん》の用意に取りかかるようすもなく、村の木の下に集まって、しゃべったりわめいたりしている。

「人間はいつも人間同士《どうし》で罠《わな》をかけあってるにちがいない。じゃないと、満足《まんぞく》できないんだ。昨日の夜は、罠にかけられるのはモウグリだった。でももう、雨季《うき》が何回もすぎたみたいにむかしのことに思える。そして今夜は、メスワと夫《おっと》なんだな。明日か、ずっとずっと先はきっとまた、モウグリの番になるんだ」

モウグリは塀《へい》にそって歩いていって、メスワの小屋までいき、窓《まど》から中をのぞいた。メスワがいる。猿《さる》ぐつわをかまされ、手足を縛《しば》られて、苦しそうにうめいている。夫《おっと》は、明るい色で塗《ぬ》られたベッドの枠《わく》に縛られていた。通りに面した扉《とびら》はしっかり閉《し》められ、男が三、四人、よりかかるようにしてすわっている。

村人たちの習慣《しゅうかん》ややり方は知りつくしていた。食べて、しゃべって、水タバコを吸《す》っているうちは、なにもしない。だが、腹《はら》がいっぱいになると、危険《きけん》なことをやりだすのだ。ブルデオはもうすぐ帰ってくるだろう。ブルデオを追いかけている仲間《なかま》がうまくやっていれば、やつにはまた、村人に語りきかせるのに絶好《ぜっこう》の話ができたことになる。そこで、モウグリは窓《まど》から中に入ると、かがんで、メスワと夫《おっと》を縛《しば》っている革《かわ》ひもを切り、猿《さる》ぐつわをはずしてやった。それから、牛乳《ぎゅうにゅう》はないかと小屋を見回した。

メスワは痛《いた》みと恐怖《きょうふ》で半分おかしくなっていた(昼までずっと、殴《なぐ》られたり、石を投げられたりしたのだ)。モウグリはあわてて口をふさいでだまらせた。夫《おっと》のほうは、ただただろたえ、腹《はら》を立てていた。立ち上がると、ひきむしられたひげについたほこりやゴミを取った。

「わかってた――この子がくるってわかってた」メスワはようやく口をきけるようになると、泣《な》きじゃくった。「やっぱりこの子はわたしの息子《むすこ》なのよ」メスワは、モウグリを胸《むね》にかきいだいた。そのときまで完全《かんぜん》に冷静《れいせい》だったモウグリは、とたんに全身が震《ふる》えだし、そのことに自分でも信《しん》じられないくらい驚《おどろ》いた。

「この革《かわ》ひもはどうして？　どうして縛《しば》られたの？」しばらくして、モウグリはたずねた。

「死刑《しけい》にするためさ、おまえを息子《むすこ》にしたからだよ。ほかに理由があると思うか？」メスワの夫《おっと》はむっつりして言った。「見ろ、血が出てる」

メスワはなにも言わなかったが、モウグリが見たのはメスワのほうの傷《きず》だった。血を見て、モウグリは歯ぎしりした。

「だれのしわざだ？　仕返ししてやる」モウグリは言った。

「村の全員さ。わたしが金をたくさん持っているからだ。家畜《かちく》もな。だから、わたしたちはまじない師《し》ってわけだ。おまえを家に住まわせたから」

「わからないよ。メスワに説明《せつめい》させて」

「わたしがおまえに牛乳《ぎゅうにゅう》をやったからよ、ナトゥー。覚《おぼ》えてる？」メスワはおずおずと言った。「おまえはわたしの息子《むすこ》だから。トラがさらっていった息子だから。おまえを心から愛《あい》していたから。村の人たちは、わたしがおまえの母親だから、悪魔《あくま》の母親だから、死ななければならないって」

「悪魔《あくま》ってなに？　死なら、見たことがあるけど」モウグリは言った。

メスワの夫《おっと》は暗い目で天井《てんじょう》をあおいだが、メスワは笑《わら》いだした。「ほらね！」メスワは夫に言った。「わたしにはわかってたのよ。この子は魔術師《まじゅつし》なんかじゃない！　わたしの息子《むすこ》よ！　わたしの息子！」

「息子《むすこ》だろうが魔術師《まじゅつし》だろうが、わたしたちには関係《かんけい》ない。どっちにしろ、もう死んだも同然《どうぜん》だからな」夫《おっと》は言った。

「あっちにジャングルを抜《ぬ》ける道がある」モウグリは窓《まど》の外を指さした。「もう手と足は自由なんだ。さあ、いって」

「ジャングルのことはわからないのよ、お、おまえとはちがって。そんな遠くまで歩けるとは思えないわ」

「それに、連中《れんちゅう》がすぐに追ってきて、また連《つ》れもどされるさ」夫《おっと》も言った。

「ふうん」モウグリは言って、皮はぎ用のナイフの先で手のひらをくすぐった。「この村の人間に危害《きがい》を与《あた》えるつもりはない。今はまだね。でも、村がメスワたちをいつまでも閉《と》じこめておくことはないよ。もう少したったら、それどころじゃなくなるからね。あ！」モウグリは顔をあげ、外から聞こえるどなり声や足音に耳をすませた。「ようやくブルデオを村に帰したみたいだ」

「ブルデオは今朝、おまえを殺《ころ》すために送りだされたのよ」メスワは言った。「ブルデオに会わなかったの？」

「会ったさ。ぼくたち、っていうか、ぼくは。ブルデオはきっと、話したいことがあるはずだよ。だから、やつが話しているあいだ、時間はたっぷりある。だけどまず、村人たちがどういうつもりか、調べないと。そのあいだに、どこへいくか考えておいて。ぼくがもどってきたら、教えてよ」

モウグリは窓《まど》からぴょんと飛《と》び出《だ》すと、また村の塀《へい》にそって走っていって、菩提樹《ぼだいじゅ》のまわりに集まっている人々の声が聞こえるところまでいった。ブルデオが地面に横たわり、ゴホゴホ咳《せき》をしたりうめいたりしている。そこへ、みんなが口々に質問《しつもん》している。ブルデオの髪《かみ》はほどけて肩《かた》にかかり、手足は木にのぼったためにすりむけ、ろくにしゃべれなかったが、自分が注目されていることはよくわかっているらしく、悪魔《あくま》がいたとか、歌ってたとか、魔法《まほう》の呪文《じゅもん》がどうしたなどと時おりつぶやいて、話への期待をあおった。それから、水をくれと言った。

「なんだよ！」モウグリは言った。「おしゃべり、おしゃべり。話、話！　人間っていうのは、バンダー・ログと血をわけた兄弟なのか？　やれ、水で口を洗《あら》わなきゃ、やれ、煙《けむり》を吐《は》かなきゃって。それがぜんぶすんでもまだ、お次は話ってことになるんだから。だいたいさ、本当に頭がいいよ、人間はさ。なにしろ、メスワの見張《みは》りもおいておかないんだから。まずは、ブルデオの話を耳に詰《つ》めこんでから、ってことなんだ。こんなのに合わせてちゃ、ぼくまで怠《なま》け者《もの》になっちまう！」

モウグリはブルッとからだを震《ふる》わせ、すべるように小屋のほうへもどった。窓《まど》のところまできたとき、脚《あし》になにかが触《ふ》れた。

「母さん」この舌《した》の感触《かんしょく》なら、よく知っていた。「どうしてここへ？」

「子どもたちが森で歌っているのが聞こえたから、いちばん大切な子のあとを追ってきたのよ、カエルっ子。おまえにミルクをやったっていう人間の女を見てみたいんだよ」全身を露《つゆ》でぬらした母オオカミは言った。

「人間たちは、その女の人を縛《しば》って殺《ころ》そうとしてるんだ。さっきひもは切ったよ。つれあいの男とジャングルへ逃《に》げるところだ」

「じゃあ、あたしもついていくわ。もう歳《とし》だけど、牙《きば》がないわけじゃないからね」母オオカミはうしろ足で立つと、窓《まど》から薄暗《うすぐら》い小屋の中をのぞきこんだ。

そしてまたすぐに、音もなく地面に足を下ろすと、ぽつりと言った。「あたしはおまえに最初《さいしょ》のミルクをやったけどね。バギーラの言ったことは本当だった。人間は最後《さいご》には人間のところへ帰るんだね」

「かもね」モウグリはひどくふきげんな顔になって言った。「でも今夜は、とてもじゃないけどそうは思えないよ。ここで待ってて。でも、姿《すがた》を見られないようにしてね」

「おまえはむかしからあたしのことを怖《こわ》がらなかったね、カエルっ子」そう言って、母オオカミはうしろの背《せ》の高い草むらの中に姿《すがた》を消した。そうした方法は心得《こころえ》ているのだ。

「さてと」モウグリは陽気に言って、小屋の中に入っていった。「みんな、ブルデオを囲《かこ》んですわって、ブルデオはうそばっかり並《なら》べてるよ。やつの話がおわったら、みんなで赤い――じゃなくて、火を持ってきて、ふたりを焼《や》くって言ってる。そっちはどうなった？」

「夫《おっと》に話したの。カンイワラなら、ここから五十キロほどあるけど、あそこにはイギリス人がいるから――」

「それは、どういう群《む》れ？」モウグリはたずねた。

「わからないわ。肌《はだ》が白くて、この国をすべて治《おさ》めているそうなの。証人《しょうにん》がいないのに、火あぶりにしたり、殴《なぐ》ったりはさせないそうよ。今夜、カンイワラへいければ、わたしたちは生きられる。いけなければ、死ぬことになるわ」

「なら、生きて。今夜は、人間はだれも村の門をくぐれないから。あのひとはなにしてるの？」メスワの夫《おっと》は手足をついて、小屋の隅《すみ》の土を掘《ほ》りかえしていた。

「あそこに、ちょっとしたお金が隠《かく》してあるのよ。ほかにはなにも持っていけないから」

「ああ、あれか。手から手へ渡《わた》されていくけど、ちっともあたたかくならないやつのことだね。村の外でも入り用なの？」モウグリはたずねた。

メスワの夫《おっと》はモウグリをにらみつけた。「こいつはバカだ。悪魔《あくま》なんかじゃなくてな」それから言った。「金があれば、馬が買える。このケガじゃ遠くまで歩けないし、一時間もすれば、村の連中《れんちゅう》が追ってくるだろうからな」

「追ってこないって言ってるでしょ、ぼくがいいと言うまでは。でも、馬っていうのはいい考えだ。メスワは疲《つか》れてるからね」メスワの夫《おっと》は立ち上がると、腰巻《こしまき》に最後《さいご》のルピーを押《お》しこんだ。メスワはモウグリに手伝《てつだ》ってもらって外へ出ると、冷《つめ》たい夜の空気のおかげで少し元気になった。しかし、星の光に照《て》らされたジャングルはひどく暗く、おそろしげに見えた。

「カンイワラまでの道はわかる？」モウグリは小声できいた。

ふたりはうなずいた。

「よかった。いい、忘《わす》れないで。怖《こわ》がる必要《ひつよう》はないからね。急ぐ必要もない。ただ、もしかしたらうしろや前からジャングルの歌声がちょっぴり聞こえるかもしれない」

「火あぶりにされるんでもなきゃ、ジャングルに入ると思うか？　だが、人間に殺《ころ》されるよりは、獣《けもの》に殺されるほうがましだ」メスワの夫《おっと》は言った。メスワはモウグリを見て、ほほえんだ。

「いいかい」モウグリは、ちゃんと聞いていない子どもにジャングルのおきてを百回くりかえすバルーみたいに言った。「ふたりには、ジャングルの牙《きば》が剝《む》かれることも、ジャングルの前足がふりあげられることもないからね。カンイワラが見えるところに出るまでは、人間にも獣《けもの》にも足止めを食《く》らうことはない、ずっと見張《みは》ってくれる者がいるから」そして、ぱっとメスワのほうをふりかえった。「このひとは信《しん》じてないけど、メスワは信じるよね？」

「ええ、もちろんよ。かわいい息子《むすこ》。おまえが人間だろうと、幽霊《ゆうれい》だろうと、ジャングルのオオカミだろうと、信《しん》じるわ」

「ぼくの仲間《なかま》が歌うのを聞いたら、このひとは怖《こわ》がるだろうけど、あなたはちゃんとわかるよね。さあ、もういって。ゆっくりね。急ぐ必要《ひつよう》はないんだから。門は閉《し》まってるから」

メスワはモウグリの足元にからだを投げ出して、泣《な》きじゃくった。しかし、モウグリはブルッと震《ふる》えて、すぐさまメスワを立たせた。すると、メスワはモウグリの首にかじりついて、思いつくかぎりの祝福《しゅくふく》された名で呼《よ》んだが、夫《おっと》はもの惜《お》しそうに自分の畑をながめて言った。「カンイワラについて、イギリス人に話を聞いてもらったら、僧《そう》とブルデオどもを訴《うった》えて、この村を骨《ほね》までしゃぶりつくしてやる。畑を耕《たがや》さず、水牛たちに餌《えさ》をやっていなかったら、二倍にして返してもらうからな。大いなる法《ほう》の裁《さば》きを受けさせてやる」

モウグリは笑《わら》った。「法《ほう》の裁《さば》きってものがなにか知らないけど、次の雨の季節《きせつ》にもどってくるといいよ。残《のこ》ってるものがあるかどうか見にね」

ふたりはジャングルへ向けて出発した。すると、母オオカミが隠《かく》れ場所《ばしょ》から飛《と》び出《だ》してきた。

「ついていって！」モウグリは言った。「ジャングルに、ふたりは危険《きけん》な存在《そんざい》じゃないってことを、しっかり知らせてほしいんだ。ちょっと歌ってくれる？　ぼくはバギーラを呼《よ》ぶ」

長く低《ひく》い遠吠《とおぼ》えが響《ひび》いて、消えていった。メスワの夫《おっと》は縮《ちぢ》みあがって、小屋へ駆《か》けもどろうか迷《まよ》うようにうしろをふりかえった。モウグリはおもしろがってさけんだ。「そのまいけ！　歌が聞こえるかもしれないって言ったろ。この声は、カンイワラまでついてくから。『ジャングルからの贈《おく》り物《もの》』だよ」

メスワは夫《おっと》をせかし、闇《やみ》がふたりと母オオカミを包《つつ》みこむと、モウグリのほとんど真下からバギーラがぬっと顔を出した。喜《よろこ》びに打《う》ち震《ふる》えている。夜はジャングルの民《たみ》をいきいきとさせるのだ。

「おまえの兄弟のせいで恥《はじ》をかいたよ」バギーラはのどを鳴らした。

「え？　ブルデオにやさしい歌を歌ってやらなかったの？」

「歌ったさ！　やりすぎるくらいにな！　おれを自由にした錠前《じょうまえ》にかけて言うが、おかげでこのおれでさえ、つい誇《ほこ》りを忘《わす》れて、春の求婚《きゅうこん》のときみたいに歌っちまったよ！　聞こえなかったのか？」

「ほかにやることがあったからね。歌を気に入ったか、ブルデオにきいてみたら？　でも、四匹《ひき》の兄弟は？　今夜は、人間はひとりとして門の外に出したくないんだ」

「あの四匹《ひき》がなんの役に立つんだ？」バギーラは落ちつかなげにからだを揺《ゆ》らしながら、目を燃《も》え上《あ》がらせ、ますます大きくのどを鳴らした。「おれだけで、やつらをとどめておけるさ、小さな兄弟。ついに殺《ころ》しの時か？　さっき歌ったのと、人間どもが木にのぼったのを見たのとで、すっかりやる気まんまんなんだ。人間とはなにものなんだ？　おれたちが気にかけるほどのものがあるか？　はだかの茶色い穴掘《あなほ》りじゃないか。毛もなければ、歯もない、土食《く》らいさ。おれは一日中、やつについて回ったんだ。真っ昼間、白けた太陽が照《て》らす中をだぞ。オオカミが雄《お》ジカを追いつめるように、やつを追いかけてやったんだ。このバギーラがだ！　バギーラが！　バギーラが！　自分の影《かげ》と踊《おど》るように、あの人間たちと踊ってやったんだ。ほらな！」大きな黒ヒョウは、頭上を舞《ま》う枯葉《かれは》に飛《と》びかかる子猫《こねこ》のようにジャンプすると、右へ左へとなにもないところをヒュン、ヒュン、と前足できりつけた。そして、音もなく着地すると、また跳《と》びあがり、何度もくりかえしているうちに、のどを鳴らすようにも、うなっているようにも聞こえる声が、ボイラーの中の蒸気《じょうき》みたいに大きくなっていった。「おれはバギーラだ――ジャングルの――夜のバギーラだ。おれには力がある。おれの前足に耐《た》えられる者はいるか？　人間の子、この前足を打ちおろせば、おまえの頭など、夏に死んだカエルみたいにぺしゃんこだぞ！」

「なら、打てよ！」モウグリはジャングルの言葉ではなく、村の言葉でさけんだ。人間の言葉を聞いたとたん、バギーラはぱっと動きを止め、尻《しり》を地面についた。ガタガタ震《ふる》えている。頭の高さがモウグリとおなじになったので、モウグリは、反抗的《はんこうてき》なオオカミの兄弟をにらみつけたときとおなじように、緑柱石《りょくちゅうせき》のような目の中をじっとのぞきこんだ。やがて、緑の目の奥《おく》の赤い輝《かがや》きは、三十キロ先にある灯台《とうだい》の光のようにふっと消えた。バギーラは目を伏《ふ》せて、大きな頭を垂《た》れ、さらに低《ひく》くして、ざらざらした赤い舌《した》でモウグリの足の甲《こう》をなめた。

「兄弟、兄弟、兄弟！」少年はささやきかけ、首から波打っている背中《せなか》にかけて何度も軽くなでてやった。「落ちついて、落ちつくんだ！　夜のせいさ。バギーラのせいじゃない」

「夜のにおいのせいなんだ」バギーラは後悔《こうかい》して言った。「今夜の空気がおれに向かってさけんでるんだ。だが、どうしてわかったんだ？」

インドの村のまわりはいろいろなにおいであふれている。たいていのことは鼻を通して考える動物は、においでおかしくなってしまう。人間が音楽や麻薬《まやく》でおかしくなるのとおなじだ。さらに数分ほど待って、黒ヒョウを落ちつかせてやると、黒ヒョウは暖炉《だんろ》の前のネコのようにねそべって、足を胸《むね》の下に引っこめ、目を半分とじた。

「おまえはジャングルの者であって、ジャングルの者ではない」しばらくして黒ヒョウは言った。「そしておれは、ただの黒ヒョウにすぎない。だが、おまえを愛《あい》してるよ、小さな兄弟」

「人間たちはまだ木の下でしゃべってる」最後《さいご》の言葉に気づかずに、モウグリは言った。「ブルデオのやつ、よほどいろいろしゃべったんだな。もう少ししたら、メスワと夫《おっと》を罠《わな》から引きずり出して、赤い花に放《ほう》りこむために、やってくるはずだ。で、罠がからっぽなことに気づくってわけさ。ハハハ！」

「いや、こうしよう」バギーラは言った。「もう、おれの血管を巡っていた熱は冷めたから。そこに、おれがいるっていうのはどうだ⁉　おれの姿《すがた》をひと目見たら、あとはそうそう家から出てこないだろうよ。檻《おり》に入るのは、これが初《はじ》めてじゃないし、このおれをつなごうなんてやつはいないだろうからな」

「じゃあ、そうしろよ」モウグリは笑《わら》いながら言った。というのも、モウグリ自身も黒ヒョウとおなじように大胆《だいたん》な気分になってきたのだ。バギーラはすべるように小屋の中に消えた。

「まったく！」バギーラは息を吐《は》いた。「人間のにおいがぷんぷんしてやがる。だが、ウダイプルの宮殿《きゅうでん》の檻《おり》に人間どもが作った寝床《ねどこ》とそっくりなものがあるじゃないか。じゃあ、失礼《しつれい》するとするか」ベッドの下に張ったひもが、大きな獣《けもの》の体重でピシピシと鳴った。

「おれを自由にしてくれた錠前《じょうまえ》にかけて、人間どもはでかいえものを捕《つか》まえたと思うだろうよ。こっちへきて、横にすわれ、小さな兄弟。いっしょに人間どもに『よい狩《か》りを！』を歌ってやろうぜ」

「だめだよ。ぼくの腹《はら》には、別《べつ》の考えがあるんだ。人間の群《む》れには、今回のことにぼくが関係《かんけい》してるって知られないようにしたいんだ。バギーラは好《す》きに狩《か》りをしてよ。ぼくは、やつらには会いたくない」

「好《す》きにしろ」バギーラは言った。「お、きたぞ！」

村の反対側《はんたいがわ》の菩提樹《ぼだいじゅ》の下で行われている話し合いは、だんだん騒《さわ》がしくなっていたが、いきなりわあっとさけび声があがり、通りの向こうから人間たちがこん棒《ぼう》や竹や鎌《かま》やナイフをふりまわしながら押《お》しよせてきた。先頭は、ブルデオと僧《そう》だったが、ほかの者たちもすぐあとに続《つづ》き、口々にさけんでいる。「まじない師《し》とまじない女め！　火であぶったコインで白状《はくじょう》させてやる！　家ごと丸焼《まるや》きにしてやれ！　オオカミの悪魔《あくま》を家に入れたらどうなるか、思い知らせてやる！　いや、その前にたたきのめせ！　松明《たいまつ》だ！　もっと松明を持ってこい！　ブルデオ、銃身《じゅうしん》をあたためとけ！」

扉《とびら》をあけるのに手間《てま》どった村人たちは、しっかりとしめられていた掛《か》け金《がね》ごと引きはがした。松明《たいまつ》の光が中へ流れこむ。しかし、中を見ると、ベッドに長々と寝《ね》そべり、交差させた前足をベッドの縁《ふち》から垂《た》らしていたのは、地獄《じごく》のように黒く、悪魔《あくま》のようにおそろしいバギーラだった。三十秒ほどの絶望的《ぜつぼうてき》な沈黙《ちんもく》ののち、先頭にいた者が必死《ひっし》になってうしろの者をかきわけ、さがろうとしたが、まさにそのとき、バギーラは頭をもたげ、カアッとあくびをした——わざとらしく、念入《ねんい》りに、これ見よがしに。相手を侮辱《ぶじょく》してやろうというときの、バギーラの得意技《とくいわざ》だ。唇《くちびる》の端《はし》がめくりあがり、真っ赤な舌《した》がくるりと巻《ま》きあがって、下あごがぐうっとさがり、熱《あつ》い食道が半分まで丸見えになる。巨大《きょだい》な犬歯が、根元の歯茎《はぐき》までむきだしになった直後、ガチッと音がして、上あごと下あごが嚙《か》み合わさった。金庫の鍵と鍵穴の中の鋼《はがね》の突起《とっき》がカチリと嚙み合ったような感じだ。次の瞬間《しゅんかん》にはもう、通りには人っ子ひとりいなくなっていた。バギーラは窓《まど》から飛《と》び出《だ》すと、モウグリの横にすたっと立った。人間たちは、悲鳴をあげたりわめいたりしながら互《たが》いを乗《の》り越《こ》えるようにして先を争《あらそ》い、自分の小屋へ逃《に》げ帰《かえ》っていった。

「これで、日がのぼってくるまでは、身じろぎひとつしないだろうさ」バギーラは静《しず》かに言った。「で、どうする?」

午睡《ごすい》の静《しず》けさが、村を覆《おお》いつくしたかのようだった。だが、耳をすませると、土の床《ゆか》の上を重たい穀物箱《こくもつばこ》を引きずって、扉《とびら》の前に置《お》く音がした。バギーラの言うとおりだ。昼になるまで、村が動き出すことはないだろう。モウグリはじっとすわって考えていたが、次第に表情《ひょうじょう》が暗くなっていった。

「なにかまずいことでもしたか?」ついにバギーラはたずね、顔をしかめた。

「いいや、うまくやってくれたよ。あとは、昼になるまで見張《みは》ってて。ぼくは眠《ねむ》るから」モウグリはジャングルに駆《か》けこんでいって、岩の上にバタンと死んだように横たわり、一日じゅう眠りつづけた。そしてまた、夜が訪《おとず》れた。

目を覚《さ》ますと、バギーラが横にいて、足元に殺《ころ》したばかりの雄《お》ジカが転がっていた。バギーラが興味深《きょうみぶか》そうに見守る横で、モウグリはナイフで皮をはぎ、肉を食べて、水を飲むと、ごろりとうつぶせになって頬《ほお》づえをついた。

「あの男と女は、カンイワラが見えるところまで無事《ぶじ》ついたそうだ」バギーラは言った。「母オオカミが、チールにたのんで伝言《でんごん》を送ってきた。逃《に》げ出《だ》したあと、真夜中になる前に馬を見つけ、それからははやく進んだそうだ、よかったじゃないか？」

「よかったよ」

「あと、村の人間たちは今朝、太陽が高くのぼるまで、じっとしていた。それから食事はしたが、またすぐに家へもどっていった」

「そのとき、たまたま見られたりしなかった？」

「見られたかもしれんな、夜明けごろ、門の前の砂地《すなち》に転がっていたから。それに、ちょっとばかし歌も口ずさんだかもしれん。さあ、小さな兄弟。もうこれ以上《いじょう》することはない。おれとバルーとで狩《か》りにいこうじゃないか。バルーが、新しいミツバチの巣《す》を見せたいそうだ。おれたちみんな、むかしのようにおまえにもどってきてほしいんだよ。その顔はやめろ、このおれさえ、怖《こわ》くなる。あの男と女はもう赤い花にくべられることはないし、ジャングルではすべてうまくいってる。そうだろう？　人間どものことはもう忘《わす》れよう」

「ああ、やつらは忘《わす》れ去《さ》られることになる――もう少したったら。ハティは今夜、どこで食事をしてるかな」

「好《す》きなところで食ってるだろ。静《しず》かなる者のことなんぞわからんさ。どうしてそんなことをきく？　おれたちにできないことで、ハティにできることなんてあるのか？」

「ハティと三頭の息子《むすこ》たちに、ぼくのところにくるように言ってきて」

「だが、正直なところ、それは――つまり、ハティに『こい』とか『いけ』なんて言うのは、礼儀《れいぎ》にはずれてる。わかってるだろ、ハティはジャングルの主《あるじ》なんだ。人間がおまえの表情《ひょうじょう》を変《か》えちまうまえに、おまえにジャングルの合言葉を教えたのは、ハティだろう」

「関係《かんけい》ないよ。今はもう、ゾウの合言葉も知ってるんだ。カエルっ子のモウグリのところへくるように言って。ハティが聞く耳を持たなかったら、〈バートポアの畑あらし〉のことだからきて、って言えばいい」

「バートポアの畑あらし」バギーラは忘《わす》れないよう、二、三回くりかえした。「いってくる。最悪《さいあく》の場合でも、ハティがかんかんになるくらいだろう。それに、静《しず》かなる者に言うことをきかせる合言葉が聞けるなら、一月分のえものをやったっていいくらいだしな」

そう言って、バギーラは去っていった。モウグリは、皮はぎ用のナイフを怒《いか》りにまかせて地面に突《つ》き刺《さ》した。モウグリはそれまで、人間の血など見たことはなかった。メスワを縛《しば》っていた革《かわ》ひもに血がついているのを見たのが、初《はじ》めてだったのだ。さらに、そのにおいを嗅《か》いだことが、モウグリにとっては決定的《けっていてき》だった。メスワは、モウグリにずっと親切にしてくれた。モウグリは愛《あい》のことなどよくわからない。でも、メスワのことは、ほかの人間を憎《にく》んでいるのとおなじくらい深く愛していた。人間は心底嫌《しんそこきら》いだった。人間たちのおしゃべりや、残酷《ざんこく》さや、臆病《おくびょう》さを憎んでいた。ジャングルのなにとひきかえでも、命を奪《うば》い、あのおそろしいにおいをまた、鼻腔《びこう》に吸《す》いこむのだけはいやだ。モウグリの計画は単純《たんじゅん》だが、完璧《かんぺき》だった。それを思いついたきっかけが、あの日の夜、老ブルデオが菩提樹《ぼだいじゅ》の下でした話だったことを思うと、思わず顔がにやけた。

「合言葉のおかげだった」耳元でバギーラの声がした。「ゾウたちは川岸で食事をしていたんだ。まるで、子牛の群《む》れみたいに、したがってくれたよ。ほら、きたぞ！」

ハティと三人の息子《むすこ》たちがいつものように、音ひとつ立てずに現《あら》われた。わき腹《ばら》にはまだ乾《かわ》ききっていない川の泥《どろ》がついている。ハティは、牙《きば》で掘《ほ》りおこしたバナナの緑色の若《わか》木《ぎ》を、なにか考えこんでいるようにかんでいた。しかし、大きなからだのしわというしわが、今、人間の子に話しかけようとしているのはジャングルの主《あるじ》ではないことを告《つ》げていた。バギーラにはわかるのだ。バギーラはなにかに出くわせば、それとわかる。今、怯《おび》えているのはハティで、彼《かれ》の前にいるモウグリはなにも恐《おそ》れていない。三頭の息子《むすこ》たちはからだを横に揺《ゆ》らしながら、父親のうしろに立っていた。

ハティが「よい狩《か》りを」とあいさつをしても、モウグリは顔もろくにあげなかった。しきりにからだを揺《ゆ》らしたり、片足《かたあし》からもう片方《かたほう》の足へ重心を移《うつ》したりしている。そのまましばらくだまっていたが、ようやく口を開いたとき、話しかけた相手はゾウではなく、バギーラだった。

「今から、ハンターから聞いた話をする。バギーラが襲《おそ》った、あの男だよ。ゾウに関係《かんけい》あるんだ。年をとったかしこいゾウでね、一度、罠《わな》に落ちて、底《そこ》にあった先の尖《とが》った棒《ぼう》でついた傷《きず》が、かかとのちょっと上から肩《かた》の上まで白く残《のこ》ってた」モウグリが手を差《さ》し伸《の》べると、ハティはからだを回転させた。月明かりに灰色《はいいろ》のわき腹《ばら》にある長く白い傷が浮《う》かび上《あ》がった。まるで真っ赤に焼《や》けたムチでたたかれた跡《あと》のようだ。モウグリはつづけた。

「人間たちはゾウを罠から引き上げた。だが、ゾウは強かったから、ロープを引きちぎって、逃《に》げた。そして、傷が癒《い》えると、怒《おこ》ったゾウは、夜にそのハンターたちの畑へもどった。今、思い出したけど、ゾウには三頭の息子《むすこ》がいたんだ。これは、雨の季節《きせつ》を何度もさかのぼったむかしの話だ。畑はバートポアにあってね。次の刈《か》り入《い》れのとき、その畑はどうなった、ハティ？」

「わたしと三頭の息子《むすこ》たちが、すべてを刈《か》りとった」ハティは答えた。

「そのあとの耕作《こうさく》は？」

「耕《たがや》されることはなかった」

「その土地の作物で暮《く》らしていた人間たちは？」と、モウグリ。

「去っていった」

「人間たちが寝《ね》ていた小屋は？」

「屋根はすべてひきはがした。残《のこ》った壁《かべ》は、ジャングルが飲みこんだ」ハティは言った。

「ほかには？」

「東から西はわたしが二晩《ふたばん》で歩ける距離《きょり》、北から南は三晩《みばん》で歩ける距離すべてが、ジャングルに覆《おお》われた。わたしたちは五つの村にジャングルを呼《よ》びよせたのだ。村や、その土地、牧草地《ぼくそうち》や、耕《たがや》された畑にも。今では、その地から食べ物を得《え》ている人間はひとりもいない。これが、バートポアの畑あらしさ。やったのは、わたしと三頭の息子《むすこ》たちだ。さあ、今度はわたしから質問《しつもん》だ、人間の子よ。どうしてそのことを知ったのだ？」ハティはたずねた。

「人間に聞いたんだ。ブルデオも時には本当のことを言うんだな。よくやったよ、〈白い傷跡《きずあと》のハティ〉。でも、二回目はもっとうまくやってよ。今度は、指示役《しじやく》の人間もいるわけだしさ。ぼくを追い出した人間の村はわかるだろ。あの村のやつらは、怠《なま》け者《もの》で愚《おろ》かで残酷《ざんこく》なんだ。いつも口を動かしてなにかしてるし、食べるためじゃなくて遊びで弱い者を殺《ころ》す。で、腹《はら》がいっぱいのときは、自分の仲間《なかま》を赤い花へ放《ほう》りこむんだ。ぼくはこの目で見てきたんだよ。やつらにはもう、ここに住む権利《けんり》はない。あんなやつら、大嫌《だいきら》いだ！」

「なら、殺《ころ》せ」ハティの末息子《すえむすこ》が言って、草を引《ひ》き抜《ぬ》くと、前足にたたきつけて土を落とし、ほうり投げた。そのあいだも小さな赤い目は、ひそかに左右を見わたしていた。

「白い骨《ほね》がなんの役に立つ？」モウグリはかっとなって言った。「ぼくは、ひなたで生首とたわむれるオオカミの子とはちがうんだ。シア・カーンを殺《ころ》して、やつの毛皮を集会の岩で腐《くさ》らせたのは、このぼくだ。でも——でも、シア・カーンがどこへいったのかわからない。ぼくの腹《はら》の中は空《むな》しいままだ。だから、今度は、目に見え、手で触《ふ》れられるものだけを手に入れる。ジャングルを村に呼《よ》びよせるんだ、ハティ！」

バギーラはブルッと震《ふる》えて、身をすくめた。自分なら、どんなに残酷《ざんこく》だとしても、村の通りを駆《か》け抜《ぬ》け、右へ左へと人間たちの群《む》れに突《つ》っこんでいったり、たそがれどきに畑を耕《たがや》している人間をこっそり殺《ころ》したりするくらいがせいぜいだ。しかし、モウグリは、村全体を計算ずくで人間と獣《けもの》の目から消してしまおうというのだ。これには、さすがのバギーラも怖気《おじけ》づいた。ようやくバギーラにも、モウグリがなぜハティを呼《よ》びにやったかわかった。長く生きているゾウにしか、こんな戦《たたか》いを実行に移《うつ》すことはできない。

「バートポアから人間たちを追い出したときみたいに、やつらを追い出して。畑を耕《たがや》すのは雨水だけ、糸つむぎの音の代わりに聞こえるのは、厚《あつ》い葉にあたる雨音だけにするんだ。バギーラとぼくで僧《そう》の家をねぐらにして、雄《お》ジカが寺院のうらの水槽《すいそう》で水を飲むようにしてやるのさ！　ジャングルを呼《よ》びよせてくれ、ハティ！」

「だが、わたしは——つまりわれわれ自身は、人間どもとのあいだに争《あらそ》いがあったわけではない。人間が寝《ね》ているねぐらを引《ひ》き裂《さ》くには、燃《も》えるような怒《いか》りや痛《いた》みが必要《ひつよう》なのだ」ハティはからだを揺《ゆ》らしながらあいまいな口調《くちょう》で言った。

「ジャングルで草を食ってるのは、ゾウだけじゃないだろ？　仲間《なかま》たちを呼《よ》ぶんだ。シカやブタやサンバーたちに手伝《てつだ》わせろ。畑に草が一本もなくなるまでは、そのからだの皮をちらりとも見せる必要はないさ。ジャングルを呼《よ》びよせるんだ、ハティ！」

「殺《ころ》すことはないな？　わたしの牙《きば》は、バートポアの畑あらしのさい、真っ赤に染《そ》まった。あのにおいをよみがえらせたくはない」

「ぼくもだ。ぼくたちのきれいな土地にやつらの骨《ほね》が転がるのだっていやなんだ。新しいねぐらへいかせりゃいい。ここにはいさせない！　ぼくは、ぼくに食べ物をくれた女の人の血を見て、においを嗅《か》いだ。ぼくがいなかったら、あの人は殺《ころ》されてたんだ。血のにおいを消せるのは、あの小屋の入り口に新しい草が生えたときだけだ。あのにおいのせいで、口の中がヒリヒリするんだ。ジャングルを呼《よ》びよせろ、ハティ！」

「ああ！　わたしの皮の傷跡《きずあと》も、死《し》に絶《た》えた村の上に春の草が生えてくるのを見るまでは、ヒリヒリ火照《ほて》っていたよ。よしわかった。この戦《たたか》いは、われわれの戦いだ。ジャングルを呼《よ》びよせてやろう」

モウグリは息をつくことさえできず、怒《いか》りと憎《にく》しみで全身をふるわせていたが、やがてゾウたちが立っていた場所が空《から》っぽになり、気づくと、バギーラがおそろしそうに自分を見ていた。

バギーラがようやく口を開いた。「おれを自由にした錠前《じょうまえ》にかけて、おまえは本当に、みんなが若《わか》かったころ、おれがうしろ盾《だて》になってやったはだかのこぞうか？　ジャングルの主《あるじ》よ、おれの力がなくなったときは、おれのうしろ盾になってくれよ。バルーのうしろ盾にも、いや、おれたちみんなのになってくれ！　おまえのまえじゃ、おれたちはみんな、赤《あか》ん坊《ぼう》だ！　踏《ふ》まれて折《お》れた小枝《こえだ》みたいなもんさ。ああ、母親を失《うしな》った子ジカだ！」

バギーラが自分を親を失《うしな》った子ジカだと言うのを聞いて、モウグリはうろたえてしまった。それから笑《わら》い出《だ》し、一息つくと、今度は泣《な》き出《だ》して、また笑い、しまいには池に飛《と》びこんでようやく落ちついた。そして、月光が縞《しま》もようの影《かげ》を落としている中を、あだ名のカエルよろしく、もぐったり水面に顔を出したりしながら、ぐるぐる泳ぎまわった。

そのころ、ハティと三頭の息子《むすこ》たちはそれぞれ東西南北の方角へ向かい、一キロ半ほど先の谷を音ひとつ立てずにくだっていった。ゾウたちはそうやって一頭ずつ、二日間の距《きょ》離《り》、つまりたっぷり百キロほど、ジャングルを歩きつづけた。ゾウたちが一足歩くごとに、または鼻を一振《ひとふ》りするごとに、マンやチールやサル族や鳥たちがいちいち知らせ、うわさした。次に、ゾウたちは食事をはじめた。彼《かれ》らは一週間かそこら、静《しず》かに食べつづけた。ハティと息子たちは、ニシキヘビのカーとおなじで、必要《ひつよう》に迫《せま》られるまでは決して急がないのだ。

それもおわりに近づいたころ、(始めたのがだれかもわからないのだが)ジャングルをあるうわさが駆《か》けめぐった。かれこれこういう谷に、もっといい食べ物と水があるらしいというのだ。腹《はら》を満《み》たすためなら世界の果《は》てまでもいくというブタが、もちろん最初《さいしょ》に移《い》動《どう》をはじめ、押《お》し合《あ》いへし合いしながら岩地を越《こ》えて進んでいった。次にシカたちが続《つづ》いた。それから、死んだり死にかけたりしたシカたちを餌《えさ》にしているキツネが続き、がっしりとした肩《かた》のニルガイがシカたちに並《なら》び、さらに沼地《ぬまち》の水牛たちがそのあとを追った。草食動物の群《む》れはあちこちに散《ち》らばって、草を食《は》み、ぶらぶらしたり、水を飲んだりしては、また草を食む。ちょっとしたことでもなにかあれば、たちまち引き返してしまったはずだ。しかし、危険《きけん》を知らせる声が響《ひび》くたびに、かならずだれかが立ちあがって、ほかの者をなだめた。あるときには、ヤマアラシのサヒが、ほんの少し先にいい餌があるという知らせを持ってきた。またあるときは、コウモリのマンが陽気にさけびながら空き地におりてきて、なにもないよと言った。バルーがイモをほおばりながら、浮《う》き足立《あしだ》った列の横をよろよろと歩き、おどしたり、すかしたりしながら、元の道にもどすこともある。それでも、かなりの動物たちが引き返したり、逃《に》げたり、興味《きょうみ》をうしなったりしたが、それとおなじくらいかなりの数の者たちが残《のこ》って、先へ進んだ。さらに十日ほどたったころは、こんな状態《じょうたい》だった。シカとブタとニルガイは半径《はんけい》十四、五キロのところをぐるぐる回り、その外《そと》側《がわ》で、肉を食う者たちが小競《こぜ》り合《あ》いをくりかえす。一方、その輪《わ》の真ん中には例《れい》の村があって、村のまわりでは穀物《こくもつ》が実りつつあり、畑では人間たちがマチャンと呼《よ》ばれる、四本の支柱《しちゅう》の上に棒《ぼう》を並《なら》べたハト小屋に似《に》た見張《みは》り台《だい》にすわって、鳥など穀物を狙《ねら》ってくる者たちを追いはらっていた。もはやシカたちをたきつける必要《ひつよう》はなかった。肉を食う者たちがうしろに迫《せま》り、シカたちはいやおうなく前へ、輪《わ》の内側《うちがわ》へと、追いこまれていった。

ハティと三頭の息子《むすこ》たちがこっそりジャングルを抜《ぬ》け出《だ》したのは、暗い夜のことだった。ゾウたちが長い鼻でマチャンの支柱《しちゅう》をへし折《お》ると、茎《くき》の折《お》れたドクニンジンの花のように台は倒《たお》れ、転げ落ちた人間たちの耳にゾウの低《ひく》いうなり声が届《とど》いた。それを合図に、うろたえたシカの一群《ぐん》が先頭をきって牧草地《ぼくそうち》や畑になだれこんできた。次に、鋭《するど》いひづめを持った野ブタが地面を掘《ほ》り返《かえ》し、シカたちが残《のこ》したものを根こそぎにした。時おり聞こえるオオカミたちの声が群《む》れを動揺《どうよう》させ、シカやブタたちは怯《おび》えて右往左往《うおうさおう》し、オオムギの若《わか》芽《め》を踏《ふ》み荒《あ》らして、畑の水路の土手をすっかり崩《くず》してしまった。ところが、夜が明けるころになると、輪《わ》の外側《そとがわ》から迫《せま》りつつあった肉を食う者たちが、ふっと一か所だけ場所をあけ、南へ抜《ぬ》ける道が一本できた。とたんに、シカたちの群れはどっとその道へ向かった。

一方、もっと大胆《だいたん》な者たちは次の晩《ばん》に食事の続きをしようと、しげみに身を隠《かく》した。

しかし、計画は事実上、完了《かんりょう》した。朝になって村人たちが見にいくと、作物はすっかり消えていた。つまり、このままここにいれば死ぬということだ。なぜなら、すぐ目の前までジャングルの迫《せま》るこの村は、ふだんから飢《う》え死《じ》にするかしないか、ぎりぎりのところで暮《く》らしているのだ。水牛たちが牧草地《ぼくそうち》へいくと、シカたちが草をすべて食いつくしていたので、腹《はら》をすかせた群《む》れはそのままジャングルへ入っていって、野生の仲間《なかま》たちとどこかへいってしまった。ふたたび日が沈《しず》むと、馬小屋で村のポニーが三、四頭、頭《ず》がい骨《こつ》を割《わ》られて死んでいるのが見つかった。こんな芸当《げいとう》ができるのはバギーラしかいないし、最後《さいご》の一頭の死骸《しがい》を引きずり出してさらしものにしたのは、バギーラの思いつきでしかあり得《え》ない。

その夜、村人たちは畑で火をおこす気力もなかったので、ハティと三頭の息子《むすこ》たちはでかけていって、残《のこ》ったものを拾い集めた。ハティが集めたあとは、たどってみたところでなにひとつ残ってやしない。人間たちは雨が降《ふ》るまで、種《たね》まき用にとっておいた麦を食べることにして、一年分の損失《そんしつ》をとりもどすまでは出稼《でかせ》ぎにいくことに決めた。しかし、穀《こく》物《もっ》商人が穀物でいっぱいの木箱をどのくらいの値《ね》で売ろうかと考えているとき、泥《どろ》でできた彼《かれ》の家のすみに、ハティが鋭《するど》い牙《きば》で穴《あな》をあけ、乾《かわ》いた牛糞《ぎゅうふん》で塗《ぬ》り固《かた》めた丈夫《じょうぶ》な籐《とう》の収納《しゅうのう》箱《ばこ》を、中の貴重品《きちょうひん》もろとも叩《たた》きつぶした。

この最後《さいご》の損害《そんがい》が知れわたると、僧《そう》はなにか言わねばならなくなった。僧は自分の神々に祈《いの》りを捧《ささ》げたが、答えは得《え》られなかった。もしかしたら村は知らず知らずのうちにジャングルの神のひとりを怒《おこ》らせたのかも知れぬ、なぜなら、ジャングルが自分たちを襲《おそ》ってきているのはまちがいないからだ、と僧は言った。そこで、村人たちは放浪《ほうろう》の民《たみ》であるゴンド族のなかで、いちばん近くに住んでいる部族の長《おさ》を呼《よ》びにやった。ゴンド族は小柄《こがら》でかしこく、真っ黒い肌《はだ》をしたハンターで、ジャングルの奥深《おくふか》くで暮《く》らしている。インドでももっとも古い種族《しゅぞく》を祖先《そせん》とする、むかしからこの土地で暮らしている人々なのだ。村人たちはなけなしの食料《しょくりょう》でゴンド族の長《おさ》をもてなした。すると、長は弓を持ち、頭髪《とうはつ》に毒矢《どくや》を二、三本突《つ》き刺《さ》したまま片足《かたあし》で立ち、半ば恐《おそ》れ、半ばさげすんだように、不安《ふあん》げな村人たちと荒《あ》れはてた畑を見回した。村人たちは、古き神々であるゴンド族の神々が怒《おこ》っているのかどうか、もし怒っているのならどんな捧《ささ》げ物《もの》をすればいいのかを知りたがった。ゴンド族の長はだまっていたが、にがい実をつけた野生のカレラ(ニガウリ)のにおいを嗅《か》ぐと、そのつるをとり、赤いヒンドゥーの神像《しんぞう》が目をむいている前で、寺院の扉《とびら》をふさぐように左右にわたしていった。それから、片手《かたて》を前へ押《お》し出《だ》すようにかかげてカンイワラへ続《つづ》く道をさし、ジャングルへもどって、ジャングルの民《たみ》がゆっくりと移動《いどう》していくさまをながめた。こんなふうにジャングルが動くときは、白人にしか、その怒《いか》りを鎮《しず》めることは望《のぞ》めないと知っていたのだ。

意味をたずねる必要《ひつよう》はなかった。村人たちが神をまつっていた場所に、カレラが生えるということであり、逃《に》げるのは早ければ早いほどいい、ということだ。

しかし、長いあいだ住みついていた場所を離《はな》れるのは簡単《かんたん》ではない。村人たちは、夏の食べ物が少しでも残《のこ》っているあいだは村にとどまって、ジャングルで木の実を集めようとした。だが、真っ昼間ですら、ぎらぎら光る目を持った影《かげ》が彼《かれ》らをじっと見つめ、目の前をうろつき回る。怖《こわ》くなって村を囲っている塀《へい》の中へ駆《か》けもどろうとすると、ほんの五分前に前を通ったばかりの木の皮がはぎとられ、巨大《きょだい》なかぎ爪《づめ》の跡《あと》が深々とついているのだ。

村人たちが村に閉《と》じこもるようになると、動物たちはますます大胆《だいたん》になり、ワインガンガ川のほとりの牧草地《ぼくそうち》で跳《は》ね回《まわ》り、大きな声で吠《ほ》えた。村人たちが空《から》っぽの牛小屋の、ジャングルに面している裏壁《うらかべ》を修繕《しゅうぜん》する時間もないうちに、野ブタがそれを踏《ふ》み倒《たお》し、あとには節《ふし》くれだったつるが深く根を下ろして、新しく獲得《かくとく》した場所にみるみるその腕《うで》をのばしていった。そしてそのうしろから、退却《たいきゃく》する軍にふりそそぐ悪鬼《ゴブリン》の槍《やり》のように雑草《ざっそう》がやってきて生《お》い茂《しげ》った。最初《さいしょ》に、独《ひと》り身《み》の男たちが逃《に》げ出《だ》し、村の運が尽《つ》きたという知らせをあちこちへ広めた。ジャングル、いや、ジャングルの神々を相手に戦《たたか》うことなんてできるか？　菩提樹《ぼだいじゅ》の下に住んでいた村の守り神のコブラも、穴《あな》からいなくなったのだ。こうして、もともとささやかだった外の世界との交流もますます少なくなり、平原をわたる踏《ふ》み固《かた》められた道もどんどん減《へ》って、うすれていった。それと同時に、毎晩《まいばん》のように村人を悩《なや》ませていたハティと三頭の息子《むすこ》たちの声もやんだ。それ以上《いじょう》、盗《と》るものがなくなったからだ。地上の作物も、地中の種《たね》もすべて奪《うば》われ、村はずれにある畑はすでに元の形を失《うしな》いつつあり、あとはもう、カンイワラのイギリス人たちの情《なさ》けにすがるほかなかった。

インドの常《つね》というべきか、村人たちは一日、また一日とずるずる出発を遅《おく》らせ、とうとう最初《さいしょ》の雨が降《ふ》ってきた。修繕《しゅうぜん》していない屋根から水が流れこみ、牧草地《ぼくそうち》は足首まで水につかり、夏の暑さのあとで、あらゆる植物がなだれこんできた。ついに、村人たちは男も女も子どもも、前が見えないほど激《はげ》しく熱《あつ》い雨が降る朝、バシャバシャと水の中を進みはじめた。そしておのずと、最後《さいご》にひと目見ようと故郷《こきょう》のほうをふりかえった。

まさにそのとき、村の塀《へい》の向こうから、梁《はり》とわらぶき屋根が落ちる音が聞こえてきた。ちょうど荷物を抱《かか》えた最後《さいご》の一家が門を通った直後だった。そして、つやつやした黒い蛇《へび》のような鼻が一瞬《いっしゅん》、見えたかと思うと、濡《ぬ》れた屋根をばらばらにした。鼻はすぐに消え、また屋根の落ちる音がして、かん高い悲鳴が響《ひび》いた。スイレンをつむかのように屋根を引きはがしたとき、跳《は》ね返《かえ》った梁《はり》がハティに刺《さ》さったのだ。これが、ハティの力を最大《さいだい》にまで解《と》き放《はな》った。ジャングルの中でも、怒《いか》りくるったゾウほど破壊《はかい》のかぎりをつくす者はいない。ハティがうしろ足で一打ちすると、土壁《つちかべ》は一瞬にして崩《くず》れ落《お》ち、激《はげ》しい雨に打たれ、みるみるとけて黄色い泥《どろ》と化した。ハティはぐるりとまわって、かん高い声をあげ、狭《せま》い通りに入っていって、右や左の小屋にぶつかって扉《とびら》をガタガタ震《ふる》わせ、ひさしをねじ曲げた。そのあいだ、三頭の息子《むすこ》たちは、バートポアの畑あらしのときとおなじように村じゅうを暴《あば》れまわった。

「残《のこ》った骨組《ほねぐ》みは、ジャングルが飲みこむだろう」破壊《はかい》しつくされた村にしずかな声が響《ひび》いた。「あと、倒《たお》さなきゃならないのは、村を囲《かこ》ってる塀《へい》だ」モウグリはむきだしの肩《かた》や腕《うで》から雨をしたたらせながら、疲《つか》れた水牛のように倒れていく塀から飛《と》びのいた。

「いずれそのうちにな」ハティは荒《あら》い息をつきながら言った。「ああ、だが、バートポアではわたしの牙《きば》は赤く染《そ》まった！　よし、村の塀《へい》だ、子どもたち！　頭で押《お》せ！　みないっしょにだ！　それ！」

四頭が並《なら》んで押《お》すと、塀《へい》は大きくたわんで裂《さ》け、ドウッと倒《たお》れた。村人たちは恐怖《きょうふ》で声を失《うしな》い、裂けたすきまから見える荒々《あらあら》しい破壊者《はかいしゃ》たちの泥《どろ》で汚《よご》れた頭を見つめた。そして次の瞬間《しゅんかん》、いっせいに逃《に》げ出《だ》した。家も食料《しょくりょう》も失《うしな》って、谷を駆《か》け下《お》りていく村人たちのうしろで、村はズタズタに引《ひ》き裂《さ》かれ、踏《ふ》みしだかれて、溶《と》けていった。

一か月後、村のあった場所はところどころくぼみのある塚《つか》になり、やわらかい緑の若芽《わかめ》におおわれた。そして、雨季《うき》がおわるころには、ほんの六か月前は耕《たがや》されていた場所で、ジャングルが声をかぎりに吠《ほ》えていた。

モウグリの人間との戦《たたか》いの歌

足の速いツタをはなち、
ジャングルを呼《よ》びよせて、境界《きょうかい》を消し去ってやる！
　屋根という屋根は失せ、
　梁《はり》という梁は落ち、
そして、カレラ、苦《にが》いカレラが、
　すべてをおおうだろう！

おまえたちの集会場の門で、ぼくの民《たみ》が歌い
穀物庫《こくもつこ》の扉《とびら》にはコウモリ族がぶらさがる
　ヘビがおまえたちの見張《みは》りとなる
　掃除《そうじ》をする者のいない炉《ろ》のそばで

なぜなら、カレラ、苦《にが》いカレラが、
　おまえたちが眠《ねむ》った場所で実をつけるから！
ぼくの民《たみ》は襲《おそ》いかかる。姿《すがた》は見えず音がするだけ、想像《そうぞう》するだけ
夜、月がのぼるまえに、借《か》りを返してもらおうか
オオカミがおまえたちを導《みちび》く
　もうない目印《めじるし》にしたがって
なぜなら、カレラ、苦《にが》いカレラが、
　おまえたちの愛《あい》した場所に種《たね》をまくから！
おまえたちの畑を一足先に刈《か》ってやろう、主《あるじ》の手で
そのあとで、失《うしな》われたパンを拾い集めるがいい
シカがおまえたちの牛となる
　畑のすみの耕《たがや》していない場所で
なぜなら、カレラ、苦《にが》いカレラが、

おまえたちの建てた場所に葉を茂《しげ》らせるから！

足の曲がったツタをけしかけ、
ジャングルをつかわし、境界《きょうかい》をかき消した
次は木々だ——木々がおまえたちを襲《おそ》う！
家の梁《はり》は落ちるだろう
そして、カレラ、苦《にが》いカレラが、
おまえたちを、おおいつくす！

王のアンカス

この四つは、決して満足《まんぞく》することがない。地にはじめて露《つゆ》がおりた時より、
一度も満《み》たされたことはない――
ワニのジャカーラの口、トビの胃《い》、サルの手、人間の目

ジャングルのことわざ

巨大《きょだい》なニシキヘビのカーは皮を脱《ぬ》ぎかえた。おそらくこれで二百回にはなるだろう。モウグリは冷《つめ》たい隠《かく》れ家《が》でカーに命を助けてもらった恩《おん》を忘《わす》れることはなかったから、お祝《いわ》いを言いにいった。皮を脱ぎかえると、ヘビはしばらく不機嫌《ふきげん》になりふさぎこむが、それも新しい皮が輝《かがや》きだし、美しくなるまでだ。カーも今では、モウグリのことをからかったりせず、ほかのジャングルの民《たみ》と同様、ジャングルの主《あるじ》として受け入れていた。そして、カーくらいの大きさのニシキヘビになると自然《しぜん》と耳にするようなことを、モウグリに教えてやった。彼《かれ》らが内ジャングルと呼《よ》んでいる、大地の近くやその下、または、岩や穴《あな》や木の幹《みき》で暮《く》らす生き物については、カーも知らないことがあったが、そんなことは、カーのいちばん小さなうろこに書こうと思えば書けてしまうほどのことでしかなかった。

その日の午後、モウグリはカーのとぐろをまいた胴体《どうたい》の真ん中にすわり、カーが脱《ぬ》ぎ捨《す》てた形のまま岩のあいだをくねっている古いぼろぼろの皮をなぞっていた。カーは親切にからだをまるめ、モウグリのがっしりしたむきだしの肩《かた》をささえてやっていたから、モウグリは生きているひじかけいすでくつろいでいるようなものだった。

「目のうろこまで完璧《かんぺき》だね」モウグリは古い皮をいじりながら、ささやくように言った。「足のところに、頭の皮がくるなんてふしぎだな」

「おれには足はないがな。これがわが種族《しゅぞく》の慣《なら》わしだから、なんとも思わんよ。おまえは、皮が古くなったりごわごわになったような気がするときはないのか?」

「そしたら、すぐに水浴《みずあ》びにいくよ。でも、たしかにひどく暑い日なんかは、痛《いた》くなきゃ、皮を脱《ぬ》ぎ捨《す》てて、そのまま走り回りたいって思うよ」

「おれは水浴《みずあ》びもするし、皮も脱《ぬ》ぐのだ。この新しい皮はどうだね?」

モウグリはななめのチェックもようがはいった大きな背中《せなか》に手をすべらせた。「カメの甲羅《こうら》はもっと硬《かた》いけど、ここまで華《はな》やかじゃないな」モウグリは意見を述《の》べた。「ぼくのあだ名になってるカエルはもっと華やかだけど、こんなに硬くない。とてもきれいだよ。ユリの花びらについてる斑点《はんてん》みたい」

「水が必要《ひつよう》なのだ。水浴《みずあ》びをしないと、新しい皮が本来の色にならん。よし、水浴びにいくか」

「ぼくが運んでいってあげるよ」モウグリは笑《わら》いながらかがむと、カーの長い胴体《どうたい》のいちばん太くなっている真ん中の部分を持ちあげた。ひとりで、直径六十センチ《ちょっけい》の水道管《すいどうかん》を持ちあげようとするようなものだ。カーは面白《おもしろ》そうに息をそっと吐《は》きながら、じっとしていた。それから、いつもの夕方のゲームが始まった。力の盛《さか》りをむかえた少年と、ごうかな新しい皮をまとったニシキヘビは向かい合い、とっくみあった。といっても、目と力の戦《たたか》いだ。もちろん、カーが本気を出せば、モウグリを十二人いっぺんに押《お》しつぶすことだってできるが、カーは細心の注意を払《はら》って、本当の力の十分の一も出さないようにしていた。モウグリが大きくなって、ちょっとした乱暴《らんぼう》な扱《あつか》いなら耐《た》えられるようになるとすぐに、カーはこのゲームを教えてやった。手足をしなやかにするのに、もってこいなのだ。カーのくねくねとうねるとぐろがのどまで巻《ま》きついてしまうこともある。そんなときモウグリは、なんとか片腕《かたうで》を出して、カーののどをつかむ。すると、とぐろがゆるむので、モウグリはすかさず両足をぱっと動かして、巨大《きょだい》なしっぽがうしろの岩か切《き》り株《かぶ》のほうへのびるのを押《お》さえこもうとする。頭と頭をつきあわせ、相手のすきを狙《ねら》いながら前後に揺《ゆ》れていると、ヘビと少年は美しい像《ぞう》のように溶《と》け合《あ》い、黒と黄色のとぐろもバタバタともがく手足も、ぐるぐるまわりながらぐうっと上にせりあがる。それを何度もくりかえすのだった。「今だ！　ほら、今だぞ！」カーが頭でフェイントをかけると、モウグリのすばしこい手でも、攻撃《こうげき》をかわすことはできなかった。「ほら！　おまえにさわったぞ、小さな兄弟！　ほら！　今度はここだ！　手がしびれてるのか？　ほら、またこっちだぞ！」

ゲームはいつも、おなじようにおわった。つまりヘビが正面から頭突《ずつ》きをくらわせ、少年は吹《ふ》っ飛《と》ばされて、ゴロゴロ転がる。モウグリはどうしてもこの稲妻《いなずま》のような一撃《いちげき》を防《ふせ》げなかったが、カーに言わせれば、いくらやってみたところでむだというものだった。

「よい狩《か》りを！」とうとうカーが言って、モウグリはいつものとおり五、六メートル先まで吹《ふ》っ飛《と》ばされた。モウグリはあえぎながら笑《わら》い、手でがっしと草をつかんで立ち上がった。そして、カーのあとについて、かしこいヘビたちがいつも使っている水浴《みずあ》び場《ば》へいった。岩に囲《かこ》まれた深い池が黒々とした水をたたえ、あちこちに切《き》り株《かぶ》が沈んでいておもしろい。少年はジャングルのやり方で音を立てずするりと水に入ると、もぐって、反対側《はんたいがわ》からやはり音を立てずに顔を出した。それから、あおむけになって腕《うで》を頭のうしろで組み、月が岩の上にのぼってくるのをながめながら、つま先で水面に映《うつ》った月をかき乱《みだ》した。カーのひし形の頭がかみそりのようにすっと水面を切って現《あら》われ、モウグリの肩《かた》にのっかった。ヘビと少年はひんやりとした水にゆったりとつかりながら、じっとしていた。

「最高《さいこう》だな」しばらくして、モウグリが眠《ねむ》そうに言った。「人間の村ではさ、この時間は、土でできた罠《わな》のなかで、かたい木の板に横たわってるんだ。わざわざきれいな風が入らないように窓《まど》を閉《し》めて、汚《きたな》らしい布《ぬの》を重たい頭の上にかけてさ、鼻でひどい歌を歌うんだよ。ジャングルのほうがよっぽどいい」

コブラが一匹《ぴき》、慌《あわ》てたようすで岩の上をすべりおりてくると、水を飲み、「よい狩《か》りを！」とあいさつして、帰っていった。

「シュウウウ！」カーはふいになにか思い出したように言った。「なら、ジャングルはおまえが望《のぞ》んでいたものをすべてくれるということか、小さな兄弟よ？」

「すべてじゃないよ」モウグリは笑《わら》いながら答えた。「一月に一回くらい、シア・カーンみたいな強敵が現《あら》われて、退治《たいじ》できるといいな。今なら、水牛たちの力を借《か》りなくても、この手で殺《ころ》すことができるからね。あと、雨季《うき》の真ん中でも太陽が照《て》るといいのにって、思ってるし、夏の盛《さか》りでも雨が太陽を隠《かく》してくれるといいなって思う。それに、今までおなかが空《から》っぽってことはないけど、ずっとヤギを殺してみたかったんだ。ヤギも殺したことがないけど、雄《お》ジカを殺してみたい。もっと言えば、雄ジカよりもニルガイのほうがさらにいい。でも、そんなことはみんな、思ってるでしょ。ぼくたちみんながさ」

「本当にほかには望《のぞ》みはないのか？」大きなヘビはなおもたずねた。

「ほかになにをほしがるってわけ？　ぼくにはジャングルがある。ジャングルの愛情《あいじょう》が！　それとも、日の出と日の入りのあいだにはもっとなにかあるの？」

「そうだな、コブラが言うには――」カーは言いかけた。

「コブラ？　さっきのコブラは、なにも言ってなかったじゃない。狩《か》りの途中《とちゅう》だったんだよ」

「別《べつ》のコブラだ」

「毒《どく》の一族とそんなにつきあいがあるわけ？　ぼくは彼《かれ》らには関《かか》わらないようにしてる。あの牙《きば》で死をもたらすなんて、よくないよ。あんな小さいのにさ。カーと話したっていうのはどのヘビ？」

カーは横波をわたる蒸気船《じょうきせん》のようにゆったりと揺《ゆ》れた。「三つか四つ前の月のころ、冷《つめ》たい隠《かく》れ家《が》で狩《か》りをしたのだ。あそこのことは、おまえも忘《わす》れてはいないだろうな。おれが追っていたえものが、悲鳴をあげながら水槽《すいそう》の横を抜《ぬ》けて、あの家へ向かっていったのだよ。ほら、おまえが閉《と》じこめられて、おれが壊《こわ》してやった家だ。そして、地面の中に逃《に》げこんだのだ」

「でも、冷《つめ》たい隠《かく》れ家《が》の連中《れんちゅう》は、穴《あな》の中で暮《く》らしてるわけじゃないでしょ」カーが言っているえものというのがサルだとわかっているモウグリは言った。

「そいつはその穴《あな》で暮《く》らしていたのではないが、死にものぐるいだったのだろう」カーは舌《した》を細かに震《ふる》わせた。「やつが逃《に》げこんだ穴は、かなり遠くまで続《つづ》いていてな。おれは追いかけていって、やつをしとめ、それから眠《ねむ》った。そして、目が覚《さ》めると、さらに奥《おく》までいってみた」

「地下を？」

「ああ、そうだ。そこで、白コブラの〈白首〉に出くわしたのだ。彼《かれ》が話したのが、おれがこれまで知らなかった話ばかりでな。見たこともなかったものを、いろいろ見せてもらったのだ」

「新しいえもの？　よい狩《か》りだったの？」モウグリは寝返《ねがえ》りを打つようにくるりと向きを変《か》えた。

「えものではない。あんなものを食ったら、歯がぜんぶ欠《か》けてしまうだろうな。だが、白首が言うには、人間は――そうそう、人間どものことはよく知っているような口ぶりだったな。それはとにかく、人間はそれをひと目見るためなら、命を差し出してもいいと思ってるそうだ」

「見にいこう。思い出したよ、ぼくもむかしは人間だったたって」

「まあ、焦《あせ》るな。太陽を食った黄色いヘビが死んだのも、慌《あわ》てたからというではないか。白首と地面の下でしゃべっているときに、おまえの話を出したのだ。人間だとな。白首はジャングルとおなじくらい年をとっているのだが、彼《かれ》が言うには『ずいぶん長いあいだ、人間を見ていない。その子を連《つ》れてきて、これを見せてやろう。これをほんのひとつかみ手に入れるために、大勢《おおぜい》の人間が命をかけるのだから』と」

「じゃあ、やっぱり新しいえものってことだ。でも、毒《どく》の一族は、えものが目の前にいるからって教えてくれるような連中《れんちゅう》じゃないけどね。こっちと仲良《なかよ》くしようって感じじゃないもん」

「えものではないと言ってるだろう。あれは——そうだな、うまく言えん」

「いってみようよ。白首に会ったことないし、それも見てみたいよ。白首はそれをもう殺《ころ》しちゃったの？」

「もともと死んでいるのだ。白首は、その守り手ということらしい」

「へえ！　オオカミが、自分の巣穴《すあな》に持ち帰った肉を見張《みは》ってるようなもんだね。いこう」

モウグリは岸まで泳いでいくと、草の上で転がってからだを乾《かわ》かした。そして、カーといっしょに冷《つめ》たい隠《かく》れ家《が》へ向かった。耳にしたことがあるだろうが、廃墟《はいきょ》になったむかしの都《みやこ》だ。このごろでは、モウグリもサル族のことはこれっぽっちも怖《こわ》くなくなっていたが、サル族のほうはモウグリを心底恐《しんそこおそ》れていた。だが、いってみると、ジャングルへ略奪《りゃくだつ》でもしにいったらしく、月明かりに照《て》らされた冷たい隠れ家はがらんとして、静《しず》まり返《かえ》っていた。カーは先に立ってテラスの上にある、朽《く》ちかけた女王の東屋《あずまや》へいくと、がれきをすると乗《の》り越《こ》えた。そして、東屋の真ん中から地下へおりる、息の詰《つ》まりそうな狭《せま》い階段《かいだん》へするりと飛《と》びこんだ。モウグリはヘビの合言葉——おれたちはおなじ血、おれとおまえと——を大きな声でさけんでから、手足をついてカーのあとに続《つづ》いた。坂になった通路を、くねくねと何度か曲がりながら奥《おく》まで這《は》いおりていくと、ついに大木の根のところへ出た。頭上からたれた根は、壁《かべ》の硬《かた》い石を押《お》しのけて十メートルほども伸《の》びている。そのすきまを通《とお》り抜《ぬ》けると、かなりの広さのあるアーチ型《がた》の部屋に出た。丸い天井《てんじょう》はやはり木の根で割《わ》れ、闇《やみ》の中に光が幾筋《いくすじ》か差《さ》しこんでいた。

「安全な巣穴《すあな》だな」モウグリは立ち上がって、足を踏《ふ》んばった。「毎日くるには、ちょっと遠すぎるけど。で、なにを見りゃいいわけ？」

「わしのことは、見るに値《あたい》せぬということか？」部屋の真ん中から声がした。そして、白いものがじりじりと近づいてくるのが見え、やがて目の前に見たこともないほど大きなコブラがぬっと首をもたげた。二メートル半近くあるだろう。暗闇《くらやみ》の中で生活しているため、色が抜《ぬ》け、古い象牙《ぞうげ》のような色になっている。横に広がった首についている、目玉のようなもようさえ、あせて黄色になっていた。目はルビーのように赤く、全体として見るもすばらしい美しさだ。

「よい狩《か》りを！」モウグリはあいさつした。ナイフと礼儀作法《れいぎさほう》はつねに手放さないようにしているのだ。

「都《みやこ》はどうなった？」あいさつにも答えず、白いコブラは言った。「城壁《じょうへき》に囲《かこ》まれた大いなる都はどうなったのだ？　百頭のゾウと二万頭の馬、数え切れぬほどの家畜《かちく》、そして、二十人の王たちの中の王が暮《く》らしていた都なのだぞ。ここで暮らしているうちに耳が遠くなり、戦《たたか》いのドラの音を聞いてからずいぶんたっているのだ」

「ジャングルなら上にあるけど」モウグリは言った。「ゾウはハティと三頭の息子《むすこ》しか知らないんだ。馬はある村にいたけど、バギーラがぜんぶ殺《ころ》しちゃったよ。あと、王っていうのはなに？」

「このあいだ、話したろう」カーがコブラにやさしく言った。「話したはずだ、四度月が満《み》ち欠《か》けする前に。そなたの都《みやこ》はもうないと」

「あの都《みやこ》、王の塔《とう》に守られた城門《じょうもん》のある、あの大いなる森の都が、滅《ほろ》びるはずはない。

あの都は、わが父のそのまた父が卵《たまご》からかえるよりさらに前に、建《た》てられたのだ。わが息子《むすこ》のそのまた息子が、わしのように白いあいだは、続《つづ》くはずだ。イェガスリの子のヴィヤジャの子のチャンドラヒジャの子のサロンディが、バッパ・ラワル（八世紀にメワールの王国を建国した王）の時代に建てたのだから。おまえたちはだれの奴隷《どれい》だ？」

「話についていけないよ」モウグリはカーのほうを向いて言った。「なにを言ってるか、わからない」

「おれにもわからん。彼《かれ》はおそろしく年をとっているのだ。コブラの父よ、ここにはジャングルしかない。最初《さいしょ》からずっとそうだ」

「なら、その子はだれだ？」白いコブラは言った。「わしの前に怖《おそ》れることなくすわり、王の名も知らず、人間の唇《くちびる》でわれわれの言葉を話す、その子は？　ナイフとヘビの舌《した》を持つ、その子はだれなのだ？」

「モウグリって呼《よ》ばれてるよ。ジャングルの住人だ。オオカミの民《たみ》で、ここにいるカーはぼくの兄弟なんだ。コブラの父よ、あなたはだれなんです？」

「わしは、王の宝番《たからばん》じゃ。クラン王《ラジャ》が、わしの皮がまだ黒かったころに、この頭の上に石を積《つ》んだのだ。盗人《ぬすびと》どもに死を教えてやれるようにな。それから、石のあいだから宝を運びおろし、わが主《あるじ》である僧《そう》たちの歌声が響《ひび》いた」

「オエッ！」モウグリはつぶやいた。「僧《そう》ならひとり、相手にしたことがあるけど。人間の村でだよ。あいつらのことならわかる。ってことは、じきに悪いことが起こるよ」

「わしが宝番《たからばん》となってから五回、石がどけられたが、そのたびに宝がおろされるだけで、運び出されることはなかった。これほどの富《とみ》はほかにはあるまい。王百人分の宝なのだから。だが、最後《さいご》に石がどけられてから、長い、長い年月がたった。だから、わが都《みやこ》は宝のことを忘《わす》れてしまったと思っておったのだ」

「都《みやこ》などないのだ。上を見てみろ。あそこに、大きな木の根が出て、石が割《わ》れているだろう。木々と人間とがともに数を増《ふ》やすことはないからな」カーは言った。

「これまでも二度か三度、ここへ入りこんだ人間がいた」白いコブラは怒《おこ》ったように言った。「だが、やつらはぺらぺらしゃべったりしなかったぞ。わしが、闇《やみ》の中で手探《てさぐ》りしているやつらに襲《おそ》いかかると、ほんの一瞬《いっしゅん》、悲鳴をあげたがな。おまえたちはうそを携《たずさ》えてきたな、人間もヘビもだ。わが都《みやこ》はもうなく、わが役割《やくわり》もおわっただと？　年月を経《へ》れば、人間は少しは変《か》わる。だが、このわしはまったく変わらぬのだ。この石がどけられるまではな。僧《そう》たちは、わしのよく知っているあの歌を歌いながらおりてきて、あたたかいミルクを差《さ》し出《だ》し、わしをふたたび光のもとへ連《つ》れ出《だ》してくれるだろう。わし──わしこそう、わしは、ほかでもない王の宝番《たからばん》じゃ！　都は死んだと、おまえたちは言う。ここに木の根があるとな？　ならば、かがんで、ほしいものを取るがいい。大地にはこれと並《なら》ぶ宝はないぞ。ヘビの舌《した》を持つ人間よ、おまえが入ってきた道を生きてもどれるのならば、小国の王どもがおまえのしもべとなるであろうぞ！」

「また、話についていけなくなったよ」モウグリは冷《ひや》やかに言った。「ジャッカルがこんな奥《おく》まで入りこんできて、このでかい白首を嚙《か》むなんてこと、ないよね？　どう考えても、頭がおかしいよ。コブラの父よ、ここには取るものなんてなにもないよ」

「太陽と月の神々にかけて、この少年は死の狂気《きょうき》にとりつかれとる！」コブラはシュウシュウと音を立てながら言った。「おまえの目が永遠《えいえん》に閉《と》じる前に、ひとつ恵《めぐ》みを授《さず》けてやろう。見よ、人間が目にしたことのないものを！」

「ジャングルでは、このモウグリに恵《めぐ》みを授《さず》けてやるなんて言うやつはいないけどね」少年はこっそり言った。「でも、闇《やみ》はすべてを変《か》えるってことは、ぼくも知ってる。見るよ、それであなたが喜《よろこ》ぶなら」

モウグリは目を細めて宝物庫《ほうもつこ》を見回した。そして、床《ゆか》にこぼれている、キラキラ輝《かがや》くものを手ですくいあげた。

「ああ！　人間たちが遊んでたものにそっくりだ。こっちのは黄色いけどね、あっちのは茶色かったから」

モウグリは金貨《きんか》をじゃらじゃらと落とし、さらに奥《おく》へいった。宝物庫《ほうもつこ》の床《ゆか》は、二メートルほども積《つ》もった金貨と銀貨《ぎんか》に埋《う》もれていた。元々入っていた袋《ふくろ》が破《やぶ》けてこぼれだし、長い年月を経《へ》て、引《ひ》き潮《しお》のときの砂《すな》のように固《かた》まってくっついている。その上や、中からぬっと突き出《だ》すように、ゾウの背にのせる輿《こし》が見《み》え隠《かく》れしている。砂浜《すなはま》に散《ち》らばる難破船《なんぱせん》の漂流物《ひょうりゅうぶつ》のようだ。浮《う》き彫《ぼ》りもようの銀に金箔《きんぱく》がはられ、柘榴石《ざくろいし》とトルコ石がちりばめられている。女王が乗るカゴや台もあり、こちらは、銀とエナメルの枠《わく》で補強《ほきょう》され、ヒスイの柄《え》のついたかつぎ棒《ぼう》と、琥珀《こはく》のカーテンの輪《わ》つきだ。金の燭台《しょくだい》もあって、枝《えだ》の先で飾《かざ》り穴《あな》のついたエメラルドが揺《ゆ》れている。一メートル半ほどある、今では忘《わす》れられた神々の像《ぞう》は、銀に飾りびょうを打ったもので、目に宝石《ほうせき》がはめこまれていた。鋼《はがね》に金をちりばめた鎖《くさり》かたびらは、小粒《こつぶ》の真珠《しんじゅ》で縁取《ふちど》られているが、今はもう傷《いた》んで黒ずんでいる。最高級《さいこうきゅう》と言われるハトの血の色のルビーが、てっぺんまでびっしり埋《う》めこまれたかぶとや、べっ甲《こう》やサイの皮に漆《うるし》を塗《ぬ》った盾《たて》もあり、赤みがかった金で作られたひも留《ど》めと打ち出しもようの縁にエメラルドが飾られていた。鞘《さや》に入った、ダイヤモンドの柄《つか》の剣《けん》や、短剣《たんけん》や狩猟用《しゅりょうよう》のナイフもある。いけにえを捧《ささ》げるときに使う黄金の器《うつわ》と杓《しゃく》や、一度も日の目を見たことのない、携帯用《けいたいよう》の祭壇《さいだん》。ヒスイの杯《さかずき》や腕輪《うでわ》、香炉《こうろ》、くし、香水《こうすい》や染料《せんりょう》のヘナ、アイシャドウなどを入れる器もあり、すべて、金の浮き彫り細工だ。鼻輪《はなわ》や腕かざり、頭輪、指輪《ゆびわ》、腰帯《こしおび》などは、数え切れない。幅《はば》が指を七本並《なら》べたほどもあるベルトは、スクエアカットのダイヤモンドとルビーで作られ、鉄の締《し》め金《がね》を三重につけた木の箱は、木の部分はとっくにこなごなになって、中からまだカットしていないスターサファイアや、オパール、キャッツアイ、サファイア、ルビーダイヤモンド、エメラルド、ガーネットなどがのぞいていた。

白いコブラの言うとおりだった。これだけの宝《たから》は、金を出したからといって買えるものではない。何世紀《なんせいき》もかけて、戦争《せんそう》や略奪《りゃくだつ》や取引や税《ぜい》の取立てによって集められ、選《えら》び抜《ぬ》かれてきたものだ。金貨《きんか》と銀貨《ぎんか》だけでも、値がつけられないほどの価値《かち》がある。宝石類《ほうせきるい》をまったく含《ふく》めないでの話だ。金と銀の重さだけで、二、三百トンはあるだろう。今のインドの支配者《しはいしゃ》はみな、どんなに貧《まず》しくても宝物庫《ほうもつこ》を持っていて、日々、宝を増《ふ》やしている。ごくたまに進歩的《しんぽてき》な王子もいて、牛車四十か五十台分の銀を国債《こくさい》と交換《こうかん》するために送り出すこともあるが、ほとんどの王たちは宝を隠《かく》し持《も》ち、だれにも知られぬようにしているのだ。

しかし、モウグリにとってはもちろん、宝《たから》なんて意味はなかった。ナイフには多少興味《きょうみ》を引かれたが、今、使っているものほどバランスがよくなかったので、捨《す》ててしまった。それでもとうとう、金貨《きんか》に半分埋《う》まっている輿《こし》の前で、思わず心を奪《うば》われるようなものを見つけた。五十センチほどのアンカス――ゾウをあやつるときに使う突《つ》き棒《ぼう》だった。ボート用の鉤竿《かぎざお》を小さくしたようなもので、根元の部分でまるいルビーが輝《かがや》いている。その上に二十センチほどの柄《え》がついていて、みがいていないトルコ石がびっしりはめこまれ、持ちやすい。その上はヒスイで、取《と》り巻《ま》くように花のもようがついている。もようといっても、葉はエメラルド、花はルビーで、冷《ひや》やかな緑の石にはめこまれていた。残《のこ》りの部分は本物の象牙《ぞうげ》で、先端《せんたん》の尖《とが》った部分と鉤の部分は金メッキされた鋼《はがね》で造《つく》られ、ゾウ狩《が》りのようすが描《えが》かれている。モウグリをひきつけたのは、その絵だった。どうやら友だちのハティと関係《かんけい》があるものらしい。

白いコブラはすぐあとについてきていた。

「命を賭《と》しても見る価値《かち》があるのではないか？　大いなる恵《めぐ》みを授《さず》かったとは思わんか？」

「よくわからないよ」モウグリは答えた。「ここにあるものは硬《かた》くて冷《つめ》たくて、食べるのには向いてないし。でも、これだけはさ」そう言って、モウグリはアンカスをかかげた。「持っていきたいな。太陽の光の中で見てみたいんだ。あなたは、これぜんぶあなたのものって言ってたけど、これをくれないかな？　そしたら、代わりに餌《えさ》のカエルを持ってくるからさ」

白いコブラは、邪悪《じゃあく》な喜《よろこ》びでからだを激《はげ》しく震《ふる》わせた。「もちろん、やるとも。ここにあるものをすべてやろう。おまえがここから立ち去るまでだがな」

「でも、もうぼくは帰るんだ。ここは暗くて寒いから。このとんがったものだけ、ジャングルに持って帰りたいんだってば」

「足元を見ろ！　そこにあるのはなんだ？」

モウグリは、白くてすべすべしたものを拾いあげた。「人間の頭《ず》がい骨《こつ》だね。あとふたつある」モウグリは少しも動じずに言った。

「何年も前に宝《たから》を盗《ぬす》みにきた者たちだ。闇《やみ》の中で話しかけてやったら、動かなくなったというわけだ」

「でも、この宝《たから》とかいうやつをもらってどうするわけ？　あなたがこの棒《ぼう》を持っていっていいって言うなら、いい狩《か》りだよ。でも、くれなくたっていい狩りさ。毒《どく》の一族と戦《たたか》う気はないし、あなたの一族の合言葉だってちゃんと教わってるんだから」

「ここには、合言葉はひとつしかない。わしの言葉しか！」

カーが目をかっと怒《いか》らせ、前に飛《と》び出《だ》した。「そなたが、人間を連《つ》れてこいと言ったのだろう？」カーはシュウシュウと音を立てながら言った。

「たしかに」年老《としお》いたコブラは葉がすれるような声で言った。「ずいぶんと長いあいだ、人間を見ていなかったからな。それに、この人間はわれわれの言葉を話す」

「しかし、殺《ころ》すとは言ってなかったではないか。ジャングルにもどって、この子を死なせてしまったなどと、言えると思うか？」

「殺《ころ》すなどと言うはずはないだろう、そのときがくるまではな。おまえが出ていくかどうかということならば、壁《かべ》に穴《あな》があいているぞ。まあ、落ちつけ、太ったサル殺し！　わしがおまえの首に触《ふ》れたら最後《さいご》、おまえなどジャングルの記憶《きおく》から消え去るのだ。ここに入ってきて、あばらに熱《あつ》い息を持ったまま出た人間などいない。わしは、王の都《みやこ》の宝番《たからばん》なのだぞ！」

「闇《やみ》の白い長虫め、王や都《みやこ》などないと言っているだろう！　まわりにはジャングルしかないのだ！」カーはさけんだ。

「だが、まだ宝《たから》はある。いいか、こうしよう。岩場のカーよ、しばらく待って、人間の子が逃《に》げるのを見物するがいい。おもしろい遊びをするくらいの場所ならあるからな。生きているということはよいことだぞ。しばらく逃げてまわるのだな、人間の子！　ほら、いい運動になるぞ！」

モウグリは、カーの頭に静《しず》かに手をおいた。そしてささやいた。

「あの白野郎《やろう》がこれまで相手にしてきたのは、群《む》れの人間だ。ぼくのことはわかっちゃいない。向こうから、狩《か》りのことを言い出したんだ。受けてやろうじゃないか」モウグリは、先を下に向けて持っていたアンカスをすばやく投げつけた。アンカスはちょうど大蛇《だいじゃ》の首のすぐうしろに落ち、大蛇を床《ゆか》に押《お》さえつけるかっこうになった。のたうち回る大蛇に、カーがすかさずのしかかり、首からしっぽまで押さえつける。白首の真っ赤な目が燃《も》え上《あ》がり、かろうじてまだ十五センチほど出ている頭が右へ左へと激《はげ》しく動き回った。

「殺《ころ》せ！」モウグリの手がナイフに伸《の》びるのを見て、カーはさけんだ。

「いや」モウグリは言って、ナイフを抜《ぬ》いた。「食べるため以外《いがい》には、二度と殺《ころ》さないと決めたんだ。でも、見て、カー！」モウグリはコブラの首のうしろをつかむと、ナイフで口をこじ開けた。毒牙《どくが》は黒ずみ、上あごの歯茎《はぐき》の中に埋《う》まっていた。「毒が干上がっている《ゾーだ》（元は腐った切り株という意味）」モウグリは言った。そして、カーにさがっているよう合図すると、アンカスを拾い、白いコブラを自由にしてやった。

「王の宝《たから》には新しい宝番《たからばん》が必要《ひつよう》みたいだな」モウグリは重々しく言った。「ゾーじゃ、役目を果《はた》せないだろ。ほら、走り回って、運動でもしたら、ゾー！」

「生《い》き恥《はじ》だ。殺《ころ》してくれ！」白いコブラはシュウシュウと言った。

「殺《ころ》すの殺さないのって、もうたくさんだ。ぼくたちはもういくよ。このとんがったやつはもらってくよ、ゾー。ちゃんと戦《たたか》って、勝ちとったんだから」

「なら、そいつに殺《ころ》されないように気をつけるのだな。そいつは死だ！　いいか、死なのだ！　そいつの中には、わが都《みやこ》の人間をすべて殺すだけのものがある。おまえがそいつを長く持っていることはあるまい、ジャングルの人間よ。そいつをおまえから奪《うば》う者も、おなじだ。そいつを持った者どもはみな、殺して殺して殺しまくるのだ！　わが毒《どく》は干上《ひあ》がったかも知れぬが、そのアンカスが代わりをしてくれる。そいつは死だ！　死だ！　死なのだ！」

モウグリは穴《あな》をくぐってふたたび通路に出ると、最後《さいご》にもう一度、白いコブラを見た。

コブラは怒《いか》りくるってシュウシュウうなりながら、床《ゆか》の上に転がっている黄金像《おうごんぞう》の神々の顔に毒《どく》のない牙《きば》で噛《か》みついていた。「そいつは死だ!」

ふたたび日の光のもとに出ると、モウグリとカーはほっとして、自分たちのジャングルへ向かった。モウグリはアンカスを朝日にかざし、キラキラ光るのを見て喜《よろこ》んだ。彼《かれ》にとっては、髪《かみ》にさす新しい花を見つけたようなものだったのだ。

「バギーラの目よりもキラキラしてるね」モウグリはうれしそうに言って、ルビーをくるくる回した。「バギーラに見せてやろう。でも、ゾーが死だ、死だ、って言ってたのは、どういうことかな?」

「さあな。おれはしっぽの先のそのまた先まで、やつにおまえのナイフを味わわせなかったことを残念《ざんねん》に思っているがな。冷《つめ》たい隠《かく》れ家《が》にはつねに悪がひそんでいる。地面の上にも下にもな。だが、今は腹《はら》が減《へ》った。いっしょに夜明けの狩《か》りをしないか」

「だめだよ。バギーラにこれを見せなきゃ。よい狩《か》りを!」モウグリはアンカスをふりまわしながら、踊《おど》るように歩いていった。時おり足をとめて、ほれぼれとながめてはまた歩き、バギーラがよくいる場所までやってきた。バギーラはたっぷりえものをとったあとで、水を飲んでいた。モウグリはバギーラに、今してきた冒険《ぼうけん》の一部始終を話し、バギーラは何度かアンカスのにおいを嗅《か》ぎながら聞いていた。そして、白いコブラの最後《さいご》の言葉のところまでくると、うなずきながらのどを鳴らした。

「じゃあ、白首が言ったことっていうのは？」モウグリはすかさずたずねた。

「おれはウダイプルの王の檻《おり》で生まれたからな。人間についての知識《ちしき》なら、少しはこの腹《はら》に入っている。その赤い石ひとつのために、一晩《ひとばん》に三回殺《ころ》す人間は大勢いるだろうな」

「でも、石なんて、持ってても重いだけじゃないか。ぼくのキラキラ光る小さなナイフのほうがずっといいよ。それに、ほら！　この赤い石は食べられないんだ。なのに、どうして殺《ころ》したりするの？」

「モウグリ、もう寝《ね》にいけ。おまえは人間たちと暮《く》らしていた。だから――」

「覚《おぼ》えてるよ。人間は狩《か》りをしないから、意味もなく、遊びで殺《ころ》すんだ。バギーラ、寝《ね》ないでよ。このとんがったものはなにに使うの？」

バギーラは半分まぶたを開けた。ひどく眠《ねむ》かったのだ。そして、不快《ふかい》そうに目をきらりと光らせた。

「それは、ハティの息子《むすこ》たちの頭を突《つ》くために人間どもが作ったものだ。血が流れ出すようにな。ウダイプルの街《まち》でおなじようなものを見たよ、おれたちの檻《おり》の前でな。そいつは、ハティたちの血を味わってるんだ」

「でも、どうしてゾウの頭を突《つ》いたりするの？」

「人間のおきてを教えるためさ。かぎ爪《づめ》も牙《きば》もないからな、人間はこういうものを作るのさ。もっとおそろしいものもな」

「いつも血なんだ、人間に近づくとね。人間の作ったものまでそうだなんて！」モウグリは心底《しんそこ》いやそうに言った。アンカスの重さにも少しうんざりしてきた。「それを知ってたら、こんなものとってこなかったのに。最初《さいしょ》は、革《かわ》ひもについたメスワの血、そして今度はハティの血か。もうこんなもの、使わないよ。ほら！」

アンカスはきらめきながら飛《と》んでいって、五十メートルほど先の木のあいだに突《つ》き刺《さ》った。「これで、ぼくの手から死はきれいさっぱりなくなったよ」モウグリは言って、新《しん》鮮《せん》な湿《しめ》った土に両手をなすりつけた。「ゾーは、死がぼくを追いかけてくるなんて言ってたんだ。老《お》いぼれのまっしろしろのいかれたやつめ」

「白かろうが黒かろうが、生きてようが死んでようが、もうおれは寝《ね》る。一晩《ひとばん》じゅう狩《か》りをしたうえに、昼じゅう吠《ほ》えてるわけにはいかないんだ。だれかさんみたいにね」

バギーラは三キロほど離《はな》れた、狩《か》りに使っている隠《かく》れ家《が》にいってしまった。モウグリはちょうどよさそうな木を見つけてするするとのぼり、三、四本のツルを結《むす》び合わせて、あっという間《ま》に地上十五メートルのところにハンモックを作り、ゆらゆらと横たわった。昼の強い日差《ひざ》しがどうしてもいやというわけではなかったが、友だちの習慣《しゅうかん》にならって、できるだけ昼は活動しないようにしていたのだ。目が覚《さ》めると、まわりでは木の上に住んでいる連中《れんちゅう》が大声でさわぎ、日はまた沈《しず》みかけていた。見ていた夢《ゆめ》は、宝物庫《ほうもつこ》に捨《す》ててきた美しい小石の夢だった。

「まあ、また見られるからな」モウグリは言って、ツルを伝《つた》って地面まですべりおりた。ところが、バギーラが先にきていて、薄暗《うすぐら》い中でフンフンにおいを嗅《か》いでいた。

「先のとんがった棒《ぼう》はどこにいったの？」モウグリは思わずさけんだ。

「人間が持っていった。足跡《あしあと》が残《のこ》ってる」

「ゾーが言ったことが本当か、これでわかるね。あのとんがったものが死なら、その人間は死ぬはずだ。あとをつけよう」

「えものをしとめるのが先だ。腹《はら》が減《へ》ってちゃ、だいじなものを見逃《みのが》すからな。人間はのろいし、ジャングルはじゅうぶん湿《しめ》ってるから、どんなにかすかな跡《あと》でも残《のこ》るさ」

モウグリとバギーラは大急ぎで狩《か》りをしたが、肉を食べおわって水を飲み、跡《あと》をたどりはじめるまでに、三時間近くかかってしまった。ジャングルの住人は、食事を慌《あわ》ててすませるほどのことなどないと知っているのだ。

「あのとんがった棒《ぼう》が人間の手でくるっと反対を向いて、刺《さ》すのかな？ ゾーは死だって言ってたんだ」モウグリは言った。

「やつを見つければわかるさ」バギーラは頭を低《ひく》くして小走りで進みながら言った。「足《あし》跡《あと》は一本だな(ひとりしかいない、という意味だ)。棒《ぼう》の重さのせいで、かかとが地面にのめりこんでる」

「ほんとだ！ 夏の稲妻《いなずま》みたいにくっきり残《のこ》ってる」モウグリとバギーラはスピードをあげたり落としたりをくりかえしながら、小走りで跡《あと》を追っていった。月光の成《な》す格子《こうし》もようの影《かげ》の中を出たり入ったりしながら、はだしの足が残した跡をたどっていく。

「このへんから、走り出したぞ」モウグリは言った。「つま先が広がってる」モウグリたちはさらに濡《ぬ》れた地面の上を進んでいった。「ここで道をそれた。どうしてだ？」

「待て！」バギーラがさけんで、みごとなジャンプで思い切り前へ跳《と》んだ。足跡《あしあと》が持ち主のようすを語らなくなったら、まずは、自分の足跡とまざらないよう前へ出るのが鉄則《てっそく》なのだ。バギーラは着地するとぱっと向きを変《か》え、モウグリのほうを向いてさけんだ。

「向こうから、別《べつ》の足跡がきてる。今度の足跡のほうが小さいな。それに、足の指が内側《うちがわ》を向いてる」

そこで、モウグリも走っていって、足跡《あしあと》を見た。「ゴンド族のハンターの足だ。ほら！草に弓を引きずった跡がついてる。だから、最初《さいしょ》の足跡は慌《あわ》てて道をそれたんだ。大きな足が、小さな足から隠《かく》れてる」

「そのようだな。足跡《あしあと》の上を歩いてぐちゃぐちゃにしないように、手分けしてそれぞれの跡を追うか。おれはデカ足にする。おまえはチビ足の、ゴンド族のほうを追え、小さな兄弟」

バギーラはもとの跡《あと》のほうへジャンプしてもどった。モウグリはその場に残《のこ》ってかがみ、森で暮《く》らす小さな人間の、足指が内側《うちがわ》に曲がった跡をまじまじと見つめた。

「さてと」バギーラは連《つら》なった足跡《あしあと》にそって一歩一歩進みながら言った。「おれのほう、つまり、デカ足はここで道をそれた。そして、岩の陰《かげ》に隠《かく》れてじっとしている。足はピクリとも動かさない。おまえの跡のほうはどうだ、小さな兄弟」

「今、ぼく、つまりチビ足も岩のところへきた」モウグリはあとを追って走りながら言った。「そして、岩の下に腰《こし》をおろし、右手に体重をかけて、弓は足のあいだにはさんだ。

そのままずっと待ってる。ここについてる足跡《あしあと》は深いからね」

バギーラが、隠《かく》れている岩のうしろからつづけた。「こっちも、そう、おれのほうも待ってる。とんがった棒《ぼう》の先は石の上に置《お》いてる。が、すべり落ちたらしい。石の表面に傷《きず》がついてる。そっちはどうだ、小さな兄弟」

「小枝《こえだ》が一本、二本と、大きな枝が折《お》れてる」それから、モウグリはぶつぶつと言った。「さてと、これはどう言えばいいんだろう？　そうか！　わかったぞ。ぼく、つまりチビ足はデカ足に気づかれるように、わざとでかい足音を立てて歩き出した」モウグリは岩から離《はな》れて、木々のあいだを少しずつ進んでいった。バギーラから遠ざかるにつれ、声を張《は》り上《あ》げる。小さな滝《たき》が近づいてきたのだ。「ぼくは——遠くまで——いって——水の落ちる——音で——足音を消そうと——した。そして——ここで——待った。そっちのをお願《ねが》い、デカ足のバギーラ！」

黒ヒョウは四方を見回して、デカ足の足跡《あしあと》が岩のうしろからどちらへ向かっているか探《さが》した。それから、大きな声で言った。

「おれは岩陰《いわかげ》から出て、ひざをつき、とんがった棒《ぼう》を引きずってる。だれもいないのを見て、走りだした。おれ、つまりデカ足は速い。跡《あと》がくっきりついてる。それぞれあとを追うぞ。いいな！」

バギーラはくっきりとした足跡《あしあと》にそって走り出した。モウグリもゴンド族のあとを追う。一瞬《いっしゅん》、ジャングルの中は静《しず》まり返《かえ》る。

「どこにいる、チビ足？」バギーラがさけぶ。モウグリの答える声が右手の、五十メートルもいかないあたりから聞こえる。

「うむ！」黒ヒョウは低《ひく》い咳払《せきばら》いをした。「ふたりは並《なら》んで走ってる。どんどん近づいていく！」

そのままモウグリとバギーラは七百メートルほど、おなじ間隔《かんかく》を保《たも》ちながら走りつづけた。そしてとうとう、バギーラほど地面に頭が近くないモウグリがさけんだ。「ここで出会った。よい狩《か》りを——ほら！　ここにチビ足は立ったんだ。膝《ひざ》を岩について。で、あそこにデカ足がいる」

十メートルもいかない先に、割《わ》れた岩の重なった山があり、その上に近くの村の男の死体が大の字に横たわっていた。小さい羽根《はね》のついたゴンド族の細い矢が、背中《せなか》から胸《むね》まで貫《つらぬ》いている。

「ゾーは老《お》いぼれで、頭がいかれてるって？」バギーラが静《しず》かに言った。「ここに死がひとつだ。少なくともな」

「先へいこう。でも、ゾウの血を飲んだ棒《ぼう》はどこ？　赤い目の針《はり》は？」

「チビ足が持ってるんだ、おそらく。また跡《あと》は一本になったぞ」

体重の軽い男の足跡《あしあと》は、乾《かわ》ききった草の生えた低《ひく》く長い尾根《おね》をぐるりと回っていく。足は速く、左肩《ひだりかた》に荷物をしょっている。追跡者《ついせきしゃ》の鋭《するど》い目には、ひとつひとつの足跡が熱《あつ》い鉄につけられたようにくっきり見える。

どちらも黙《だま》っていたが、ついに足跡《あしあと》は溝《みぞ》の中に隠《かく》れたたき火の灰《はい》のところまでやってきた。

「まただ！」バギーラは石になったようにぴたりと止まった。しわだらけの小さなゴンド族が、足を灰《はい》に突《つ》っこんで倒《たお》れていた。バギーラは問いかけるようにモウグリを見た。

「武器は竹だ」ひと目見て、モウグリは言った。「人間の村で働《はたら》いてたとき、水牛たちを追うのに使ってたんだ。コブラの父のことをバカにして、後悔《こうかい》してるよ。あのコブラは、人間って種族《しゅぞく》をよく知ってたんだ。ぼくも本当なら知ってたかもしれないんだな。言ったろ、人間は意味もなく殺《ころ》すって」

「確《たし》かに、やつらはあの赤や青い石のために殺《ころ》したんだ。忘《わす》れるな、このおれも、ウダイプルの王の檻《おり》にいたんだ」

「一、二、三、四つの跡《あと》がある」モウグリは灰《はい》の上にかがんで数えた。「人間の足跡《あしあと》が四つ。靴《くつ》をはいてる。ゴンド族ほど速くは進めないはずだ。それにしても、この小さな森の男は四人になにか悪いことをしたのかな？　ほら、しゃべってたんだ、五人で。立ちあがって。そのあと、ゴンド族を殺《ころ》したんだな。バギーラ、もう帰ろう。腹《はら》がずんと重いんだ。枝《えだ》の先にあるコウライウグイスの巣《す》みたいに揺《ゆ》れてへんなんだよ」

「目の前のえものをあきらめるのはよくない。いくぞ！」黒ヒョウは言った。「この八つの靴《くつ》をはいた足は、そう遠くへはいってないさ」

たっぷり一時間ほど、モウグリとバギーラは黙《だま》ったまま、横に広がった、四人の男の靴《くつ》跡《あと》を追いかけた。

すっかり日がのぼって、暑くなったころ、バギーラが言った。「煙《けむり》のにおいがする」

「人間たちはいつだって、走るより食うほうが先なんだ」モウグリは言って、低《ひく》いしげみのあいだを入ったり出たりしながら走っていった。このあたりのジャングルにきたのは、初《はじ》めてだ。すると、少し左を走っていたバギーラが、のどの奥《おく》から説明《せつめい》しようのない声を漏《も》らした。

「もう食べる必要《ひつよう》のなくなったやつがひとりだ」しげみの下から明るい色の服が折《お》り重《かさ》なるようにのぞき、その向こう側《がわ》に小麦粉《こむぎこ》がこぼれていた。

「また竹だ」モウグリは言った。「ほら！　その白い粉《こな》は人間が食ってるものなんだ。人間たちは、その男からえものを取りあげたんだ。食べ物を運ぶ役だったんだな。で、死体はトビのチールにやったってわけか」

「三人目か」と、バギーラ。

「とりたてのでかいカエルを持って、コブラの父のところへいこう。たっぷり食わせてやらなきゃ」モウグリはぼそりと言った。「ゾウの血を飲む棒《ぼう》は死神そのものだね。でも、やっぱりわからないよ！」

「いくぞ！」バギーラが言う。

七、八百メートルもいかないうちに、カラスのコーがタマリスクの木のてっぺんで死の歌を歌っているのが聞こえてきた。木の陰《かげ》に、三人の男が倒《たお》れていた、真ん中でたき火がくすぶり、上に置《お》かれた鉄皿で種《たね》なしパンが黒焦《くろこ》げになっている。たき火の近くで太陽の光を反射《はんしゃ》して燃《も》えるように輝《かがや》いているのが、ルビーとトルコ石のアンカスだった。

「あっという間《ま》だったな。ここが終点だ。こいつらはどうして死んだんだ、モウグリ？

傷《きず》はないようだが」

ジャングルに住んでいる者は経験《けいけん》から、毒草《どくそう》や実については医者に劣《おと》らない知識《ちしき》を持っている。モウグリはたき火からあがっている煙《けむり》のにおいを嗅《か》ぐと、黒焦《くろこ》げになったパンのはしを割《わ》って、味見した。そしてすぐにまた、吐《は》き出《だ》した。

「死のリンゴだ」モウグリはゴホゴホ咳《せき》こんだ。「たぶん最初《さいしょ》のやつが、ほかの三人の食べ物の中に入れてたんだ。でも、三人に殺《ころ》された。ゴンド族を殺したあとにね」

「なんていう狩《か》りだ！　死が死を呼《よ》ぶってやつだ」バギーラは言った。

死のリンゴというのは、ジャングルではトゲリンゴとかダチュラとも呼《よ》ばれ、インドでもいちばん手に入りやすい毒《どく》だった。

「さあ、どうする？」黒ヒョウは言った。「おまえとおれで、あそこの赤い目の殺《ころ》し屋《や》を巡《めぐ》って殺しあうか？」

「あれはしゃべれるのかな？」モウグリは声をひそめて言った。「放《ほう》り投《な》げたのは、まずかったかな？　でも、ぼくたちには、なにも悪いことはできないはずだよ。だって、ぼくたちは人間たちがほしがるようなものをほしがらないから。あそこに置《お》いておいたら、木の実が強風で落ちるよりはやく、人を殺《ころ》しつづけるに決まってるよ。人間のことはちっとも好《す》きじゃないけど、だとしても、一晩《ひとばん》に六人も死んでほしくはないからね」

「関係《かんけい》ないだろ？　たかが人間じゃないか。やつらは互《たが》いに殺《ころ》しあって、喜《よろこ》んでるんだ。あのチビのゴンド族の男はいいハンターだったがな」

「でもさ、人間っていうのはオオカミの子どもみたいなものなんだよ。オオカミの子は、水面に映《うつ》ってる月の光に嚙《か》みつこうとして溺《おぼ》れるんだよ。悪いのはぼくだ」モウグリはなにもかも悟《さと》っているような口調で言った。「もう二度とジャングルにおかしなものは持ちこまないようにするよ。たとえ花みたいにきれいなものでもね。こいつはさ」そう言って、モウグリはおそるおそるアンカスに触《ふ》れた。「コブラの父のところに返そう。でも、まず先に眠《ねむ》らないと。死体のそばじゃ眠れないし、こいつは埋《う》めとこう。じゃないと、逃《に》げ出《だ》して、また六人殺《ころ》すかもしれない。あの木の下に穴《あな》を掘《ほ》ってくれない？」

「だが、小さな兄弟よ」バギーラはそちらへ向かいながら言った。「言ったろ、その血を飲む棒《ぼう》のせいじゃないんだ。問題は人間のほうなんだ」

「おなじことさ。深い穴《あな》を掘《ほ》ってね。目が覚《さ》めたら、掘り出して、元の場所に返しにいくから」

それから二晩《ふたばん》のち、白いコブラは地下の宝物庫《ほうもつこ》の闇《やみ》の中で、なげいていた。宝《たから》を盗《ぬす》まれ、恥《はじ》をかかされたのだ。すると、壁《かべ》の穴《あな》からトルコ石のアンカスがくるくると回りながら飛《と》んできて、床《ゆか》の金貨《きんか》の上に落ちた。

「コブラの父よ」モウグリは壁《かべ》の反対側《はんたいがわ》から出ないように注意しながら言った。「若《わか》くて、たっぷり毒《どく》のある仲間《なかま》に王の宝《たから》を護《まも》るのを手伝《てつだ》ってもらうといいよ。人間が生きて出ることがないようにさ」

「ほほう！　案《あん》の定《じょう》、もどってきたか。こいつは死だと言ったろう。だが、なぜおまえはまだ生きているのだ？」年老《としお》いたコブラはブツブツ言いながら、いとおしそうにアンカスの柄《え》に巻《ま》きついた。

「ぼくの代価《だいか》になった雄牛《おうし》にかけて、知るもんか！　そいつは一晩《ひとばん》で六回も殺《ころ》したよ。二度と外に出さないでくれよ」

小さなハンターの歌

クジャクのマオが羽《は》ばたくより、サル族がさけぶより
トビのチールが二百メートル下降《かこう》するより先に、
影《かげ》がジャングルをかろやかに駆《か》け抜《ぬ》けていく
ささやきが聞こえる、そいつは恐怖《きょうふ》だ、小さなハンターよ、そいつは恐怖なのだ！
ようすをうかがっていた亡霊《ぼうれい》が、そっと空き地を走っていく
ささやきが広がり、近くへ遠くへ伝《つた》わっていく
額《ひたい》から汗《あせ》が吹《ふ》き出《で》ているぞ、まさに今、そいつが通《とお》り抜《ぬ》けていく
そいつは恐怖だ、小さなハンターよ、そいつは恐怖なのだ！

月が山の上にのぼるより、岩にうねるような光が落ちるより先に、
垂《た》れた尾《お》が濡《ぬ》れてわびしくなるころ、

荒《あら》い息で追いかけてくる、鼻をうごめかせ、夜を抜《ぬ》けて
これが恐怖《きょうふ》だ、小さなハンターよ、これが恐怖なのだ！
ひざをつき、弓を引け、空気を鳴らし矢を放て
からっぽのしげみに、あざけるように槍《やり》が突きささる
だが、両手は力が抜《ぬ》け、弱くなり、頬《ほお》から血の気がひく
これが恐怖だ、小さなハンターよ、これが恐怖なのだ！

熱《あつ》い雲があらしを吸《す》いこみ、松《まつ》の木《き》が裂《さ》けて倒《たお》れるとき、
耳を聾《ろう》し、前が見えぬほどの雨が打ちつけ、また去っていくころ、
響《ひび》きわたる雷鳴《らいめい》を貫《つらぬ》き、ひとつの声が響きわたる
これが恐怖《きょうふ》だ、小さなハンターよ、これが恐怖なのだ！
今や大水が土をえぐって土手を築《きず》き、足をすくわれた大岩が踊《おど》る
稲妻《いなずま》がいちばん細い葉脈《ようみゃく》までも照《て》らしだす
だが、のどはふさがれ、渇《かわ》き、心臓《しんぞう》がはげしく打ちつける
恐怖だ、小さなハンターよ、これが恐怖なのだ！

赤 犬

眠《ねむ》ることのないすばらしいわれらが夜のため――疾風《しっぷう》のように駆《か》け
あまねく歩き、遠目をきかせ、抜《ぬ》け目《め》なく、狩《か》りをする夜のために！
露《つゆ》が消える前の、汚《けが》れなき夜明けのにおいのために！
霧《きり》の中襲《おそ》いかかり、やみくもに逃《に》げ出《だ》すえもののために！
追いつめられたサンバーが向かってくるときの、仲間《なかま》のさけび声のために
夜の、危険《きけん》と波乱《はらん》のために！
昼の、巣穴《すあな》での眠りのために――
迎《むか》えうて、戦《たたか》いにいけ
吠《ほ》えろ！　さあ、吠えるのだ！

　ジャングルを村に呼《よ》びよせたあとが、モウグリの人生でもいちばん楽しいときだった。借《か》りを返したことで心が晴れたし、ジャングルじゅうが味方になった。それは、ジャングルの民《たみ》がモウグリをどこか少し恐《おそ》れているということでもあった。あるときは四匹《ひき》の兄弟といっしょに、またあるときは独《ひと》りで、モウグリは一族から一族へわたり歩いたが、そのとき見聞きしたことは、どれも今回の物語とおなじくらい長い物語になるだろう。

　たとえばモウグリがマンドラのいかれゾウに出会って、逃《に》げ出《だ》したときの話をここですることはないだろう。このいかれゾウは銀貨《ぎんか》を国庫に運んでいく十一台の牛車をひいていた二十二頭の雄牛《おうし》を次々と殺《ころ》し、キラキラ光るルピー硬貨《こうか》を地面にまきちらしたのだ。それに、ワニのジャカーラと戦《たたか》ったときの話もむりだ。北の沼地《ぬまち》で一晩《ひとばん》じゅう、戦いつづけたあげく、ワニの背中《せなか》を刺《さ》そうとして、愛用《あいよう》していた皮はぎ用のナイフを折《お》ってしまった。その後、新しい長いナイフを手に入れたときの話もある。イノシシに殺された人間の首にかかっていたのだ。ナイフをもらった礼に、モウグリはそのイノシシのあとを追い、敵討《かたきう》ちをしてやった。大飢饉《だいききん》のとき、シカの大移動《だいいどう》に巻《ま》きこまれ、頭に血がのぼった群《む》れに踏《ふ》み潰《つぶ》されかけたこともある。静《しず》かなるハティがまたもや底《そこ》に杭《くい》の刺《さ》さった罠《わな》に落ちたときは、救《すく》ってやったし、その次の日には、今度はモウグリが巧妙《こうみょう》に作られたヒョウの罠にかかり、ハティが檻《おり》の太い木の棒《ぼう》をへし折《お》って助けてくれた。沼地《ぬまち》で野生の水牛から乳《ちち》を絞《しぼ》ったときの話もあるし、それから――。

しかし、話は一度にひとつしかできない。父オオカミと母オオカミが死に、モウグリは大きな岩を転がして洞穴《ほらあな》の入り口をふさぎ、二匹《ひき》に捧《ささ》げる死の歌を歌った。バルーもひどく年とって、動きが鈍《にぶ》くなり、あの、鋼《はがね》のような神経《しんけい》と鉄のような筋肉《きんにく》を持ったバギーラでさえ、狩《か》りのスピードが落ちたようだった。アケイラも年をとって、毛は灰色《はいいろ》からミルクのような白に変《か》わり、あばら骨《ぼね》が浮《う》き出《で》て、木でできているかのようにぎこちなく歩くようになった。今では、モウグリが代わりに狩りをしている。しかし、バラバラになったシオニーの群《む》れの子どもたちはどんどん育って、数を増《ふ》やし、長《おさ》を持たぬまま、四十匹《ぴき》ほどになった。力強い声と毛のないきれいな足を持つ五年仔《ねんこ》たちに向かって、アケイラは、群《む》れを作って、おきてにしたがい、一匹の長《おさ》のもとで自由の民《たみ》にふさわしい暮《く》らしをするよう、呼《よ》びかけた。

それは、モウグリが口を出すことではなかった。一度すっぱい果実《かじつ》を食べたから、もうその実がなる木もわかってるわけさ、とモウグリは言った。けれども、フェイオナの息子《むすこ》のフェイオ（彼《かれ》の父は、アケイラが群《む》れを率《ひき》いてたころ、〈灰色《はいいろ》の追跡者《ついせきしゃ》〉と呼《よ》ばれていた）

がジャングルのおきてに従《したが》い、戦《たたか》って長《おさ》の座《ざ》を手に入れ、むかしのさけび声とむかしの歌が星空の下にふたたび響《ひび》きわたると、モウグリもなつかしくなり集会の岩場にやってきた。モウグリがしゃべると、群れはおわるまでじっと耳を傾《かたむ》けていたし、モウグリの席《せき》は、フエイオよりも高い岩の、アケイラのとなりだった。よい狩《か》りとよい眠《ねむ》りの日々だった。〈モウグリの民《たみ》〉と呼ばれるようになったオオカミの群れのなわばりには、よそ者が入りこんでくることもなく、若《わか》いオオカミたちは太って強くなり、たくさんの子オオカミたちがお広めの席《せき》に連《つ》れてこられた。モウグリはかならずお広めのある集会には参加《さんか》した。黒ヒヨウが褐色《かっしょく》の肌《はだ》をしたはだかの赤《あか》ん坊《ぼう》を群れのほうへ押しやり、「見よ、よく見よ、オオカミたち！」とさけんだ夜のことを忘《わす》れていなかったからだ。思い出すと、胸《むね》がしめつけられるような気がするのだった。そうでないときは、ジャングルを遠くまでいって、新しいものを見て、触《さわ》り、感じて、味わった。

あるとき、日も沈《しず》んだころ、モウグリはアケイラのところへいこうと、のんびりと走っていた。しとめた雄《お》ジカを半分やろうと思っていたのだ。四匹《ひき》の兄弟たちもうしろを走りながら、わざと蹴《け》りあったり転げまわったりして、みな、生きる喜《よろこ》びにあふれていた。すると、シア・カーンのいた悪《あ》しき時代以来《いらい》、ひさしく聞いていなかったさけび声が聞こえてきた。ジャングルではフェーアルと呼《よ》ばれていて、ジャッカルがトラにくっついて狩《か》りをするときや、大がかりな殺《ころ》しが行われるときに出すかん高い鳴き声だ。憎《にく》しみと勝利《しょうり》の喜びと恐《おそ》れと絶望《ぜつぼう》をまぜあわせ、それを意地の悪さで貫《つらぬ》いたようなものを想像《そうぞう》すれば、フエーアルが徐々《じょじょ》に高くなってはまた低《ひく》くなり、揺《ゆ》らめいては震《ふる》えながら、はるかワインガ川の向こうに響《ひび》くさまがわかると思う。四匹の兄弟はすぐさま動きを止め、毛を逆立《さかだ》てて低《ひく》いうなり声をあげはじめた。モウグリはさっと手をナイフにやり、足を止めて、顔をほてらせ眉《まゆ》をひそめた。

「ここで狩《か》りをしようなんてしましま野郎《やろう》はいないはずなのに」ようやくモウグリは言った。

「ジャッカルの先触《さきぶ》れの声ではないな」灰色《はいいろ》の兄弟は言った。「でかい殺《ころ》しが行われてるんだ。ほら！」

またおなじ声が響《ひび》いてきた。すすり泣《な》いているようにも、含《ふく》み笑《わら》いをしているようにも聞こえる。ジャッカルに人間のやわらかい唇《くちびる》がついていたらこんなだろうというような声だ。それを聞くと、モウグリは深く息を吸《す》いこみ、集会の岩場へ向かって走り出した。途《と》中《ちゅう》で、やはり急いで岩場へ向かうオオカミの群《む》れに追いついた。フェイオとアケイラがいつしょに岩の上に立ち、その下に、ほかの者たちがすわって、全神経《ぜんしんけい》をとぎすませている。母オオカミとその子どもたちは急いで巣穴《すあな》にもどっていった。フェーアルが聞こえたときは、弱い者が外をうろつくのは危険《きけん》だからだ。

しばらくのあいだワインガンガ川が闇《やみ》の中をゴボゴボと流れる音と、夜風がこずえを吹《ふ》きぬけていく音しか聞こえなかったが、ふいに川の向こうから、一匹《ぴき》のオオカミの声が響《ひび》いてきた。群《む》れのオオカミではない。群れは全員、集会の岩場にいる。声はやがて、絶望《ぜつぼう》したような長いうなり声に変《か》わった。「ドール！」と言っている。「ドール！　ドール！　ドール！」やがて、岩の上を歩く疲《つか》れた足音が聞こえ、やせこけてびしょぬれになったオオカミが姿《すがた》を現《あら》わした。わき腹《ばら》から赤い血を流し、右前足は使い物にならず、口から白い泡《あわ》を吹《ふ》いている。オオカミは群れの輪《わ》の中に飛《と》びこむと、あえぎながらモウグリの足元に倒《たお》れこんだ。

「よい狩《か》りを！　だれの群《む》れの者だ？」フェイオが重々しくたずねた。

「よい狩《か》りを！　おれはウーン・トラーだ」オオカミは答えた。つまり、一匹《ぴき》オオカミということだ。巣《す》穴《あな》でつれあいと子どもたちだけで暮《く》らしている。ウーン・トラーというのは、〈ジャングルに住まぬ者〉という意味で、群《む》れには入らずに生活しているオオカミだった。ハアハアと荒《あら》い息をつき、激《はげ》しい動悸《どうき》でからだが前へ後ろへと揺《ゆ》れている。

「何がきているのだ？」フェイオがきいた。フェーアルのあとは、ジャングルではかならずそれをきく。

「ドールだ、デカンのドール、赤犬だ。殺《ころ》し屋《や》だ！　南から北へやってきたんだ、デカンにはえものがいないから、道々狩《か》りをすると言っている。今の月が新しくなったころ、おれには四匹《ひき》の家族がいた。つれあいと子どもが三匹《びき》だ。つれあいは草原で子どもらに狩りを教えていた。隠《かく》れて、雄《お》ジカを駆《か》りだす——見晴らしのいい場所で暮《く》らしている者のやり方なんだ。真夜中には、子どもらがえものを追って吠《ほ》えている声が聞こえていた。だが、夜明けの風のころには、つれあいと子どもらが固《かた》くなって草むらに転がっていたんだ。四匹ともだ、自由の民《たみ》よ。この月が新しくなったときには、四匹いたんだ！　ゆえにおれは、血の権利《けんり》を探《さが》し求《もと》め、とうとうドールを見つけた」

「何匹《なんびき》だ？」モウグリはきいた。群《む》れのオオカミたちは低《ひく》い声でうなっている。

「わからない。だが、やつらのうち三匹《びき》はもう狩《か》りはできないはずだ。だが、最後《さいご》は、雄《お》ジカみたいに駆《か》り立《た》てられた。三本足で逃《に》げてきたんだ。見てくれ、自由の民《たみ》よ！」

ウーン・トラーはズタズタになった前足をつきだした。血が固《かた》まってどす黒く染《そ》まっている。わき腹《ばら》の下にも、むごい嚙《か》み跡《あと》がいくつもあり、のどは食らいつかれ、裂《さ》けていた。

「食べろ」アケイラは立ち上がり、モウグリが持ってきた肉をゆずってやった。一匹《ぴき》オオカミは飛《と》びついて、ガツガツ食べはじめた。

「これをむだにはしない」身をえぐるような空腹《くうふく》がおさまると、ウーン・トラーは慎《つつし》みぶかく言った。「少しだけ、力を蓄《たくわ》えさせてくれ、自由の民《たみ》。そうしたら、また戦《たたか》ってやる！　この月が新しかったころ、いっぱいだった巣穴《すあな》は空《から》っぽになった。血の借《か》りはまだ残《のこ》っている」

ウーン・トラーの牙《きば》が雄《お》ジカの腰《こし》の骨《ほね》を嚙《か》みくだく音を聞いて、フェイオは満足《まんぞく》げにうなった。

「おまえのその牙《きば》が、おれたちには必要《ひつよう》だ」フェイオは答えた。「ドールたちは子どもも連《つ》れているのか？」

「いいや、連《つ》れていない。赤いハンターだけだ。大人ばかりの群《む》れだ。でかくて力も強い。デカンでトカゲばかり食ってるわりにはな」

つまり、デカンの赤いハンター、ドールは移動《いどう》しながら戦《たたか》っているということだ。ドールを前にすれば、トラですらしとめたばかりのえものをゆずりわたすことは、オオカミたちもよく知っていた。ドールたちはジャングルをまっすぐ突《つ》っ切《き》り、出会ったものを片《かた》っ端《ぱし》から倒《たお》して、引《ひ》き裂《さ》いてしまう。オオカミより小さく、オオカミの半分もかしこくないが、力が強く、数が多い。例《たと》えば、ドールは総勢《そうぜい》百匹《ぴき》にならないと、群《む》れを名乗らない。オオカミの場合は、四十四もいれば、りっぱな群れになる。モウグリはジャングルをうろついているときに、何度かデカン高原のはずれまでいったことがあり、ドールたちが巣《す》にしている小さな穴《あな》や草むらのまわりで、なにも恐《おそ》れるようすなく眠《ねむ》ったり遊んだりからだをかいたりしているのを、何度も見かけていた。ドールのことは軽蔑《けいべつ》していた。自由の民《たみ》とはにおいがちがうし、巣穴《すあな》もちゃんとした洞穴《ほらあな》ではない。しかも、足の指のあいだに毛が生えているのだ。モウグリも仲間《なかま》たちも、毛のないきれいな足をしている。だが、ハティにきいて、ドールの狩《か》りのおそろしさはよく知っていた。ハティ自身すら、ドールが列をなしてやってくれば、道を避《よ》けるという。そして、ドールたちが殺《さつ》りくのかぎりをつくし、えものがほとんどいなくなって、また先へと進んでいくまで待つのだ。

アケイラもドールについてはいろいろ知っていた。落ちついた声で、アケイラはモウグリに言った。「長《おさ》も持たず孤独《こどく》のまま死ぬより、群《む》れの中で死んだほうがいい。今度のは、よい狩《か》りになるだろう。そして、おれにとっては最後《さいご》の狩りになる。だが、人間は長く生きる。おまえはこれからも多くの夜と昼を生きるだろう、小さな兄弟。北へいって、隠《かく》れていろ。ドールがいったあとに生き残ったオオカミがいれば、おまえのところに戦《たたか》いの結《けっ》果《か》を知らせにいく」

「ふうん」モウグリはものものしい口ぶりで言った。「沼地《ぬまち》へいって、小魚をとって、木の上で寝《ね》ろってことと？　それとも、バンダー・ログに助けを求《もと》めて、群《む》れのみんなが下で戦《たたか》っているときに木の実を食ってろって言いたいわけ？」

「これは、命をかけた戦《たたか》いなのだ。おまえはドールと顔をつきあわせたことなどないだろう。やつらは赤い殺《ころ》し屋《や》なのだ。あのしましま野郎《やろう》ですら──」

「アオワ！　アオワ！」モウグリは機嫌《きげん》をそこねてさけんだ。「しましまのサルみたいな野郎《やろう》なら、ぼくは殺《ころ》したことがある。たしかにシア・カーンなら、山を三つ越えたむこうからドールのにおいがしてきただけで、つれあいを身代わりにして逃げただろうよ。でも、いいか、ぼくの父さんはオオカミ、ぼくの母さんもオオカミだ。それに年とった灰色《はいいろ》オオカミは(今じゃ、あまりかしこくないし、毛も真っ白だけど)、ぼくの父さんであり母さんだ」モウグリは声をはりあげた。「だからいいか、ドールがきたら、そう、ドールがきたら、このモウグリと自由の民《たみ》はいっしょになって、やつらと戦《たたか》う。いいか、ぼくの代価《だいか》になった雄牛《おうし》にかけて、そうさ、今の群《む》れのオオカミたちが覚《おぼ》えていないほどむかしに、バギーラが、ぼくのために差《さ》し出《だ》してくれた雄牛にかけて誓《ちか》う。もしぼくが忘《わす》れても、ジャングルの木と川が聞いて、しっかり覚《おぼ》えているように。このナイフは、オオカミにとっての牙《きば》だ。切れ味は鈍《にぶ》っちゃいない。さあこれが、ぼくが口にした、誓いの言葉だ」

「オオカミの舌《した》を持った人間よ、あなたはドールを知らない」ウーン・トラーは言った。「おれはやつらへの血の借《か》りを返すつもりだ。そのあと、八《や》つ裂《ざ》きにされようともな。やつらは狩《か》りをしながら移動《いどう》しているから、スピードは遅《おそ》い。二日以内《いない》には、おれの力ももどるから、もう一度血の借りを返しにいく。だが、自由の民《たみ》よ、あなたがたはしばらくのあいだ北へいって、少ないえもので耐《た》えていてくれ。ドールがいっちまうまでな。今回は、狩りは狩りでも、食いものはのぞめないからな」

「ウーン・トラーの言うことを聞いたか!」モウグリは笑《わら》った。「自由の民《たみ》よ、ぼくたちは北へいって、川岸のトカゲやネズミを食ってろってさ。じゃないと、ドールに出くわしちまうから、だそうだ。北に隠《かく》れていて、やつらがぼくたちの猟場《りょうば》を狩《か》りつくし、また喜《よろこ》んで返してくれるまで待てだって? やつらは犬だ、犬っころなんだ。赤くて、腹《はら》は黄色で、ろくな巣穴《すあな》もなくて、足の指のあいだというあいだに毛が生えてるんだぞ! いっぺんに六匹《ぴき》も八匹も子どもを産《う》むんだ、トビネズミのチカイみたいに。ああそうとも、自由の民よ。ぼくたちは逃《に》げ出《だ》して、北の住人たちに死んだ家畜《かちく》のはらわたでも恵《めぐ》んでもらえってさ！　知ってるだろ、『北は害虫《がいちゅう》、南はしらみ』ってことわざをさ。いいか、ぼくたちはジャングルだ。選《えら》べよ、さあ選ぶんだ。いい狩りになるぞ！　群《む》れのために――群れ全体のために、そう、巣穴や子どものために、中のえものと外のえもの、雌《めす》ジカを狩りだすつれあい、洞穴《ほらあな》の中のまだまだ小さい赤《あか》ん坊《ぼう》のためにも、迎《むか》えうて、迎えうて、迎えうつんだ！」

オオカミたちがあたりに響《ひび》き渡《わた》るような太い声で答えると、木が倒《たお》れるときのように夜の闇《やみ》をどこまでも伝《つた》わっていった。「迎《むか》えうて！」

「群《む》れといっしょにいて」モウグリは四匹《ひき》の兄弟に言った。「今は、牙《きば》という牙が必要《ひつよう》なときだから。フェイオとアケイラは戦《たたか》いの準備《じゅんび》をしなきゃならない。ぼくは犬どもの数を数えてくる」

「死だ！」ウーン・トラーは立ち上がりながらさけんだ。「あんな毛のないやつが、赤犬相手になにができる？　しまのあるやつですら――」

「おまえはよそ者だ」モウグリは言い返した。「だが、話は、ドールが死んでからだ。みんな、よい狩《か》りを！」

モウグリは闇《やみ》の中を走り出したが、すっかり興奮《こうふん》していたので、足元もろくに見ずにカーの大きなとぐろにつまずいて転んでしまった。ニシキヘビは、川の近くのシカの通り道で待《ま》ち伏《ぶ》せしていたのだ。

「クシャアア！」カーは怒《おこ》って鋭《するど》い声をあげた。「踏《ふ》んだり蹴《け》ったり夜の狩《か》りをじゃましたりっていうのが、ジャングルのやり方か？　えものがうまい具合に移動《いどう》してきてるってときに？」

「ごめん、悪いのはぼくだ」モウグリは立ち上がりながら言った。「ほんとのこと言って、あなたを探《さが》してたんだよ、ぺしゃんこ頭のカー。それにしても、会うたびに、ぼくの腕《うで》のぶんくらいずつ、長く、太くなってるね。このジャングルに、あなたみたいにかしこくて年をとっていて強くて美しいものはいないよ、カー」

「さてと、なにを言おうとしてるのかね？」カーは少しやさしい調子になって言った。「おれが空き地で眠《ねむ》っていたからって、ナイフを持った人間の子が頭に石を投げつけて、性悪《しょうわる》のジャコウネコみたいな悪口を浴《あ》びせかけてから、まだ月は変《か》わっていないと思うがね」

「そうだけど、あのときはそのせいで、このモウグリがせっかく追ってきたシカが四方八方に逃《に》げちまったんじゃないか。それに、そのぺしゃんこ頭ときたら、耳が遠くてモウグリの口笛すら聞こえないから、シカたちをすいすい通しちまったんだ」モウグリはちっとも慌《あわ》てずに言うと、色あざやかなとぐろに腰《こし》をおろした。

「さて、その人間の子が、やさしくくすぐるような言葉をたずさえて、このぺしゃんこ頭のところにきたわけだ。かしこくて強くて美しいだと？　それで、このぺしゃんこ頭はそいつを信《しん》じて、その石投げっ子のためにとぐろを巻《ま》いて、イスを作ってやったわけだ。すわり心地《ごこち》はいいかね？　バギーラだって、これほどのイスは作れないだろう？」

カーはいつものように、やわらかいハンモックみたいな形になり、モウグリを支《ささ》えてやった。少年は闇《やみ》の中に手を伸《の》ばし、しなやかな太綱《ふとづな》のような首を引《ひ》き寄《よ》せて、頭を自分の肩《かた》にのせた。そして、ジャングルで起こったことを話して聞かせた。

「おれはかしこいかもしれんが、たしかに耳は遠いようだな。フェーアルを聞《き》き逃《のが》すとは。草を食う者たちが落ちつきがないようなので、少々おかしいとは思っていたのだ。ドールは何匹《なんびき》いるのだ？」

「まだ見てないんだ。まずあなたのところへきたんだよ。あなたはハティより年をとってるからね」そして、モウグリはうれしそうにからだをくねらせた。「カー、きっといい狩《か》りになるよ！　次の月が見られる仲間《なかま》は少ないだろうな」

「おまえも参加《さんか》するのか？　自分が人間だってことを忘《わす》れるな。それに、おまえは一度、あの群《む》れから追い出されたんだぞ。犬のことはオオカミに任《まか》せとけ。おまえは人間なのだから」

「『去年の木の実は、今年の黒土』」モウグリは言った。「たしかにぼくは人間だけど、さっき、今夜はオオカミだって言ったところさ。川と木に証人《しょうにん》になってもらった。ぼくは自由の民《たみ》だよ、カー。ドールがいっちまうまではね」

「自由の民《たみ》か」カーはふんと鼻を鳴らした。「自由のぬすっとだわい！　おまえは、今はもう死んだオオカミたちのために、みずから死にからめとられたというわけだ！　こんなのはちっともいい狩《か》りではない」

「もう誓《ちか》いを立てちゃったんだよ。木も知ってるし、川も知ってる。ドールが去るまでは、誓いの言葉はとりかえせない」

「ヌシュウウ！　そういうことなら、話も変《か》わる。本当はおまえを連《つ》れて北の沼地《ぬまち》へいこうと思っていたが、誓《ちか》いは誓いだ。たとえチビではだかで毛のない人間の子の誓いでもな。さて、このおれ、カーは誓う――」

「よく考えて、ぺしゃんこ頭のカー。自分まで死にからめとられることになるよ。あなたの誓《ちか》いの言葉はいらないよ、わかってるから――」

「なら、そういうことにしておこう。誓《ちか》いの言葉は言わん。だが、おまえの腹《はら》の中にある計画はどんな計画だ？　ドールがきたらどうする？」

「やつらはワインガンガ川を泳いで渡《わた》らなきゃならないはずだ。だから、浅瀬《あさせ》でナイフを持って待《ま》ち伏《ぶ》せようと思うんだ。群《む》れをうしろにひかえさせてね。で、ナイフで切りつけ、突《つ》き刺《さ》して、川下へ向きを変《か》えさせようってわけ。やつらののどをちょいと冷《ひや》してやってもいいな」

「ドールは進む方向を変《か》えたりしないし、のどは熱でたけっている。狩《か》りが終わったときには、人間の子だろうとオオカミの子だろうと、ひからびた骨《ほね》しか残《のこ》ってないだろうさ」

「へえ！　死ぬなら死ぬさ。最高《さいこう》の狩《か》りになるよ。だけど、ぼくの腹《はら》ん中の考えなんてまだ未熟《みじゅく》だし、そんなにたくさんの雨季《うき》も見ちゃいない。かしこくも強くもない。あなたなら、なにかもっといい計画があるんじゃないかな、カー？」

「雨季《うき》なら何百回も見ている。ハティが乳歯《にゅうし》を生やす前に、おれはすでに大地に大きなあとを残《のこ》していたからな。われわれ一族の最初《さいしょ》の卵《たまご》に賭《か》けて言うが、おれはどの木よりも年とっているし、ジャングルがしたことすべてを見てきた」

「でも、これは新しい狩《か》りだよ。ドールがぼくたちのなわばりを通ったことはないんだから」

「前にもあったさ。未来《みらい》というのは、忘《わす》れられた過去《かこ》がまたもどってくるってだけのことだ。じっとしてろ、おれのすごしてきた年月を数えてみるから」

モウグリはしばらくのあいだ、とぐろの真ん中にねそべって、ナイフをもてあそんでいた。カーは地面に頭をつけたまま身じろぎもせず、卵《たまご》からかえって以来《いらい》、見たり知ったりしたことを思い返していった。カーの目から光が消え、生気のないオパールのような色になった。時おりしゃちほこばった動きで頭を左右にふっている。夢《ゆめ》の中で狩《か》りをしているみたいだ。モウグリはなにも言わずうとうとしていた。狩りの前は眠《ねむ》るのがいちばんだし、昼だろうと夜だろうといつでも眠れるように訓練《くんれん》していたからだ。

やがて、モウグリは、下にいるカーが大きく、太くなったのに気づいた。それから、大蛇《だいじゃ》は鋼《はがね》の鞘《さや》から剣《けん》を抜《ぬ》くような音を出して息を吐《は》いた。

そしてついに口を開いた。「過去《かこ》の季節《きせつ》をすべて見てきた。大いなる木々や、年とったゾウや、まだ苔《こけ》の生えていない尖《とが》った岩も。まだ生きているか、人間の子」

「月がしずんでから、まだちょっとしかたってないよ。なにを言ってるのか意味がわからないよ――」

「シィイイイ！　おれはまたカーになった。少ししか時間がたっていないのはわかっていたさ。さあ、川へいこう。どうやってドールと戦《たたか》うか、教えてやる」

カーは向きを変《か》え、矢のように一直線にワインガンガ川の本流へ向かった。そして、平和の岩が隠《かく》れている淵《ふち》より少し上流あたりにするりと飛《と》びこんだ。モウグリもそのわきにぴたりとついて、川に入った。

「だめだ、泳がなくていい。おれのほうが速いからな。背中《せなか》に乗れ、小さな兄弟」

モウグリは左腕《ひだりうで》をカーの首に巻《ま》きつけると、右腕《みぎうで》はわきにつけ、足をまっすぐのばした。カーは胸《むね》で波を受けるようにして、ぐんぐん進みはじめた。カーにしかできない芸当《げいとう》だ。せき止められた流れが、モウグリの首のまわりでひだ飾《かざ》りのように波立った。むちのようにしなるニシキヘビの下で水が渦巻《うずま》き、足がとられてゆらゆらと揺《ゆ》れる。平和の岩より一キロ半か二キロほどさかのぼると、川幅《かわはば》がぐっとせばまり、両側《りょうがわ》に二十五メートルから三十メートルほどもある大理石の崖《がけ》がそそりたった。そのあいだを、川は水車用の水路のように流れていく。底《そこ》には、とがっていたり、ぎざぎざだったり、するどい角《かど》のある岩が見える。けれども、モウグリは不安《ふあん》を感じなかった。一瞬《いっしゅん》たりとも、水に恐怖《きょうふ》を覚《おぼ》えたことはない。

しかし、モウグリは両側《りょうがわ》の崖《がけ》を見て、落ちつかなげにふんふんとにおいをかいだ。甘酸《あまず》っぱいにおいがただよっている。暑い日に大きなアリ塚《づか》が発するにおいにそっくりだ。本能的《ほんのうてき》にモウグリは水中にもぐり、息をするときだけ頭をあげた。やがて、カーは川に沈《しず》んでいる岩にしっぽを二重に巻《ま》きつけ、とぐろを巻いて、真ん中のくぼみでモウグリを抱《かか》えてやった。その横を水がものすごい勢《いきお》いで流れていく。

「〈死の地〉じゃないか。どうしてこんなところにきたの？」モウグリはたずねた。

「彼《かれ》らは眠《ねむ》っている。ハティはしましま野郎《やろう》のためには道を譲《ゆず》らないが、そのハティや、当のしましま野郎すら、ドールには道を譲る。そして、ドールは何者にも道を譲らないと言われている。だが、〈岩場の小さき者〉たちはだれかに道を譲るかね？　言ってごらん、ジャングルの主《あるじ》よ、ジャングルの真の主はだれだ？」

「彼《かれ》らだ」モウグリはささやくように言った。「ここは、死の地だ。帰ろう」

「だめだ。よく見るんだ、彼《かれ》らは眠《ねむ》っている。むかしからそうだ、おれがまだおまえの腕《うで》の長さもなかったころから」

ワインガンガ川の峡谷《きょうこく》の岩場は、風雨にさらされ、あちこちひび割《わ》れていたが、ジャングルが始まったときからずっと、岩場の小さき者たちのすみかとなってきた。働《はたら》き者《もの》で、怒《おこ》りっぽい、インドの黒い山バチだ。どんな者でも、彼《かれ》らの王国の七、八百メートル手前で向きを変《か》える。何世紀《なんせいき》ものあいだ、小さき者たちは岩の裂《さ》け目《め》から裂け目へと巣《す》を作っては巣分《すわ》かれし、さらに数を増《ふ》やしてはまた巣分かれするのをくりかえしてきた。白い大理石は古くなったハチミツでよごれ、洞穴《ほらあな》の闇《やみ》の中で、巣はどんどん高く深くなり、黒ずんでいく。人間や獣《けもの》はもちろん、火や水ですら、そこに入りこんだことはない。

川の両側《りょうがわ》の崖《がけ》には、黒光りするビロードのカーテンのようなものが、下までぶらさがっている。それを見たとたん、モウグリは水に身を沈《しず》めた。というのも、カーテンに見えたのは、ぎっしりと連《つら》なって眠《ねむ》る何百万匹《びき》というハチだったのだ。岩の表面にも、こぶや花綱《フェストウーン》のような形をしたもの、あるいは朽《く》ちた木の幹《みき》のようなものがくっついている。むかしの古い巣《す》や、風のこない岩間に新しく作られた彼《かれ》らの都《みやこ》だ。腐《くさ》って海綿状《かいめんじょう》になった巣の塊《かたまり》が転げ落ちて、岩壁《がんぺき》にへばりついているつるや木のあいだに、無数にはさまっている。耳をすませば、暗い穴《あな》のどこかで、ハチミツのたっぷり入った巣がはがれたり落ちたりするかすかな音が聞こえてくる。そして、ブーンと怒《おこ》った翅音《はおと》がわき起こる。むだになったハチミツがポタッポタッポタッと不機嫌《ふきげん》そうな音を立てて垂《た》れ、筋《すじ》になって外まで流れだし、岩棚《いわだな》のへりを越《こ》えて、たらたらとゆっくり枝《えだ》を伝《つた》っていく。川の片岸《かたぎし》には、幅《はば》が一メートル半あるかないかの小さな砂地《すなち》があったが、そこには、数え切れないほど長い年月分の残骸《ざんがい》がうずたかく積《つ》もっていた。雌《め》バチの死骸《しがい》、雄《お》バチの死骸、あらゆるかすや、腐《くさ》った巣、ハチミツにひかれて迷《まよ》いこんだガや甲虫《こうちゅう》たちの翅《はね》、そうしたものが黒く細かいちりとなって、いくつものなめらかな山を作っている。そのつんとしたにおいをかいだだけでも、翼《つばさ》を持たない者はふるえあがる。小さき者たちのことを、知りつくしているからだ。

カーはさらに流れをさかのぼり、峡谷《きょうこく》の突先《とっさき》の砂州《さす》にたどりついた。

「今の季節《きせつ》に入ってからのえものだな。見てごらん！」

川岸には、二匹《ひき》の若《わか》いシカと水牛の骨《ほね》が転がっていた。モウグリはひと目見て、オオカミやジャッカルのしわざではないのがわかった。骨の配置《はいち》がもとのままだったからだ。

「おきてを知らずに境界線《きょうかいせん》を越《こ》えたんだな」モウグリはぼそりとつぶやいた。「それで、小さき者たちに殺《ころ》されたんだ。彼《かれ》らが目覚《めざ》める前に帰ろう」

「夜が明けるまでは起きんよ。さあ、よく聞け。雨の季節《きせつ》を何度もへだてたはるかむかしのことだ。南から雄《お》ジカが一匹《ぴき》、オオカミの群《む》れに追われてやってきた。このジャングルのことはなにも知らずにな。恐怖《きょうふ》のあまり目がくらみ、シカは崖《がけ》の上から飛《と》び降《お》りた。オオカミたちはといえば、もっぱら目にたよって走り、えもののあとを追うのに夢中《むちゅう》になって、われを忘《わす》れていた。太陽がのぼり、怒《いか》りくるった小さき者たちが押《お》しよせてきた。多くのオオカミたちがワインガンガ川に飛びこんだが、水に入る前に事切れていた。飛びこまなかった者も、崖の上の岩場で命を落とした。だが、その雄ジカだけは生《い》き残《のこ》ったのだ」

「どうして？」

「最初《さいしょ》にきたからだ。命がけで走ってきて、小さき者たちが気づくまえに川に飛《と》びこんだ。つまり、小さき者たちが集まってきたときには、すでに水の中にいたわけだ。だが、あとを追ってきたオオカミたちは、小さき者たちに完全《かんぜん》におおいつくされてしまった。」

「その雄《お》ジカは生《い》き残《のこ》ったんだね？」モウグリはゆっくりとくりかえした。

「少なくとも、その場では死ななかった。だが、やつを崖《がけ》の下で待ちうけて、流れていかないように支《ささ》えてやるだけの力のある者がいなかった。どこかの、耳の遠い太った年寄《としよ》りの黄色いぺしゃんこ頭なら、人間の子を待って支えてやるだろうがな。そういうことだ。つまり、たとえデカンのドールどもがあとを追ってきても、おれが待っていてやる。さあ、おまえの腹《はら》の中の考えをきかせてくれ」

カーはモウグリの耳元に頭を近づけた。少年はすぐに答えた。

「死神のひげを引っぱるってとこだね。それにしてもカー、カーはほんとにジャングル一の賢者《けんじゃ》だよ」

「みんながそう言うな。さてと、もしドールがおまえを追いかけてきたら――」

「もちろん、追いかけてくるさ！　ホー！　ホー！　ぼくは舌《した》に小さなトゲがたくさんあるんだから。毒舌《どくぜつ》でやつらをチクチク刺《さ》してやる」

「やつらがおまえを無我夢中《むがむちゅう》で追ってくれれば、そう、おまえの背中《せなか》しか目に入ってない状態《じょうたい》なら、たとえ崖《がけ》の上で命を取《と》り留《と》めたとしても、ここか、もう少し下ったところで川に飛《と》びこむだろう。目を覚《さ》ました小さき者たちが襲《おそ》いかかってくるからな。しかし、ワインガンガ川は飢《う》えた川だ。しかも、やつらには、受け止めてくれるカーもいない。だが、それでも、川を生きて下る者もいるだろうから、おまえの群《む》れはシオニーの巣穴《すあな》のそばの浅瀬《あさせ》で待《ま》ち伏《ぶ》せして、残《のこ》ったやつらののどをかっ切ればいい」

「すごいぞ！　これ以上《いじょう》の計画なんて、雨季《うき》の雨が乾季《かんき》に降《ふ》るってことくらい、ありえないよ。走って飛《と》びこむ、それだけだ。じゃ、ドールどもに自己紹介《じこしょうかい》してくるよ。やつらがぴたりとうしろを追ってくるようにね」

「上にある岩場は見てきたか？　陸側《りくがわ》から？」

「ううん、見てない。忘《わす》れてた」

「見てこい。穴《あな》やら割《わ》れ目《め》やらがたくさんあってひどい道だ。それを見落として、その不器用《ぶきよう》な足がどっちかでもはまっちまったら、狩《か》りはそこでおわりだ。いいか、おまえはここに残《のこ》れ。おれがおまえの群《む》れのところへいって、どこでドールどもを待《ま》ち伏《ぶ》せればいいか伝《つた》えてきてやる。おれ自身は、オオカミと仲間《なかま》だとはこれっぽっちも思っていないがな」

カーはきらいな相手には、これでもかというくらい感じの悪い態度《たいど》をとる。その点で、カーに肩《かた》を並《なら》べるのはバギーラくらいだろう。カーが川下へ泳いでいくと、岩の反対側《はんたいがわ》で夜の音に耳をすませているフェイオとアケイラに出くわした。

「シュウウ！　犬ども」カーは陽気に声をかけた。「ドールどもが川を下ってくる。怖《お》じ気《け》づかなきゃ、浅瀬《あさせ》でやつらを殺《ころ》せるぞ」

「いつくるんだ?」フェイオが言った。「おれの人間の子はどこにいる?」と、アケイラ。

「くるときにくるさ。待ってろ。おまえのだという人間の子についちゃ、今はおれとい、る。おまえがあの子から誓《ちか》いの言葉を引き出して、死神にさしだしたりするからだ、お、まえの人間の子をな。あの子がまだ死んでないとしても、おまえのおかげでもなんでもないぞ、白毛犬! ここでドールを待ってろ。人間の子とおれがおまえたちの味方についたことを、ありがたく思うんだな」

カーは水を跳《は》ね上《あ》げてふたたび川をのぼり、峡谷《きょうこく》の真ん中までくると、崖《がけ》のふちを見上げた。ほどなく、星空を背景《はいけい》にモウグリの頭が現《あらわ》れた。動いている。それから、ヒューッという音がして、空気を鋭《するど》く切るようにモウグリがまっすぐ足から落ちてきた。次の瞬間《しゅんかん》には、モウグリはふたたび、カーの輪《わ》になった胴体《どうたい》の真ん中にねそべっていた。

「無謀《むぼう》ってほどじゃないな」モウグリは静《しず》かに言った。「このくらいの高さなら、遊びで二度くらい飛《と》んだことがあるし。けど、この上の岩場はひどいところだね。低《ひく》いしげみや深い裂《さ》け目《め》があって、どれも小さき者たちでいっぱいなんだ。三か所、裂け目の横に、大きな石を重ねて置《お》いておいたよ。走りながら蹴《け》り落《お》とせば、小さき者たちがカンカンになって追ってくるよ」

「人間らしい知恵《ちえ》だな。おまえはかしこい。だが、小さき者たちはいつだって怒《おこ》っているだろう」

「そんなことないよ。日が沈《しず》めば、どこにいようと、しばらく翅《はね》を休めるはずだ。そのころにドールたちをからかってやるつもりさ。ドールたちは昼間の狩りのほうが得意だからね。今ごろ、ウーン・トラーの血の跡《あと》を追ってるさ」

「チールが死んだ雄牛《おうし》から離《はな》れぬように、ドールも血の跡《あと》を離れることはないというわけか」

「だとしたら、新しい血の跡《あと》をつけさせてやるさ。やつらの血でね。で、泥《どろ》を食わせてやる。カー、カーはここにいてくれるよね、ぼくがドールたちを連《つ》れてくるまで」

「もちろんだ。だが、もしジャングルでドールどもに殺《ころ》されたり、川に飛《と》びこむ前に小さき者たちにやられたらどうする?」

「『明日がくれば、明日も狩《か》りをしよう』」モウグリはジャングルのことわざを口にした。「もしぼくが死んだら、そのときは、死の歌でも歌ってよ。じゃあ、よい狩りを、カー」

モウグリはニシキヘビの首に巻《ま》いていた腕《うで》をはなすと、洪水《こうずい》に運ばれていく丸太のように峡谷《きょうこく》を下っていった。それから、手足をバタバタさせて反対側《はんたいがわ》の岸に向かい、流れがおだやかな場所を見つけると、うれしさのあまり声をだして笑《わら》った。モウグリは自分でいつも言っているとおり、「死神のひげを引っぱる」のがなにより好《す》きだった。そうして、自分こそがみんなの上に立つ支配者《しはいしゃ》だとジャングルに知らしめるのだ。それに、しょっちゅうバルーに手伝《てつだ》ってもらって木に作られたハチの巣《す》からハチミツを盗《ぬす》んでいたから、小さき者たちが野生のニンニクのにおいを嫌《きら》うことを知っていた。そこで、ニンニクの茎《くき》を集めると、木の皮で作ったひもで小さな束《たば》にし、ウーン・トラーの血の跡《あと》を逆にたどりはじめた。血の跡は、シオニーの巣穴《すあな》から南へ八キロくらい続《つづ》いている。モウグリは頭をかたむけて木々を見ると、クスクスと笑《わら》った。

「ぼくはむかし、カエルっ子のモウグリだった。さっき自分で、オオカミのモウグリだって言ったけど、今はサルのモウグリで、そのあとは雄《お》ジカのモウグリだな。そして最後《さいご》は、人間のモウグリになる。ホー！」そして、五十センチほどあるナイフの刃《は》に親指をすべらせた。

ウーン・トラーのどす黒い血が点々と飛《と》び散《ち》った跡《あと》は、密集《みっしゅう》した木の葉の下を抜《ぬ》け、北東の方向へ続《つづ》いている。木々はだんだんとまばらになり、ハチの岩場まで三キロほどのところまでくると、最後《さいご》の木から岩場の低《ひく》いしげみまで、なにもない空き地が広がっていた。オオカミ一匹《ぴき》、隠《かく》れるところがない。モウグリは木の下を小走りで進み、枝《えだ》と枝のあいだの距離《きょり》がちょうどいい場所では、上までのぼってとなりの枝に跳《と》びうつったりしながら、とうとうその空き地までやってきた。そして一時間ほど注意深く観察《かんさつ》し、それからまた向きを変《か》え、さっきのウーン・トラーの跡までもどって、地面から二メートル半ほどのところにすっとのびた枝のある木にのぼった。そして、枝が二股《ふたまた》になった安全そうなところにニンニクの束《たば》をつるし、じっとすわって、歌いながら足の裏《うら》でナイフを研《と》いだ。

昼になる少し前、太陽がかなり暑くなってきたころ、パタパタという足音と忌《いま》わしいにおいがただよってきて、ドールの群《む》れがやってきた。確実《かくじつ》に、容赦《ようしゃ》なく、ウーン・トラーの跡《あと》を追ってくる。木の上から見ると、赤いドールはオオカミの半分の大きさもなかったが、その足とあごがどれだけ強いかは、モウグリにもわかっていた。長《おさ》のとがった赤茶色の頭がしきりににおいをかいでいるのを見て、モウグリは「よい狩《か》りを！」と声をかけた。

長《おさ》は顔をあげ、うしろからきた数え切れないほどの仲間《なかま》たちもはっと足を止めた。尾《お》を垂《た》らし、肩《かた》をいからせ、腰《こし》は細いが、口は血まみれだ。ドールの一族はあまり言葉は交《か》わさず、自分たちのなわばりであるデカンでもとくに決まった作法《さほう》は持っていない。木の下には、軽く二百匹《ぴき》は集まっていた。先導役《せんどうやく》のドールたちは飢《う》えたようにウーン・トラーのにおいをかぎながら、なんとか群《む》れを進ませようとしている。それはまずい。それだと、昼のうちにオオカミの巣穴《すあな》についてしまう。日が沈《しず》みはじめるまで、なんとかここにとどめておかなければならない。

「だれの許《ゆる》しを得《え》てここにきたんだ?」モウグリは言った。

「ジャングルはすべておれたちのものだ」そう言って、ドールは白い牙《きば》をむいた。モウグリは下を見てにやっと笑《わら》うと、デカンのトビネズミ、チカイのかん高い声を完璧《かんぺき》にまねてみせた。つまり、ドールたちのことはチカイと同類《どうるい》としか思っていない、ということだ。とたんにドールの群《む》れは木の幹《みき》を取《と》り囲《かこ》み、長《おさ》が怒《いか》りにみちたうなり声をあげて、モウグリのことを木ザルとあざけった。答える代わりに、モウグリは片足《かたあし》をのばし、長の頭のすぐ上で、毛のない足の指をもぞもぞ動かしてみせた。それでじゅうぶん、いや、じゅうぶんすぎるほどだった。ドールの群《む》れはたちまちどうかなったみたいにたけりくるった。足の指のあいだに毛が生えている者たちは、わざわざそれを思い出したくはないのだ。長が飛《と》びあがると、モウグリはさっと足をひっこめて、甘《あま》い声で言った。「やーい、犬っころ、赤い犬っころ! デカンに帰って、トカゲでも食ってろ。兄弟のチカイのところへ帰れ、やーい、犬、赤い犬っころめ！　足の指のあいだに毛が生えてるぞ！」モウグリはまた、足の指をくねくね動かした。

「飢《う》え死《じ》にするまえにおりてこい、毛のないサルめ」ドールの群《む》れはわめいた。モウグリの思惑《おもわく》どおりだ。そこで、モウグリは枝《えだ》の上に長々と寝《ね》そべって頬《ほお》を押《お》しつけ、右手をだらんと垂《た》らすと、たっぷり五分間、ドールのことをどう思うか、彼《かれ》らの作法《さほう》や習慣《しゅうかん》から、つれあいや子どものことまで、知っていることをあげつらった。ジャングルの住人が使うあざけりの言いまわしや相手を見下す言葉ほど、しんらつで敵意《てきい》むき出しなものはそうそうない。それを考えれば、モウグリの物言いがどんなだったかわかると思う。カーに言ったとおり、モウグリは舌《した》の下に小さなトゲをたっぷり持っているのだ。時間をたっぷりかけてじわじわとモウグリはドールたちをあおり、最初だまっていたドールたちはうなり声をあげはじめ、やがてうなり声はどなり声になり、どなり声は怒《いか》りのあまりしゃがれたわめき声になった。モウグリに言い返すのは、子オオカミがやっきになってカーに言い返そうとするようなものだ。

そのあいだ、モウグリはすぐに前へ出せるよう右手を曲げ、足はしっかりと枝《えだ》に巻《ま》きつけていた。大きな赤茶色の長《おさ》は何度も跳《と》びあがったが、モウグリはたたくふりもせずじっと待った。するととうとう、長は怒《いか》りのあまり、ふだんの力をうわまわって二メートルから二メートル半ほども跳びあがった。モウグリはすかさずヘビの頭のようなすばやさで手をくりだし、長の首筋《くびすじ》をつかんだ。ドールの重みで枝がギシギシときしんで、あやうく地面に放《ほう》り出《だ》されそうになったが、それでもモウグリは枝を握《にぎ》った手をはなさず、溺《おぼ》れたジャッカルでもぶらさげるみたいにドールをじりじりと持ち上げた。そして、左手でナイフをつかみ、赤いふさふさの尾《お》を切り落とすと、地面に放《ほう》り投《な》げたのだ。これが決定打だった。もはやドールたちは、モウグリを殺《ころ》すか、モウグリに殺されるまでは、ウーン・トラーのあとを追うことはないだろう。ドールたちは輪《わ》になって、尻《しり》を震《ふる》わせながら腰《こし》をおろした。ここから動くつもりはない、ということだ。そこで、モウグリはさらに高いところへのぼって、二股《ふたまた》の枝に背《せ》をあずけると、眠《ねむ》ってしまった。

三、四時間後、目を覚《さ》ますと、ドールたちの数を数えた。一匹《ぴき》も欠けていない。声がかすれ、のどがからからになったまま、黙《だま》りこくって、鋼《はがね》のように冷《ひや》やかな目でこちらを見あげている。太陽が沈《しず》みはじめていた。あと半時間ほどで岩場の小さき者たちは仕事をおえる。そして、知ってのとおり、ドールはたそがれどきに戦《たたか》うのは不得手《ふえて》だ。

「そんなふうに忠実《ちゅうじつ》に番をしてくれなくたってよかったのに」モウグリは枝《えだ》の上に立っ

た。「この恩は忘《わす》れないようにするよ。きみたちは本物のドールだ。でも、ぼくが思うにあまりにおなじでつまらない。だから、そこのでかいトカゲ食いにしっぽを返すのはやめとくね。あれ、機嫌《きげん》を損《そこ》ねちゃった？」

「このおれがみずから、おまえの腹《はら》を引《ひ》き裂《さ》いてやる」長《おさ》はどなって、木の根元をガリガリとかじった。

「お断《ことわ》りだよ。でもさ、ほら、デカンのかしこいネズミくん。これからしっぽのない小さい赤犬がうじゃうじゃ生まれてくるよ。そうそう、砂《すな》が熱《あつ》いときなんか、赤むけした付《つ》け根《ね》がヒリヒリするんじゃないかなあ。さあ、帰れ、赤犬。帰って、サルにやられたってみんなに言うんだな。え、帰らないって？　なら、いっしょにこいよ。かしこくしてやるからさ」

モウグリはバンダー・ログのようにとなりの木に飛《と》び移《うつ》った。さらにとなりの木、そのまたとなりの木、というように進んでいくモウグリを、ドールたちが飢《う》えた頭を上に向けたまま、追いかける。モウグリがときおり落ちるまねをしてみせると、ドールたちはわれ先にと折《お》り重《かさ》なるように殺到《さっとう》した。なかなかの見ものだった——上では、少年の持ったナイフが、枝《えだ》のあいだからこぼれる夕日にきらめき、下では、無言《むごん》で押《お》し合《あ》いながら追いかけてくるドールの真っ赤な毛が、燃《も》え立《た》つように輝《かがや》いている。モウグリは最後《さいご》の木までくると、ニンニクの束《たば》をとって、からだのすみずみまでていねいにこすりつけた。ドールたちは、バカにしてさけんだ。「オオカミの舌《した》を持つサルよ、それでにおいを消せるとでも思ってるのか？　死ぬまで追いかけてやるからな」

「しっぽを返すよ」モウグリは言って、今きたほうにしっぽを放《ほう》り投《な》げた。血のにおいに、ドールたちはとっさにつられてうしろにさがった。「じゃあ、追いかけてこい、死ぬまでね！」

モウグリは木の幹《みき》をすべりおりると、ハチの岩場に向かってはだしの足で風のように走りだした。一瞬遅《いっしゅんおく》れて、ドールの群《む》れがそれに気づく。

ドールたちは一声、低《ひく》い声でうなると、長い歩幅《ほはば》でゆっくりと走り出した。こうやって、最後《さいご》には、どんな生き物も追いつめるのだ。だが、ドールの群《む》れはオオカミたちよりずっと足が遅《おそ》いことを、モウグリは知っていた。そうでなければ、丸見えの状態《じょうたい》で三キロも走るような危険《きけん》は冒《おか》さなかっただろう。ドールたちはついに少年を手に入れたと確信《かくしん》していたし、モウグリはモウグリで、ドールたちを好《す》きなように料理《りょうり》してやれると踏《ふ》んでいた。あとは、ドールたちをじゅうぶん引きつけ、はやばやと諦《あきら》めさせないようにするだけだ。

モウグリは一定のなめらかなペースで、弾《はず》むように走っていった。うしろから追ってくる尾《お》をなくした長《おさ》とは、五メートルも離《はな》れていない。ドールの群《む》れはおそらく四、五百メートルほど横に広がり、殺《ころ》したいという思いにわれを忘《わす》れ、たけり狂《くる》っている。モウグリは耳で距離《きょり》を測《はか》りながら、最後《さいご》、ハチの岩場を駆《か》け抜《ぬ》ける力を残《のこ》しておくようにした。

小さき者たちは、日が落ちはじめてすぐに眠《ねむ》りについていた。今は、夕暮れに花が咲く季節《きせつ》ではない。だが、モウグリの最初《さいしょ》の足音が岩場の空洞《くうどう》から空洞へ響《ひび》きわたると、ブーンという音がしはじめた。大地がいっせいにうなりだしたようだ。モウグリはスピードをあげた。こんなに速く走ったのは生まれて初《はじ》めてだ。さらに、ひとつ、ふたつ、三つと、積《つ》み上《あ》げておいた石を、甘《あま》い香《かお》りのただよう暗い裂《さ》け目《め》へ蹴《け》りこむ。洞窟《どうくつ》に波の音のようなウワーンという音が響《ひび》いたかと思うと、視界《しかい》のすみに、背後《はいご》の空が真っ黒になるのが映《うつ》った。はるか下にワインガンガ川が現《あらわ》れ、ひし形のぺしゃんこ頭が見える。

崖《がけ》から力いっぱい飛《と》びだすのと同時に、尾《お》をなくしたドールの歯がモウグリの肩《かた》をかすめた。モウグリはそのまま、足から先に安全な川へ、息もつかず、勝利《しょうり》の喜《よろこ》びに満《み》ち満ちて、落ちていった。一か所も刺《さ》されていない。ニンニクのにおいで小さき者たちがためらったわずか数秒で、岩場を渡《わた》りきったのだ。水面に浮《う》かび上《あ》がると、カーのとぐろが彼《かれ》をしかと受け止めた。ほぼ同時に、崖っぷちからなにかが飛《と》び出《だ》してきた。ハチの塊《かたまり》らしきものが次々と、まっすぐ落ちてくる。どの塊も水に触《ふ》れたとたん、ハチたちがうわっと飛びあがり、残《のこ》されたドールの死骸《しがい》だけが流れに飲みこまれた。頭上では、怒《いか》り狂《くる》った短い悲鳴が響《ひび》いていたが、すぐに雷鳴《らいめい》のようなうなりにかき消された。小さき者たちの翅音《はおと》だ。ドールの中には裂《さ》け目《め》に落ちた者もいて、地下の洞窟《どうくつ》で崩《くず》れたハチの巣《す》に埋《う》もれ、息を詰《つ》まらせながらも噛《か》みついたり戦《たたか》ったりしたが、最後《さいご》には息絶《いきた》えた。するとハチの大群《たいぐん》が波のようにうねって死骸を持ち上げて川に面した穴《あな》から放《ほう》り出《だ》し、死骸は黒いちりの山をゴロゴロと転がり落ちていく。崖っぷちから遠くまで跳《と》びきれずに、崖に生えている木につっこんでしまったドールもいたが、あっという間《ま》にハチたちに覆《おお》いつくされ、見えなくなった。しかし、ほとんどのドールはハチたちに刺《さ》されて半狂乱《はんきょうらん》になり、みずから川に身を躍《おど》らせた。カーの言う、飢《う》えたワインガンガ川に。

カーにしっかり抱《かか》えられているうちに、モウグリの呼吸《こきゅう》ももどってきた。

「ここにいないほうがいいな。小さき者たちは完全《かんぜん》に目を覚《さ》ましたようだ。いこう！」

頭を低《ひく》くし、できるだけもぐるようにしながら、モウグリはナイフを握《にぎ》りしめ川を下っていった。

「ゆっくり！　急ぐな！」カーは言った。「コブラじゃあるまいし、一本の牙《きば》で百匹《ぴき》は殺《ころ》せまい。小さき者たちが現《あら》われたのを見たとたん、水に飛《と》びこんだドールもかなりいたぞ」

「ますますぼくのナイフの出番ってわけだ。わあ！　小さき者たちがまだ追ってくる」モウグリはふたたび水中にもぐった。腹立《はらだ》たしげになっている山バチが水面を覆《おお》いつくし、見つけた者を片《かた》っ端《ぱし》から刺《さ》している。

「口をつぐんでも損《そん》はない、というだろうが」カーは言った。「ハチの針《はり》も、カーのうろこは突《つ》き通《とお》せないのだ。「それに狩《か》りなら、まだまだ一晩《ひとばん》じゅうできるぞ。ほら、やつらが吠《ほ》えてる！」

ドールの半分ほどは、仲間《なかま》たちがまっすぐ罠《わな》に突《つ》っこんでいくのを見て、すかさず向きを変《か》え、川に飛《と》びこんでいた。峡谷《きょうこく》がくずれ急な土手になっているあたりだ。こんな辱《はずかし》めをもたらした「木ザル」への怒《いか》りと脅《おど》しのさけびが、小さき者たちに刺《さ》された者の悲鳴やうめき声と混《ま》ざり合う。陸《りく》にとどまれば死ぬ。それは、どのドールにもわかっていた。群《む》れは流れに押《お》され、どんどん流されて、平和の岩のある渦巻く淵《ふち》までたどりついたが、怒りくるった小さき者たちはそこまでも追ってきて、ドールたちはまた水中へ追いやられた。

尾《お》をなくした長《おさ》が、とどまってシオニーじゅうのオオカミを殺《ころ》せ、とさけんでいるのが聞こえてきたが、モウグリはそれに耳をかたむける暇《ひま》もなく、次の行動に移《うつ》った。

「うしろの闇《やみ》で殺《ころ》してるやつがいる！」一匹《ぴき》のドールが鋭《するど》くさけんだ。「血で汚《よご》れた水が流れてきた！」

モウグリはカワウソのように水中へもぐり、もがいているドールを、口をあける間《ま》も与《あた》えずひっぱりこんだ。平和の淵《ふち》の水面にぬらぬらしたどす黒い輪《わ》ができ、死骸《しがい》が腹《はら》を横にしてプカリと浮《う》かびあがった。ドールたちは向きを変《か》えようとしたが、流れは速く、上からは、小さき者たちが頭や耳めがけて襲《おそ》いかかってくる。しかも、前方の濃《こ》くなりつつある闇《やみ》から、シオニーの群《む》れが戦《たたか》いを挑《いど》む声がしはじめ、どんどん大きく、野太くなっていった。モウグリはふたたびもぐると、またもやドールをひっぱりこんで、死骸を浮かびあがらせた。群れのうしろのほうでは、岸へあがれとほえる者、長《おさ》にデカンへ連《つ》れもどしてくれとさけぶ者、モウグリに出てこい、殺《ころ》してやるとどなる者など、大騒《おおさわ》ぎになった。

「ドールどもは、腹の内も言い分もそれぞれで、戦《たたか》いにきたらしいな」カーは言った。「残《のこ》りは、川下にいるおまえの仲間《なかま》たちが始末《しまつ》してくれるだろう。小さき者もねぐらにもどったようだ。ずいぶんと遠くまで追ってきたもんだ。さあて、おれももどるとするか。

オオカミどもとは仲間でもなんでもないからな。よい狩《か》りを、小さな兄弟。ドールどもは下腹《したばら》を狙《ねら》って嚙《か》みついてくるのを忘れるな」

すると、土手の向こうから一匹《ぴき》のオオカミが三本足でひょこひょこと走ってきた。頭を横にして地面に近づけたり、背中《せなか》を丸めて、一メートルほど跳《と》びあがったりして、子オオカミと遊んでいるようにも見える。ジャングルに住まぬ者ウーン・トラーだった。ひと言も発さず、ドールたちの横でひたすらぞっとするような戯《たわむ》れを続《つづ》けている。ドールたちはずっと水中にいて、必死《ひっし》で泳ぎ、毛は濡《ぬ》れて重くなって、ボサボサの尾《お》はスポンジみたいに水を含《ふく》んで垂《た》れている。疲《つか》れと震《ふる》えで、やはりひと言も発さず、並《なら》んで追いかけてくる燃《も》えるような一対《いっつい》の目を見返している。

「ひどい狩《か》りだ」とうとう一匹《ぴき》が言った。

「いい狩《か》りさ！」モウグリは大胆《だいたん》にもそのドールの横に浮《う》かび上《あ》がると、長いナイフで肩《かた》のうしろを深々と突《つ》き、最後《さいご》にひと嚙《か》みされるまえにぐいと押《お》しやった。

「いるか、人間の子よ？」ウーン・トラーが岸からさけんだ。

「そこの死骸《しがい》にきいてみれば？」モウグリは答えた。「流れてきたろ？　犬どもにはたっぷり泥《どろ》を食わせてやったよ。白昼堂々《どうどう》とだましてやったんだ。やつらの長《おさ》はしっぽなしさ。

でも、まだまだあんたがやっつけるぶんも残《のこ》ってるよ。どこへ追いこんでやろうか？」

「待ってるよ。まだ夜は長い」ウーン・トラーは言った。

シオニーの群《む》れの声がどんどん近づいてきた。「あとはオオカミのぶんだ。おれたちが出迎《でむか》えてやる！」川がぐっと曲がるところで、ドールたちはシオニーのオオカミたちの巣《す》穴《あな》がある対岸の砂地《すなち》や浅瀬《あさせ》に打ちあげられた。

そして、まちがいに気づいた。八百メートルほど上流で岸にあがり、乾《かわ》いた場所でオオカミたちに襲《おそ》いかかるべきだったのだ。だが、もう遅《おそ》い。岸にはずらりと燃《も》えるような目が並《なら》び、日が落ちてからずっと聞こえつづけていたフェーアルのさけびだけが響《ひび》いている。それ以外のジャングルは静《しず》まり返《かえ》っている。ウーン・トラーが、岸にあがってこいと挑発《ちょうはつ》している。「いけ、一歩もひくな！」ドールの長《おさ》がさけんだ。群《む》れはいっせいに岸に向かって突進《とっしん》した。浅瀬《あさせ》の水がはね散《ち》らかされ、ワインガンガ川の水面が真っ白に波立ち、大きな波が端《はし》から端へ船首波のように押《お》し寄《よ》せる。モウグリはいっしょに走っていって、ひとかたまりになって怒濤《どとう》のごとく押し寄せるドールたちを片《かた》っ端《ぱし》から突《つ》いて、切りまくった。

それから、長い戦《たたか》いが始まった。赤く染まった砂地《すなち》にそって、あるいはからまった木の根の上やあいだで、またはしげみの中や奥《おく》、草むらの内や外で、たがいによせてはひき、分かれては散《ち》らばり、狭《せば》まっては広がって、戦いは続《つづ》いた。今では、ドール二匹《ひき》につきオオカミ一匹《ぴき》になっていたが、迎《むか》えうつオオカミは群《む》れの全員だった。小柄《こがら》でがっしりした白い牙《きば》を持つハンターたちだけでなく、ラヒニーと呼《よ》ばれる雌《めす》オオカミたちも目に怖《おそ》れを浮《う》かべつつも子どもらのために戦い、まだふわふわした毛の一年仔《ねんこ》たちの姿《すがた》もそこかしこに見え、母オオカミの横で引っかいたり、取っ組み合ったりしている。オオカミというのは、のど笛に食《く》らいつくかわき腹《ばら》に噛《か》みつくが、ドールは好《この》んで下腹《したばら》を狙《ねら》う。ゆえに、ドールがなんとか川からあがろうとしている場合、頭から出ることになるので、有利《ゆうり》なのはオオカミのほうだった。これが、乾《かわ》いた場所だったら、オオカミたちはもっと苦戦《くせん》しただろう。一方、モウグリのナイフは、水の中だろうと陸《りく》だろうと休むことなく戦いつづけた。四匹の兄弟も助太刀《すけだち》にかけつけた。灰色《はいいろ》の兄弟はモウグリのひざのあいだにうずくまって腹を守り、ほかの三匹《びき》がそれぞれうしろと両わきにつく。ドールがさけび声とともに跳《と》びかかってきて、みずからナイフに貫《つらぬ》かれたときは、その下敷《したじ》きになって倒れたモウグリをかばってすかさず上に覆《おお》いかぶさった。

あとは、もつれにもつれた大混戦《だいこんせん》となった。組み合い、浮《う》き足立《あしだ》った獣《けもの》たちは、岸を右から左へ、左から右へと転げまわる。おなじ場所をぐるぐるゆっくりまわっている者たちもいる。ある場所では、渦巻《うずま》く川の水泡《すいほう》のようにもりあがっては、おなじく水泡のようにはじけ、傷《きず》だらけのドールたちが四、五匹放《ひきほう》り出《だ》されて、またもどろうとする。また別《べつ》の場所では、一匹《ぴき》のオオカミが二、三匹《びき》のドールに倒《たお》され、ずるずるとドールたちを引きずりながら川に沈《しず》んでいった。かと思えば、こちらでは、一年仔《ねんこ》がまわりに押《お》しだされるようなかっこうで持ちあげられている。が、とっくにこと切れ、母親が言い表せぬ怒《いか》りで半《はん》狂乱《きょうらん》になって、手当《てあ》たり次第《しだい》に噛《か》みつきながら転げまわっている。

いちばん激《はげ》しい戦《たたか》いが行われている真ん中では、オオカミとドールが一対一でなにもかも忘《わす》れ、たがいに先手を打とうとにらみ合ったまま、吠《ほ》えている戦士《せんし》たちに押《お》し流《なが》されていった。モウグリは一度アケイラとすれちがったが、両わきに一匹《ぴき》ずつドールをぶらさげ、三匹《びき》目を牙《きば》のないあごでしっかりくわえていた。フェイオも見かけたが、ドールののどに牙を食いこませ、抵抗《ていこう》するドールを引っぱっていって一年仔《ねんこ》たちの中に放《ほう》りこみ、止《とど》めを刺《さ》させた。しかし、戦いのほとんどは闇《やみ》に包《つつ》まれ、右も左もわからない混乱《こんらん》の中で行われていた。まわりでもうしろでも上でも、ぶつかり、つまずき、転がって、悲鳴をあげ、うめいて、噛《か》みつき、くわえ、ふりまわしている。

夜が更《ふ》けるにつれ、目の回るような動きはますます激《はげ》しくなっていった。ドールたちはすっかり怖気《おじけ》づいて、自分たちより力の強いオオカミを攻撃《こうげき》する気力はなくなっていたが、それでも逃《に》げようとはしなかった。しかし、モウグリはもうすぐおわりがくるのを感じ、自分は相手の力を削《そ》ぐだけで満足《まんぞく》することにした。一年仔《ねんこ》たちはますます大胆《だいたん》になっていた。おかげで、モウグリはようやく息をつく間《ま》ができ、仲間と言葉を交わすよゆうも生まれた。そのころには、ナイフがきらめくだけで、ドールたちは避《さ》けるようになっていた。

「骨《ほね》に近いところまでいったぞ」灰色《はいいろ》の兄弟は息を切らしながら言った。二十あまりの傷《きず》を負い、血を流している。

「でも、骨《ほね》はまだ砕《くだ》けてない」モウグリは答えた。「アオワワ！　これがおれたちジャングルのやり方だ！」赤い刃《は》が炎《ほのお》のようにドールのわき腹《ばら》を切《き》り裂《さ》いたが、その背には、オオカミが覆《おお》いかぶさるように食《く》らいついていた。

「おれのえものだぞ！」オオカミは鼻にしわをよせてどなった。「おれに任《まか》せろ！」

「腹《はら》はまだ空《から》っぽかい、ウーン・トラー？」モウグリはきいた。ウーン・トラーは傷《きず》だらけだったが、ドールはしがみつかれて身動きがとれず、うしろを向いて反撃《はんげき》することができないでいる。

「ぼくの代価《だいか》になった雄牛《おうし》にかけて」モウグリは大声で言うと、苦々《にがにが》しい笑《わら》い声《ごえ》を響《ひび》かせた。「こいつはあの尾《お》なしじゃないか！」たしかにそれは、あの大きな赤茶色の長《おさ》だった。

「子どもと雌《めす》を殺《ころ》すのはかしこいやり方とは言えないな」モウグリは悟《さと》りきった口調《くちょう》で言って、目に入った血をぬぐいとった。「父親も殺しておかないと。どうやら、ウーン・トラーに殺されることになりそうだな」

一匹《ぴき》のドールが長《おさ》を助けようと跳《と》びかかってきたが、その牙《きば》がウーン・トラーのわき腹《ばら》をとらえるより先に、モウグリのナイフがドールの胸《むね》を貫《つらぬ》き、すかさず灰色《はいいろ》の兄弟が止《とど》めを刺《さ》した。

「ほら、これがジャングルのやり方さ」モウグリは言った。

ウーン・トラーはひと言も言わずに、ドールの長《おさ》の背骨《せぼね》にぎりぎりと牙《きば》を食いこませていった。命が流れ出ていく。そしてついにドールはブルッと震《ふる》えて、ガクリと頭を垂《た》れ、動かなくなった。ウーン・トラーはバッタリとその上に倒《たお》れた。

「ハ！　血の借《か》りは返せたな。歌を歌えよ、ウーン・トラー」モウグリは言った。

「そいつはもう戦《たたか》えまい。それにアケイラももう、声を失《うしな》った。だいぶ前だ」灰色《はいいろ》の兄弟が言った。

「骨《ほね》が砕《くだ》けた！」フェイオナの息子《むすこ》、フェイオがあたりに響《ひび》きわたるような声で言った。

「やつらは逃《に》げ出《だ》した！　殺《ころ》せ、みな殺《ごろ》しにするんだ、自由の民《たみ》のハンターたちよ！」

ドールたちは次々と血に染《そ》まった暗い砂州《さす》から、川やうっそうとしたジャングルへ、とにかく上流だろうと下流だろうと敵《てき》の姿《すがた》が見えないほうへ逃《に》げていった。

「借《か》りだ、借りを返せ！」モウグリはさけんだ。「やつらはウーン・トラーを殺《ころ》した！　犬たちを一匹《ぴき》たりとも逃《のが》すな！」

モウグリは、水に飛《と》びこむドールたちを逃《のが》すまいと、ナイフを持ったまま川へ身を躍《おど》らせようとした。と、九匹《ひき》の死骸《しがい》の下から、アケイラの頭と上半身がのぞいているのに気づき、がっくりとひざをついた。

「これが最後《さいご》の戦《たたか》いになると言っただろう？」アケイラは息もたえだえに言った。「いい狩《か》りだ。おまえはどうだ、小さな兄弟？」

「ぼくは生きてるよ。たくさん殺《ころ》した」

「だとしても、おれは死ぬ。おれは――おれはおまえのそばで死ぬことにしよう、小さな兄弟」

モウグリはひどい傷《きず》を負った頭をひざにのせてやり、ズタズタになった首に両腕《りょううで》を巻《ま》きつけた。

「シア・カーンがいて、人間の子がはだかで転げまわっていたころから、ずいぶんたったな」アケイラは咳《せ》きこんだ。

「ちがうよ、ちがうってば。ぼくはオオカミだ。ぼくは自由の民《たみ》と皮をおなじくする仲《なか》間《ま》だよ」モウグリは泣《な》いた。「好《す》きで人間に生まれたわけじゃない」

「おまえは人間だ、小さな兄弟、おれが面倒《めんどう》をみたオオカミの子よ。おまえはどこをとっても人間なのだ。そうでなければ、群《む》れはドールを前にしっぽを巻《ま》いて逃《に》げていただろう。おまえは命の恩人《おんじん》だ。今日、おまえはかつておれがおまえを助けたように、群れを救《すく》ってくれた。忘《わす》れたのか？　あらゆる借《か》りが今、返されたのだ。自分の民《たみ》のところへいけ。もう一度言う、目にいれても痛《いた》くないかわいい子よ、この狩《か》りは終わりだ。自分の仲間《なかま》のところへ帰れ」

「ぜったいにいかないよ。ぼくはひとりでジャングルで狩《か》りをするんだ。そう言ったでしょ」

「夏のあとは雨がくる。そして雨がすぎれば、春がくる。追いたてられる前に、もどるんだ」

「だれが追いたてるの？」

「モウグリがモウグリを追いたてるのさ。おまえの民《たみ》のところへいけ。人間のところへいくんだ」

「モウグリがモウグリを追いたてたら、そのときはいくよ」モウグリは答えた。

「もう言うことはない」アケイラは言った。「小さな兄弟、おれを立たせてくれないか？おれは自由の民《たみ》の長《おさ》なのだから」

モウグリはそっと死骸《しがい》をどけるとアケイラを立たせ、両腕《りょううで》で抱《かか》えた。独《ひと》りオオカミは深く息を吸《す》いこむと、群《む》れの長《おさ》が死ぬときに歌う〈死の歌〉を歌いだした。歌声は次第《しだい》に力強くなり、どんどん高く、川の向こうまで響《ひび》きわたり、最後《さいご》、「よい狩《か》りを！」でおわった。そして、アケイラはモウグリの腕を払《はら》いのけ、大きく飛《と》びあがると、最後にしてもっとも強敵《きょうてき》だったえものの上にあおむけに倒《たお》れて死んだ。

モウグリはすわって、ひざに頭をのせた。ほかのことはどうでもよかった。容赦《ようしゃ》なき雌《ラ》オ《ヒ》オ《ニ》カ《ー》ミたちは逃げていく生き残りのドールたちを追いかけていって、引《ひ》き倒《たお》した。徐々《じょじょ》に叫《さけ》び声《ごえ》は聞こえなくなった。オオカミたちは傷《きず》が固《かた》まりだすと、足を引きずりながらもどってきて、死んだ者たちを確認《かくにん》した。群《む》れのうち十五匹《ひき》と、六匹《ぴき》の雌《ラ》オ《ヒ》オ《ニ》カ《ー》ミが川べりでこと切れていた。ほかの者たちも、傷のない者はいなかった。モウグリは、冷《つめ》たい夜明けがくるまでじっとすわっていた。フェイオの濡《ぬ》れた赤い鼻面《はなづら》が手に押《お》しつけられたので、モウグリは下がって、アケイラの死骸《しがい》を見せてやった。

「よい狩《か》りを!」アケイラがまだ生きているかのように、フェイオは言った。そして、噛《か》み傷《きず》だらけの肩越《かたご》しにさけんだ。「吠《ほ》えよ、赤犬ども、偉大なオオカミが今宵《こよい》、死んだと!」

しかし、ジャングルはすべて自分たちのものであり、向かうところ敵《てき》なしと豪語《ごうご》していた二百匹《ぴき》の戦《たたか》うドールのなかで、デカンにもどり、フェイオの言葉を伝《つた》えた者は一匹もいなかった。

チールの歌

これは、大いなる戦《たたか》いがおわり、トビたちが次から次へと川底《かわぞこ》に降《お》り立《た》ったときに、チールの歌った歌だ。チールはジャングルの住人のよき友だが、本当のところは冷酷《れいこく》な生き物だ。最後《さいご》には、ジャングルの者のほとんどが自分の腹におさまると、わかっているのだ。

かつて仲間《なかま》たちは夜陰《やいん》にまぎれ戦《たたか》いへおもむいた
（チール！　いいか、チールのためだ！）
そして今、おれはいく、戦いのおわりを告《つ》げるために
（チール！　チールの先兵たち！）
彼《かれ》らは空にさけんだ、殺《ころ》されたばかりのえものの山があると
おれは大地にさけんだ、草原にサンバーがいると

ここで、すべてが終わる――もはや彼らが話すことはない!
狩《か》りのさけびをあげた者、すばやくあとを追った者
(チール!　いいか、チールのためだ!)
サンバーをきりきり舞《ま》いさせ、釘《くぎ》づけにした者
(チール!　チールの先兵たち!)
においのあとをのろのろ追った者、その前を走った者
向かってくる角《つの》を避《さ》けた者、押《お》さえこんだ者
ここで、すべてがおわる――もはや彼《かれ》らが追うことはない。

彼《かれ》らは仲間《なかま》だった、だが死んでしまった!
(チール!　いいか、チールのためだ!)
そしておれはいく、かつて誇《ほこ》り高《たか》かった彼らをなぐさめるために
(チール!　チールの先兵たち!)
ズタズタのわき腹《ばら》、くぼんだ目、開いた赤い口

からみあい、やせ細り、さみしげに、重なり合う死骸《しがい》
ここで、すべてがおわる——そしてここで、われらの群《む》れが餌《えさ》を食《く》らうのだ！

春

人間が人間のところへいく！　ジャングルに呼《よ》びかけろ！
かつて兄弟だったあの子が去っていく
さあ、聞け、そして決めろ、ジャングルの民《たみ》よ
答えよ、あの子を追い出すのはだれだ？　引《ひ》き留《と》めるのはだれだ？

人間が人間のところへいく！　あの子がジャングルで泣《な》いている
かつて兄弟だったあの子が悲しみ、なげいている
人間が人間のところへいく！　（ああ、おれたちはあの子を愛《あい》していた）
人間の道へいく、おれたちがついていけないところへ

赤犬との大いなる戦《たたか》いでアケイラが死んでから二年がたち、モウグリはおそらく十七歳《さい》近くになっていた。もっと年上に見えるのは、激《はげ》しい運動をして、よいものをたっぷり食べ、少しでも暑かったりほこりっぽかったりするときは水浴《みずあ》びをしていたから、その年ごろの子より、はるかに強く、からだも大きかったためだろう。樹上《じゅじょう》の道を先まで見通さなければならないときは、いちばん高い枝《えだ》に片手《かたて》で半時間もぶらさがっていられたし、若《わか》い雄《お》ジカがジャンプしたところで頭をむんずとつかみ、ほうり投げることもできた。北の沼《ぬま》地《ち》に住む巨大《きょだい》な青いイノシシを投《な》げ飛《と》ばすことさえ、やってのけた。ジャングルの民《たみ》は、かつてはその知恵《ちえ》ゆえにモウグリを恐《おそ》れていたが、今ではその力も恐れ、モウグリが自分の用事でこっそり歩きまわるだけで、たちまちうわさが広がり、森の道にはだれもいなくなった。しかし、モウグリの目はいつもおだやかだった。戦《たたか》っているときでさえ、バギーラの目のように燃《も》えあがることはなく、興味深《きょうみ》そうだったり楽しそうだったりするだけなのだ。それは、バギーラには理解《りかい》できないことのひとつだった。

バギーラがたずねると、少年は笑《わら》って言った。「えものを逃《のが》したときは、腹《はら》が立つし、腹が減《へ》ったたまま二日もすぎると、頭にくるよ。それは目にも出てるだろ？」

「たしかに口は怒っているのがわかるな。だが、おまえの目はなにも語らない。狩《か》りをしていても、食っていても、泳いでいても、いつもいっしょだ。雨でも晴れていても石が変《か》わらないのとおなじように」バギーラは言った。モウグリは長いまつ毛の下からめんどくさそうにバギーラを見た。すると、ヒョウはいつものように頭を垂《た》れた。どちらが主《あるじ》か、わかっていたのだ。

モウグリとバギーラは、ワインガンガ川をはるかに見おろす丘《おか》の斜面《しゃめん》に寝《ね》そべっていた。そこより下は、朝霧《あさぎり》が白と緑の帯《おび》のようにたなびいている。太陽がのぼると、それは赤と金色の泡《あわ》立つ荒海《あらうみ》に変《か》わり、朝日の低《ひく》い光が、モウグリとバギーラが寝《ね》ている枯《か》れ草《くさ》を縞《しま》もように染《そ》めた。寒い季節《きせつ》もおわりに近づき、くたびれて色あせた木の葉が、風に吹《ふ》かれて、カサカサと乾《かわ》いた音を立てる。小さな葉が一枚《まい》、川の流れにとらわれたかのように、パチ、パチ、パチと激しく枝《えだ》をたたいている。それを聞いてバギーラはむくりと起きあがり、朝の空気のにおいをかぐと、胸《むね》の奥《おく》からゴホンと空咳《からぜき》をした。そして、あおむけに転がって、頭上で揺《ゆ》れている葉を前足でたたいた。

「季節《きせつ》が変《か》わる」バギーラは言った。「ジャングルは前へ進んでいく。新たな語り合いの季節も、もうすぐだ。あの葉はそれを知っているのだな。いいことだ」

「草は枯《か》れてるじゃない」モウグリは答えて、草を引《ひ》っこ抜《ぬ》いた。「〈春の目〉〈ラッパ型《がた》のつややかな赤色をした小さな花で、草むらのところどころに顔を出している)だって、そう、春の目でさえ、まだつぼみだよ。それにさ、バギーラ、黒ヒョウがあおむけに転がって、ジャコウネコみたいに足をバタバタさせてるなんていいわけ?」

「アオウ?」バギーラはどうやらほかのことを考えていたようだ。

「ぼくはこう言ったんだよ。黒ヒョウが気取ったことを言ってみたり、咳《せき》をしたり、吠《ほ》えたり、転がったりしていいわけ? いいか、ぼくたちはジャングルの主《あるじ》なんだぞ、ぼくとあなたはね」

「たしかにそうだな。聞いてるよ、人間の子」バギーラはあわてて寝返《ねがえ》りを打つと、ボサボサの黒いわき腹《ばら》に泥《どろ》をつけたまま、起き上がった(ちょうど冬の毛が生え変《か》わっているところだった)。「おれたちはジャングルの主《あるじ》だもんな! モウグリほど強いやつはいるか? おまえほどかしこいやつは?」その声に妙《みょう》にまのびした感じがあったので、モウグリは黒ヒョウのほうをふりかえった。もしかしたら、からかっているのかもしれないと思ったのだ。ジャングルでは、言葉そのものはおなじでも、意味がちがう場合がたくさんある。「おれたちはまちがいなくジャングルの主だって、そう言ったんだよ」バギーラはくりかえした。「おれはなにか、おかしなことをしたか? 人間の子がもう寝っ転がっていないことに、気づいてなかったよ。今度は空でも飛《と》ぶつもりか？」

モウグリはすわってひじをひざにのせ、昼間の日射《ひざ》しに照《て》らされた谷をながめていた。下の森のどこかで、小鳥が春の歌の最初《さいしょ》のメロディを練習しようと、か細いかすれた声で歌っている。もう少したてば、声をかぎりの転がるようなさえずりが聞かれるだろうが、今はまだその影《かげ》にすぎない。けれども、バギーラはそれを聞きつけて言った。

「もうすぐ新たな語り合いの季節《きせつ》だと言ったろ」黒ヒョウは低《ひく》いうなり声を出して、シャッとしっぽをふった。

「聞いてるよ」モウグリは答えた。「バギーラ、どうして震《ふる》えてるの？　こんなに太陽があたたかいのに」

「あれはフェーロウだよ、真紅《しんく》のキツツキの。やつは忘《わす》れてないんだな。ということは、おれも自分の歌を覚《おぼ》えているはずだ」そして、ゴロゴロとやさしくのどを鳴らしはじめ、これではちがうとまた最初にもどっては、何度も何度も歌った。

「えものはいないよ」モウグリはたいくつそうに言った。

「小さな兄弟、おまえの耳は両方とも聞こえなくなっちまったのか？　これは、狩《か》りの言葉じゃない。おれの歌だ。必要《ひつよう》になるときのために準備《じゅんび》してるんだ」

「忘《わす》れちゃったよ。どうせ、その新たな語り合いの季節《きせつ》とやらがきたら、思い出すよ。だって、そうなったら、あなたもほかの連中《れんちゅう》もぼくを置《お》いて、とっととどっかへいっちゃうんだから」

「だが、小さな兄弟、別《べつ》にいつもってわけじゃ――」

「いいや、いつもだよ」モウグリは怒《おこ》って人差《ひとさ》し指《ゆび》を突《つ》きつけた。「いつもどっかへいっちゃうんだ。そして、ジャングルの主《あるじ》であるぼくは、ひとりぼっちでうろつくはめになる。去年がどうだったか覚《おぼ》えてる？　人間の畑から、サトウキビを集めようとしたときだよ。ぼくは伝言《でんごん》をたのんだんだよ、あなたにね！　ハティに、夜にきて、甘《あま》い茎《くき》を鼻で引《ひ》っこ抜《ぬ》くようお願《ねが》いしてくれって」

「たった二晩遅《ばんおく》れただけじゃないか」バギーラは少し身をすくめた。「結局は、おまえが気に入ってるあの長くて甘《あま》い茎《くき》だって、雨の季節《きせつ》のあいだじゅう食べても食べきれないほど、集めてくれただろう？　ハティが遅れたのは、おれのせいじゃない」

「ぼくが伝言《でんごん》をたのんだ夜にはこなかっただろ。ああそうさ、ハティったら、月夜に、鼻を鳴らして、大声でほえながら、谷を走ってたんだ。ゾウが三頭分も通ったみたいな跡《あと》を残《のこ》してさ。木のあいだに隠《かく》れようともしてなかった。月が出てるのに、人間の家の前で踊《おど》ったんだよ。ぼくは見たんだ。なのに、ぼくのところにはこなかった。それで、ぼくがジャングルの主《あるじ》だなんてよく言うよ！」

「新たな語り合いの季節《きせつ》だったんだからしょうがない」モウグリの前ではいつもつつましやかな黒ヒョウは言った。「もしかしたら、小さな兄弟よ、ハティを呼《よ》んだとき、合言葉を使わなかったんじゃないか？　まあ、フェーロウの歌を聴《き》けよ。うれしくなるじゃないか！」

モウグリの怒《いか》りは沸騰《ふっとう》して、蒸発《じょうはつ》してしまったようだった。モウグリはあおむけになって腕《うで》に頭をのせ、目を閉《と》じた。「ぼくにはわからないよ。どうだっていいし」そして眠《ねむ》そうに言った。「眠ろうよ、バギーラ。腹《はら》が重たいんだ。頭をのっけさせて」

黒ヒョウはふたたび横になって、ほっとためいきをついた。フェーロウが春の新たな語り合いの季節《きせつ》に向けて何度も歌を練習しているのを聴《き》けるからだ。

インドのジャングルでは、ほとんど区切りなしに季節《きせつ》は次の季節へと移《うつ》っていく。そもそも雨季《うき》と乾季《かんき》の二つの季節しかないように思えるが、激《はげ》しい雨や、真っ黒い土煙《つちけむり》の下をよく見れば、四つの季節が規則正《きそくただ》しく巡《めぐ》っているのがわかるだろう。春がいちばんすばらしい。ここでは、なにひとつないむき出しの地面を新しい葉や花で覆《おお》う必要《ひつよう》はない。おだやかな冬が生かしておいてくれた草木の残骸《ざんがい》が地面にへばりついているのを、追い立てて、片付《かたづ》けるだけでいいのだ。そして、一部分だけ草木をまとった生気のない土を、また新しく若返《わかがえ》らせる。その手並《てな》みのすばらしさゆえに、世界じゅうを見わたしても、ジャングルの春に並《なら》ぶ春はほかにないのだ。

一日だけ、あらゆるものがくたびれ果《は》てる日がある。重たい空気にただようにおいは、老《お》いて、古びた感じがする。うまく説明《せつめい》はできないが、そう感じるのだ。それからまた別《べつ》の日がやってくる。見た目はなにも変《か》わっていないように思えるが、あらゆるにおいが新しく、喜《よろこ》びに満《み》ち満ち、ジャングルの民《たみ》のひげは根元からふるえ、冬の毛が長く汚《きたな》らしい塊《かたまり》になって、ぼろぼろと抜《ぬ》け落《お》ちる。それから、そう、たいていは小雨《こさめ》が降《ふ》り、あらゆる木や草や竹や苔《こけ》、みずみずしい葉の植物がいっせいに目を覚《さ》ます。ぐんぐん伸《の》びていく音が聞こえるような気さえする。そして、その音の底《そこ》には昼も夜も、ブーンという深く響《ひび》くような音が流れている。それこそが、春の音だ。ハチの翅音《はおと》とも滝《たき》の音ともこずえを吹《ふ》き抜《ぬ》ける風の音ともちがう、振動《しんどう》するような低音。あたたかく幸福に満ちた世界がのどを鳴らす音だ。

今年までは、モウグリも季節《きせつ》が変《か》わることに喜《よろこ》びを感じていた。最初《さいしょ》の春の目が草に埋《う》もれて咲《さ》いているのを見つけるのもたいていモウグリだったし、ジャングルにはほかに似《に》るもののない春の雲に気づくのも、モウグリだった。星に照《て》らされ、露《つゆ》に濡《ぬ》れた花の咲き乱《みだ》れる場所という場所にモウグリの声が響《ひび》き、合唱《がっしょう》する大きなカエルたちといっしょに歌ったり、一晩じゅう眠《ねむ》らずに頭を百八十度回して鳴いているフクロウたちをちゃかしたりした。ジャングルの民《たみ》がみなそうであるように、モウグリも、春にいちばん活動的《かつどうてき》になる。あたたかい空気の中を駆《か》け抜《ぬ》ける喜びを感じるためだけに、たそがれどきから宵《よい》の明星《みょうじょう》が輝《かがや》きだすまで、五十キロ、六十キロ、いや、八十キロも走っては、見知らぬ花で作った輪《わ》を首にかけ、息を切らせ笑《わら》いながらもどってくることもあった。四匹《ひき》の兄弟たちは、ジャングルをやみくもに歩き回るのにはついてこないで、ほかのオオカミたちと歌を歌いに出かけていった。ジャングルの民は、春は忙《いそが》しいのだ。モウグリにも、彼《かれ》らがそれぞれの種《しゅ》族《ぞく》ごとに、うなったりさけんだりさえずったりするのが聞こえた。この季節の彼らの声は、ほかのときとはちがう。それも、春が新しい語り合いの季節と呼《よ》ばれる理由のひとつだった。

けれども、バギーラに言ったように、今年の春は、腹《はら》の感じがいつもとはちがっていた。タケノコがところどころ茶色くなりはじめてからというもの、モウグリはにおいが変《か》わる朝を心待ちにしていた。ところが、実際《じっさい》にその朝がやってきて、金と青と青銅色《せいどういろ》に輝《かがや》くジャクのマオが、霧《きり》がかった森にそれを大声で触《ふ》れまわるのを聞いて、モウグリも歌を返そうと口を開いたのに、声は歯のあいだで止まってしまった。そして、ある感情《かんじょう》がつま先からじわじわと髪《かみ》の先まで広がっていった。これ以上《いじょう》ないと言うほど、みじめな気持ちだった。モウグリはからだじゅうを調べて、トゲのある木を踏《ふ》んでしまったわけではないのをたしかめた。マオが新しいにおいの訪《おとず》れを知らせ、ほかの鳥たちがそれをひきついで歌っている。ワインガンガ川のほとりの岩場から、バギーラのしわがれた声も聞こえてきた。タカのさけびと馬のいななきのあいだのような声だ。芽吹《めぶ》きはじめた木々のこずえからは、バンダー・ログがさけんだり、あちこち跳《と》び回《まわ》ったりする音が聞こえる。モウグリは、マオに答えようと胸《むね》を膨《ふく》らませたまま立ちつくしていたが、やがてみじめな気持ちで息を吐《は》き出《だ》し、息が漏《も》れるのにつれ、胸もしぼんでいった。

モウグリは目を凝《こ》らしたが、バンダー・ログがふざけて木のあいだを跳《と》び回《まわ》っているのしか見えない。マオは、その見事な尾羽《おばね》をいっぱいにひらき、斜面《しゃめん》の下のほうで踊《おど》りまわっている。

「においが変《か》わったぞ！」マオがさけぶ。「よい狩《か》りを、小さな兄弟！　返事はどうした？」

「小さな兄弟、よい狩《か》りを！」トビのチールとつれあいが高い声であいさつをし、舞《ま》い降《お》りてきた。二羽《わ》はモウグリの鼻の下にふわふわした白い羽《はね》がかするほど近くで、翼《つばさ》をばたつかせた。

ゾウの雨と呼《よ》ばれる軽い春の雨が、八百メートルほどの帯《おび》になってジャングルをわたっていく。あとには、若葉《わかば》がしっとりと濡《ぬ》れて揺《ゆ》れ、二重の虹《にじ》がかかって、かすかな雷鳴《らいめい》が聞こえた。春のブーンというハミングがぐんと大きくなり、一瞬《いっしゅん》ののち、静《しず》まり返《かえ》った。そして、ジャングルの者たちがいっせいにしゃべりだした。だれもがみな、しゃべっているようだ。そう、モウグリ以外《いがい》は。

「おいしいものも食べたし、おいしい水も飲んだ。のどがヒリヒリしたり、縮《ちぢ》んだりもしていない。カメのオオが大丈夫《だいじょうぶ》だって食べさせた青い点々がある根っこをかじったときはひどかったけど、あれとはちがう。なのに、腹《はら》はずっしり重いし、理由もないのにバギーラたちにひどいことを言ってしまった。ジャングルの民《たみ》、ぼくの民なのに。かっと熱《あつ》くなったかと思えば寒くなるし、次には熱くも寒くもなくなる。腹が立つのに、なんに腹が立っているのかわからない。フウウッ！　走ったらいいかもしれない！　今夜は山を突《つ》っ切《き》ってみよう。北の沼地《ぬまち》まで春のひとっ走りをして、もどってくるんだ。最近《さいきん》、簡単《かんたん》な狩《か》りばかりしてたからな。四匹《ひき》の兄弟たちも連れていこう。白い地虫《じむし》みたいにぶよぶよになってるもんな」

モウグリは大きな声で呼《よ》んだが、兄弟たちはだれも答えなかった。声が届《とど》く距離《きょり》よりはるか先で、群《む》れとともに、〈月とサンバーの歌〉という春の歌を歌っていたからだ。春のあいだは、ジャングルの民《たみ》はふだんほど、昼と夜を区別《くべつ》しないのだ。モウグリは鋭《するど》い声で合図を送ったが、返ってきたのは、斑点《はんてん》のある小さなジャコウネコのバカにしたようなミャオウという声だけだった。おおかた、はやばやと巣《す》を作った鳥を狙《ねら》って、枝《えだ》のあいだをぬうように伝《つた》っているのだろう。それを聞いたとたん、モウグリは怒《いか》りで全身を震《ふる》わせ、ナイフを抜《ぬ》きかけた。そして、いやに横柄《おうへい》な気持ちになって、見ている者などいないのに、あごをあげ、眉《まゆ》を寄《よ》せて、大またで斜面《しゃめん》を下っていった。けれども、ジャングルの民はただの一匹《ぴき》も声をかけてこなかった。自分たちのことで、頭がいっぱいだったのだ。

「そういうことか」モウグリは独《ひと》り言《ごと》を言った。でも、心の中では自分に理《り》などないことはわかっていた。「デカンから赤犬をけしかけるか、竹林で赤い花を踊《おど》らせれば、ジャングルじゅうがぼくに泣《な》きついて、ゾウに言うようなおせじを言うくせに。でも、今ときたら、春の目は赤いし、マオのやつははだかの足を見せて、春の踊りをしてるにきまってる。だから、ジャングルじゅうがタバキみたいにおかしくなってるんだ。ぼくの代価《だいか》になった雄牛《おうし》にかけて、このぼくはジャングルの主《あるじ》だよな？　それともちがうのか？　おい、静《しず》かにしろ！　なにしにきたんだ？」

群《む》れの若《わか》いオオカミが二匹《ひき》、戦《たたか》うための広い場所を探《さが》して走ってきた。（ジャングルのおきてでは、群れから見えるところで戦ってはいけないことになっているのを、思い出してほしい。）首の毛が針金《はりがね》のように逆立《さかだ》ち、怒《いか》りくるって吠《ほ》え、たがいに相手より先に襲《おそ》いかかってやろうとからだをかがめている。モウグリは前へ飛《と》び出《だ》していって、それぞれの伸《の》ばした首をむんずとつかみ、群れの狩《か》りや遊んでいるときにいつもやるように、うしろへ投《な》げ飛《と》ばそうとした。だが、これまでは、春の戦いのじゃまをしたことなどなかったのだ。二匹は前へ躍《おど》り出《で》て、モウグリを横へはねとばすと、ひと言を言う間《ま》もおしんで取っ組み合い、転げまわった。

モウグリは転ぶ手前でなんとか踏《ふ》んばると、ナイフを抜《ぬ》き、白い歯をむきだした。今のモウグリは、静《しず》かにしてほしいという理由だけで二匹《ひき》を殺《ころ》しかねなかった。実際《じっさい》は、おきてのもと、あらゆるオオカミに戦《たたか》う権利《けんり》が認《みと》められているというのに、だ。モウグリは肩《かた》をぐっと下げ、震《ふる》える手を握《にぎ》りしめて、オオカミたちのまわりをぐるぐる回った。最初《さいしょ》のもみあいが収《おさ》まったところで、二匹ともにナイフをお見舞《みま》いしてやるつもりだった。ところが、待っているうちに、みるみるからだから力が抜け、ナイフの先が下を向いた。モウグリはナイフを鞘《さや》にしまい、二匹をじっと見つめた。

「きっと毒《どく》でも食べたんだ」モウグリはぼそりと言った。「集会で赤い花をふりまわしたときから、いや、シア・カーンを殺《ころ》してから、ぼくをはねとばすオオカミなんていなかった。しかも、こいつらはまだほんの若造《わかぞう》の、チビのハンターにすぎない。ぼくの力はなくなってしまった。もうすぐぼくは死ぬんだ。ああ、モウグリ、どうしてこいつらを殺しちまわないんだ？」

戦《たたか》いは続《つづ》いていたが、とうとう一匹《ぴき》が逃《に》げ出《だ》し、モウグリは血に染《そ》まりぐしゃぐしゃになった地面にひとり残《のこ》された。ナイフを見て、自分の足を見て、腕《うで》を見ているうちに、これまで味わったことのないみじめさが、あふれた水が丸太にかぶるように全身を覆《おお》っていった。

その夜、モウグリはえものをしとめたが、春のひとっ走りにそなえ、食べすぎないようにした。ジャングルの民《たみ》はみな、歌ったり戦《たたか》ったりしにいっていた。だからえものはひとりで食べた。ジャングルで言う、あらゆる者たちが眠《ねむ》ることのない夜だった。草木はみな、朝から一月分のびたように見える。一日前まで黄色くあせた葉をつけていた枝《えだ》を折《お》ると、樹液《じゅえき》がしたたり落ちた。深々とした苔《こけ》はモウグリの足をあたたかく包《つつ》み、芽吹《めぶ》いたばかりの草は、まだ葉のへりにも丸みがある。ジャングルじゅうの声が低《ひく》く響《ひび》いているさまは、月が――そう、新たな語り合いの夜《よ》の満月《まんげつ》が、ハープの低音《ていおん》の弦《げん》をはじいているようだった。こうこうと輝《かがや》く月は、岩や池に光を散《ち》らし、木の幹《みき》とつるのあいだにすべりこんで、無数《むすう》の葉のあいだからこぼれおちた。

みじめな気持ちだったことも忘れ、モウグリは純粋《じゅんすい》な喜《よろこ》びに満《み》たされて歌声をはりあげ、大きく足を踏《ふ》み出《だ》した。まるで飛《と》んでいるように走っていく。ジャングルの中心部を抜《ぬ》けて北の沼地《ぬまち》に出る、長い下り坂の道を選《えら》んだのだ。弾力《だんりょく》のある地面が、足への衝撃《しょうげき》をやわらげてくれる。人間のもとで学んだ人間なら、気まぐれな月明かりのせいで何度もつまずくところだろうが、長年の経験《けいけん》に鍛《きた》えられた筋肉《きんにく》のおかげで、モウグリは羽《はね》のように軽《かろ》やかだった。腐《くさ》った丸太や土に隠《かく》れた石を踏んでも、転ぶことなく、速度をゆるめることすらなく、なにも考えずにらくらくと走っていく。地面を走るのに飽《あ》きると、サルのように両手をあげていちばん近くのつるにとびつき、のぼるというよりすうっと浮《う》かび上《あ》がるように細い枝《えだ》まであがっていって、樹上《じゅじょう》の道をたどり、また気分が変《か》わると、葉のあいだをゆるやかなカーブを描《えが》くようにくだり、ふたたび地面に降《お》り立《た》つのだった。

大地にはまだ濡《ぬ》れた岩に囲《かこ》まれた、熱気《ねっき》のこもるくぼみがいくつもあって、夜に咲《さ》く花のむせ返るような香《かお》りで息もできないほどだ。ツタもずらりと花をつけている。帯状《おびじょう》に照らす月光が、暗い通り道に教会の大理石の床《ゆか》のように規則正《きそくただ》しい格子《こうし》もようを描《えが》き、胸《むね》の高さまでのびた濡《ぬ》れた若草《わかくさ》が、モウグリの腰《こし》に腕《うで》を巻《ま》きつけてくる。てっぺんに割《わ》れた岩のある丘《おか》の頂上《ちょうじょう》までいくと、岩から岩へピョンピョン飛《と》び移《うつ》り、下の巣《す》に隠《かく》れている子ギツネたちを怖《こわ》がらせた。遠くのほうからかすかに、イノシシが木の幹《みき》で牙《きば》を研《と》ぐガリッガリッという音が聞こえてくる。そのあとで、一頭の巨大《きょだい》なイノシシが赤い樹《き》の皮を削《けず》って印《しるし》をつけているのに出くわした。口から泡《あわ》をしたたらせ、目は炎《ほのお》のように燃《も》えている。

かと思えば、ぶつかり合う角《つの》の音と、フウフウと低《ひく》いうなり声が聞こえてくるほうへ向かうと、怒《いか》りにかられた二頭のサンバーが頭を下げ、前へうしろへとよろめいていた。その横を走りぬけると、サンバーたちの頭に幾筋《いくすじ》も垂《た》れた血が、月光に照《て》らされ黒光りしているのが見えた。流れの速い浅瀬《あさせ》では、ワニのジャカーラが雄牛《おうし》のように吠《ほ》えている声を聞いた。からみあった毒《どく》の一族につっこんだときは、襲《おそ》われるまえに逃《に》げ出《だ》し、キラキラ光る砂利《じゃり》の岸辺《きしべ》をわたって、ふたたびジャングルの奥深《おくふか》くへ向かった。

こうしてモウグリは走りつづけた。大声をあげたり、ひとりで歌ったり、その夜はジャングルでもいちばん幸せだったろう。やがて花の香《かお》りがしてきて、沼地《ぬまち》が近いのがわかった。沼地は、いちばん遠い猟場《りょうば》よりさらに先にある。

ここでもやはり、人間に育てられた人間なら、三歩もいかないうちに頭まで沈《しず》んでしまっただろう。だが、モウグリの足には目があり、顔についている目の助けを借《か》りずとも、草むらから草むらへ、揺《ゆ》れているしげみからしげみへとわたっていった。カモたちを驚《おどろ》かせながら沼《ぬま》の真ん中めざして走り、苔《こけ》のむした幹《みき》に腰《こし》をおろした。黒い水がひたひたと打《う》ち寄《よ》せている。沼地《ぬまち》は目覚《めざ》めていた。春は、鳥たちの一族の眠《ねむ》りも浅《あさ》く、夜通しいったりきたり飛《と》び回《まわ》っているからだ。しかし、背《せ》の高い葦《あし》の中にすわっているモウグリには目もくれない。モウグリはフンフンと鼻歌を歌いながら、刺《さ》さったままになっているトゲがないかどうか、硬《かた》くなった茶色の足の裏《うら》を調べた。みじめな気分はすべてジャングルに置《お》いてきたような気がしていたが、歌を歌おうとしたその瞬間《しゅんかん》、また舞《ま》いもどってきた。しかも、まえより十倍ひどくなって。おまけに、月まで沈《しず》みはじめた。

今度ばかりは、モウグリもおそろしくなった。「ここにもいるなんて！　ぼくのあとをつけてきたんだ」声にならない声でつぶやくと、それがうしろに立っているんじゃないかとふりかえった。「だれもいない」沼地《ぬまち》の夜の物音は続《つづ》いていたが、鳥や獣《けもの》はだれも話しかけてこない。みじめな気持ちはますますふくらんだ。

「きっと毒《どく》を食べちゃったんだ」モウグリは畏《おそ》れおののいて言った。「うっかり毒を食べたせいで、力が抜《ぬ》けていってるんだ。ぼくは怖《こわ》かった。でも、怖がってたのは本当のぼくじゃない。二匹《ひき》のオオカミが戦《たたか》っているとき怖がってたのはモウグリだ。アケイラだったら、いや、フェイオだって、二匹を黙《だま》らせたはずだ。なのに、モウグリは怖がってた。それこそ、ぼくが毒を食べたっていう、ゆるぎない証拠《しょうこ》だ。でも、ジャングルではだれも心配してくれない。みんな、歌ったり吠《ほ》えたり戦ったり、月の下で仲間《なかま》たちと走り回って、ぼくは、ああ《ハイ、マイ》！　そう、このぼくは、沼地《ぬまち》で死にかけてるんだ。毒を食べたせいで」モウグリは自分がかわいそうで、泣《な》きそうになった。「そして、あとになって、みんなはぼくが黒い水の中に倒《たお》れているのを見つけるんだ。いいや、そうじゃない。自分のジャングルにもどって、集会の岩場で死のう。そうしたら、ぼくの愛《あい》するバギーラが、まあ、谷でわめいてなきゃだけど、残《のこ》された最期《さいご》のあいだ、そばで見守ってくれるだろう。アケイラのときみたいに、チールがぼくを食わないように」

熱《あつ》い大粒《おおつぶ》の涙《なみだ》がひざに落ちて、飛《と》び散《ち》った。みじめな気分にもかかわらず、あまりにもみじめなために、モウグリは喜《よろこ》びを感じていた。そういった、ねじれた幸せの感覚《かんかく》はだれでもわかると思う。

「トビのチールがアケイラを食ったときみたいに」モウグリはくりかえした。「ぼくが赤犬から群《む》れを救《すく》った夜だ」それからしばらく黙《だま》って、独《ひと》りオオカミの最後《さいご》の言葉を思い返した。もちろんだれもが覚《おぼ》えているだろう。「アケイラは死ぬ前にずいぶんバカなことを言ってたっけ。死ぬときってきっと、腹《はら》の中の考えが変《か》わるんだな。たしか……いや、ちがう、ぼくはジャングルの民《たみ》だ！」

モウグリはワインガンガ川の戦《たたか》いを思い出して興奮《こうふん》し、最後《さいご》の言葉は大声でさけんでいた。葦《あし》のあいだにいた雌《めす》の水牛がひざをついて起き上がり、鼻を鳴らした。「人間がいる！」

「モー！」水牛のマイサが言った。泥《どろ》の中で向きを変《か》える音がした。「今のは人間じゃない。シオニーの群《む》れの毛のないオオカミさ。こんな夜は、あちこちうろちょろしてるんだ」

「モー！」雌《めす》の水牛はまたうつむいて、草を食《は》みはじめた。「人間かと思ったわ」

「ちがうと言ったろ。おい、モウグリ、危険《きけん》か？」マイサはきいた。「おい、モウグリ、危険《きけん》か？」モウグリはバカにしたようにくりかえした。「マイサの頭の中ときたら、それぱっかりさ。危険か？　あちこちうろちょろして夜の見張《みは》りをしてるモウグリのことなんて、どうでもいいんだろ？」

「大きな声ね！」と、雌《めす》の水牛。

「連中《れんちゅう》はああやって鳴くのさ」マイサはさげすんだように言った。「草をぐしゃぐしゃにしちまって、食い方も知らない」

「去年の雨の季節《きせつ》は、もっとささいなことでも、そう、もっと小さなことでマイサのやつをナイフでつついて沼《ぬま》から追いだしたのに。イグサの綱《つな》をつけて、沼地《ぬまち》をのりまわしてやったんだっけ」モウグリは独《ひと》り言《ごと》のようにうめくと、やわらかい葦《あし》を折《お》ろうとして手を伸《の》ばしたが、ため息をついて、またひっこめた。マイサはあいかわらず腹《はら》の中のものをもどしては、またゆっくりと食《は》み、雌《めす》の水牛が草を食べているところからは、長い草が引きちぎられる音がしている。モウグリはかっとなって言った。「こんなところで死ぬもんか。ジャカーラやブタとおなじ血のマイサに笑《わら》われるのはごめんだ。沼地の向こうへいって、どんなようすか見てこよう。春のひとっ走りなのに、こんなのは初《はじ》めてだ。暑いのと寒いのがいっぺんにくる。さあ、モウグリ、立て！」

けれども、モウグリは誘惑《ゆうわく》に勝てずに、こっそり葦《あし》の中を横切っていって、ナイフの先でマイサをちくりとやった。大きな水牛は爆弾《ばくだん》が破裂《はれつ》したみたいに、ポタポタと泥《どろ》を垂《た》らしながら沼《ぬま》から飛《と》び出《だ》し、モウグリはゲラゲラ笑《わら》ってしりもちをついた。

「シオニーの毛のないオオカミに乗りまわされたって、正直に言えよ、マイサ」

「オオカミだと？　おまえが？」水牛は鼻を鳴らし、泥《どろ》の中で地団駄《じだんだ》を踏《ふ》んだ。「おまえが人間に飼《か》われた牛どもの牛番だったってことくらい、ジャングルじゅうが知ってるぞ。あっちにある畑の土ぼこりのなかで、どなってるような人間のこぞうだってな。おまえがジャングルの民《たみ》だと！　ヒルどものあいだをヘビみたいに這《は》ってきて、ジャッカルみたいないやしい悪ふざけをするハンターがいるか！　つれあいの前で恥《はじ》をかかせおって！　こっちの硬《かた》い地面まで出てこい。おれが――おれが」マイサは口から泡《あわ》を飛《と》ばしてわめいた。

ジャングルでも一、二を争《あらそ》うかんしゃくもちなのだ。

モウグリは表情《ひょうじょう》の変《か》わらない目で、マイサがフウフウと息巻《いきま》くのを見ていた。飛《と》び散《ち》る泥《どろ》のあいまをぬいつつ、マイサに声が届《とど》きそうなときを見計らって、モウグリは言った。

「沼地《ぬまち》のそばには、どんな人間のすみかがあるんだ、マイサ？　このへんのジャングルは、くわしくないんだ」

「なら、北へいけ」怒《おこ》った水牛は吠《ほ》えた。モウグリの刺《さ》し方が少々強かったらしい。「こんなのは、はだかの牛番の悪ふざけだ。沼地《ぬまち》のはずれの村へいって、せいぜい自慢するがいい」

「人間たちはジャングルの話が好《す》きじゃないんだよ。それに、マイサ、あんたの皮に少々引《ひ》っかき傷《きず》ができたくらいで、みんないちいち集まったりしないさ。でも、その村っていうのを見にいこう。よし、いくぞ。ほら、もう落ちつけよ！　ジャングルの主《あるじ》は毎晩《まいばん》、あんたを追い回しにくるほどひまじゃないから」

モウグリは沼《ぬま》のふちにあがった。ここの地面は小刻《こきざ》みに揺《ゆ》れるから、マイサは襲《おそ》ってこられないとわかっているのだ。そして、かんかんになっている水牛のことを笑《わら》いながら、走り出した。

「ぼくの力はすべてなくなったわけじゃないみたいだな。毒《どく》は骨《ほね》まで回ってないのかもしれない。あっちの空の低《ひく》いところに、星があるぞ」モウグリは軽く合わせた手のあいだから星をじっと見つめた。「ぼくの代価《だいか》になった雄牛《おうし》にかけて、あれは赤い花だ。むかし、あの横で寝《ね》ていたことがある——もとのシオニーの群《む》れのところにくるまえに！　あれが見えたってことは、このへんで走るのはおしまいだな」

沼地《ぬまち》が広々とした草原に変《か》わると、ぽつんとひとつ、光が瞬《またた》いていた。モウグリが人間の営《いとな》みとの関《かか》わりを絶《た》ってからずいぶんたっていたが、その夜はなぜか赤い花に引きよせられた。

「見るだけだ」モウグリは言った。「前のときみたいに。人間たちがどのくらい変《か》わったか、見てやろう」

ここはもう、好《す》きなようにふるまえる自分のジャングルではないことも忘《わす》れ、モウグリは露《つゆ》の降《お》りた草むらをむとんちゃくに歩いていった。そして、さっきの光が瞬《またた》いている小屋の前まできた。犬が三、四匹《ひき》、ワンワン吠《ほ》えている。村のはずれまできたのだ。

「ほら!」モウグリは低《ひく》いオオカミのうなり声をあげて犬たちを黙《だま》らせると、音もなく腰《こし》をおろした。「さあ、どうなるかな。モウグリ、人間のすみかなんかにもう用はないはずじゃなかったのか?」モウグリは口をぬぐった。何年か前、人間たちに追い出されたときに石があたったことを思い出したのだ。

小屋の扉《とびら》が開いて、女がひとり出てくると、闇《やみ》の中を透《す》かすように見た。子どもがなにかさけび、女は肩越《かたご》しに答えた。「寝《ね》なさい。ジャッカルが犬たちを起こしただけよ。すぐに朝になるわ」

モウグリは草むらの中で、熱《ねっ》でも出したみたいにガタガタ震《ふる》えだした。よく知っている声だ。でも、まちがいないかたしかめるために、そっと呼《よ》びかけた。人間の言葉がすぐにもどってきたことに、自分でも驚《おどろ》いた。「メスワ！　ああ、メスワ！」

「だれ？」女は震《ふる》える声でたずねた。

「忘《わす》れたの？」モウグリはからからに渇《かわ》いたのどで、言った。

「おまえなら、あたしがつけてやった名前を言ってごらん。さあ！」メスワは扉《とびら》を半分しめたまま、片手《かたて》で胸元《むなもと》をつかんだ。

「ナトゥーだよ！　ぼく、ナトゥー！」モウグリは言った。モウグリが初《はじ》めて人間のところへいったときに、メスワがつけてくれた名前だ。

「おいで、あたしの息子《むすこ》」メスワが呼《よ》んだ。モウグリは光の中に進み出て、じっとメスワを見た。むかし、自分にやさしくしてくれたメスワ、そして、命を救《すく》ってやったメスワ。メスワは年とって、髪《かみ》は白くなっていたが、目と声は変《か》わっていなかった。女の常《つね》で、メスワは別《わか》れたときのままのモウグリを想像《そうぞう》していたので、とまどったようにモウグリの胸《むね》から頭までをじっと見つめた。頭は、扉《とびら》の上まで届《とど》いていた。

「あたしの息子《むすこ》」メスワはつかえながら言って、よろよろと倒《たお》れこんだ。「でも、もうあたしの息子ではない。森の神なんだわ！　なんてこと《アハイ》！」

ランプの赤い光の中に立ったモウグリは、背《せ》が高くてたくましく、美しかった。黒い髪《かみ》を肩《かた》までのばし、首にナイフをかけ、白いジャスミンの花輪《はなわ》をかぶっているその姿《すがた》は、ジャングルの伝説《でんせつ》に出てくる自然《しぜん》の神とまちがえられてもおかしくないだろう。子ども用のベッドでうとうとしていた子どもがぱっと起き上がって、怯《おび》えたようにかん高い悲鳴をあげた。メスワがふりむいてあやしているあいだ、モウグリはじっと立ったまま、小屋の中をながめた。水の入ったつぼも、鍋《なべ》も、穀物用《こくもつよう》の箱も、ほかの人間の道具も、よく覚《おぼ》えていた。

「なにか食べるか、飲む？」メスワはそっと言った。「これはぜんぶ、おまえのものよ。おまえは命の恩人《おんじん》なんだから。でも、おまえは本当にあたしがナトゥーと呼《よ》んでいた子なの？　それとも神さま？」

「ナトゥーだよ。ここは、ぼくの住んでるところからかなり離《はな》れてる。光が見えたから、きたんだ。あなたがいるとは知らなかった」

「カンイワラにいったら、イギリス人が手を貸《か》してくれたの。村の人たちがあたしたちを火あぶりにしようとしてたでしょ。覚《おぼ》えてる？」

「もちろんだよ、忘《わす》れるものか」

「でも、イギリスの法律《ほうりつ》の用意が整って、ひどいことをした人たちが住んでいる村にもどったら、村はどこにもなかったのよ」

「それも、知ってる」モウグリは鼻をひくつかせた。

「それで、夫《おっと》は畑で働《はたら》くことにしたの。もともと力のある人だったから、最後《さいご》にはここに小さな土地を持てたのよ。むかしの村にいたときほどお金持ちじゃないけど、そんなに必要《ひつよう》はないから。ふたりだけだし」

「どこにいるの？　あの夜、怖《こわ》がって床《ゆか》の土を掘《ほ》ってた人は」

「死んだわ。一年前に」

「じゃあ、あの子は？」モウグリは子どもを指さした。

「あたしの息子《むすこ》よ。生まれてから、まだ雨季《うき》が二回なの。おまえが神なら、ジャングルでも守られるようにしてやって。おまえの、その、おまえの民《たみ》のところへいっても大丈夫《だいじょうぶ》なように。あの夜、あたしたちが安全だったみたいに」

メスワが抱《だ》きあげると、子どもは怖《こわ》がっていたのも忘《わす》れて、モウグリの胸《むね》にさがっているナイフで遊ぼうと手を伸《の》ばした。モウグリは、その小さな手をそっとどけてやった。

「でももし、おまえがトラにさらわれたナトゥーなら、この子はおまえの弟になるのよ。兄として祝福《しゅくふく》してやって」メスワは声を詰《つ》まらせながら子どもをさしだした。

「ああ《ハイ、マイ》！　ぼくには祝福《しゅくふく》とかいうものはわからないよ。ぼくは神でも、この子の兄でもない。ああ、母さん、母さん。心が重いんだ」モウグリは震《ふる》えながら、子どもをおろした。

「そりゃそうよ」メスワは鍋《なべ》のあいだをせわしげに歩いていった。「夜に沼地《ぬまち》を走ったりするからよ。骨《ほね》の髄《ずい》まで熱《ねつ》がしみこんでしまったんだわ」モウグリは小さく笑《わら》った。ジャングルのものが自分を傷《きず》つけるなんて、考えただけでおかしかったのだ。「火をおこすから、あたたかい牛乳《ぎゅうにゅう》を飲みなさい。そのジャスミンの花輪《はなわ》はとって。狭《せま》い場所だとにおいがきつすぎるからね」

モウグリはぼそぼそ言いながらすわって、手に顔を埋《うず》めた。おかしな気持ちがからだじゅうを駆《か》けめぐり、本当に毒《どく》にやられたみたいにめまいがして、軽い吐《は》き気《け》がする。あたたかい牛乳《ぎゅうにゅう》をゆっくり時間をかけて飲んでいるあいだ、メスワは時おりやさしく肩《かた》をたたいてくれた。モウグリが、はるかむかしにいなくなった息子《むすこ》のナトゥーなのか、驚異《きょうい》に満《み》ちたジャングルの生き物なのかよくわからなかったが、少なくとも血と肉があることが感じられてうれしかったのだ。

「あたしの息子《むすこ》」とうとうメスワは言った。その目は誇《ほこ》らしさにあふれていた。「おまえはだれよりも美しいと、言ってもらったことはある？」

「え？」もちろん、そんなことは一度も聞いたことがなかった。メスワはうれしそうにそっと笑《わら》った。モウグリの顔に浮《う》かんだ表情《ひょうじょう》だけで、メスワにはじゅうぶんだった。

「なら、あたしがいちばんね。めったにするもんじゃないけれど、母親が息子《むすこ》をほめるのはまちがいじゃないわ。おまえは本当に美しい。おまえほどきれいな男は見たことがないわ」

モウグリは頭をひねって、たくましい肩越《かたご》しにうしろを見ようとしたが、メスワはまた笑《わら》い出《だ》し、いつまでも笑っているものだから、なにがおかしいのかわからないまま、モウグリも思わずいっしょに笑ってしまった。すると、子どもも笑いながら、ふたりのあいだをいったりきたりした。

「だめよ、お兄さんをからかっちゃ」メスワは子どもをつかまえると、胸《むね》に抱《だ》いた。「お兄さんの半分でもきれいになったら、王さまの末娘《すえむすめ》と結婚《けっこん》させてあげる。そしたら、大きなゾウに乗れるのよ」

モウグリには今の言葉の三つにひとつもわからなかった。六十キロ走ってきたあとで、あたたかい牛乳《ぎゅうにゅう》が効《き》き目《め》をあらわしはじめた。そこで、モウグリは丸くなって、たちまち深い眠《ねむ》りに落ちていった。メスワは目にかかった髪《かみ》をどけてやると、毛布《もうふ》をかけた。メスワは幸せだった。

ジャングルの常《つね》にならい、モウグリは次の日も一日眠《ねむ》りつづけた。完全《かんぜん》に眠ることはない彼《かれ》の本能《ほんのう》が、恐《おそ》れることはなにもないと教えてくれたからだ。それからようやく目を覚《さ》ますと、いきなりガバッと跳《は》ね起《お》きたので、小屋が揺《ゆ》れた。顔にかかった毛布《もうふ》のせいで罠《わな》に落ちた夢《ゆめ》を見たのだ。ぱっとナイフに手をやって立ち、なにが襲《おそ》ってきてもいいように眠りから覚めきってない目で左右を見回した。

メスワは笑《わら》って、夕食を持ってきてくれた。煙《けむり》でいぶしたそまつなパンと米が少し、乾《ほ》したすっぱいタマリンドの実だけで、夜の狩《か》りに出るまでの腹《はら》ごしらえ程度《ていど》にしかならなかった。沼地《ぬまち》の露《つゆ》のにおいをかぐと、腹が減《へ》って落ちつかなくなってきた。春のひとっ走りはもうおわりにしたかったが、子どもがモウグリにだっこしてほしいと言ってきかず、メスワもメスワで、青光りする黒い髪《かみ》をくしでとかさないとね、と言う。メスワはモウグリの髪をとかしながら、たわいない赤《あか》ん坊《ぼう》の歌を歌い、モウグリのことを息子《むすこ》と呼《よ》んで、子どもにジャングルの力を授《さず》けてくれとせがんだ。すると、しまっている小屋の扉《とびら》の向こうから、モウグリのよく知っている声が聞こえてきた。メスワが恐怖《きょうふ》であんぐりと口をあけた。扉の下から大きな灰色《はいいろ》の前足がさしこまれ、外から灰色の兄弟の後悔《こうかい》したような、怯《おび》えと不安《ふあん》が入り交じったくぐもった声が聞こえてきた。

「外で待ってろ。呼《よ》んだときには、こなかったくせに」モウグリはふりかえりもせず、ジャングルの言葉で言った。大きな灰色《はいいろ》の前足は消えた。

「お、おまえのしもべを、な、中に入れないで」メスワが言った。「あたしは――あたしたちはむかしから、ジャングルとは平和にやってきたのだから」

「平和だよ」モウグリは言って、立ち上がった。「カンイワラにいった夜のことを思い出して。うしろにも前にも、今みたいな連中《れんちゅう》が二十匹《ぴき》はいたでしょ。いくら春の時期だって、ジャングルの民《たみ》もぼくのことを忘《わす》れっぱなしってわけじゃないことがわかったよ。母さん、ぼくはいくよ」

メスワはへりくだるようにうしろへ下がった。本当に森の神なのだと思ったのだ。ところが、モウグリの手が扉《とびら》にかかったとたん、母親の部分が顔を出し、モウグリの首を何度も抱《だ》こうとした。

「もどってきて！」メスワはささやいた。「息子《むすこ》でもそうじゃなくてもいいから、もどっておいで。おまえのことを愛《あい》してるのよ、ほら、この子も悲しんでる」

子どもは泣《な》いていた。ピカピカ光るナイフを持った男の人がいってしまうからだ。

「またもどってきて」メスワはくりかえす。「夜でも昼でも、おまえのためならいつでも扉《とびら》をあけるから」

モウグリは、まるで首につけられたひもをひっぱられたみたいにのどが締《し》めつけられ、答えようとすると、むりやり引きずり出したような声になった。「かならずもどってくるよ」

そして、戸口にへつらうようにすわっていたオオカミの頭をどけると、言った。「さてと、おまえにはちょっとばかし言いたいことがあるよ、灰色《はいいろ》の兄弟。どうしてこなかったんだよ、四匹《ひき》ともだぞ。呼《よ》んでからずいぶんたつじゃないか」

「ずいぶん？　つい昨日《きのう》の夜だろ。おれは――おれたちはジャングルで歌ってたんだ。新しい歌を。今は、新しい語り合いの季節《きせつ》だからな。わかってるだろ」

「ああ、わかってるとも」

「歌いおわってすぐに、あとを追ってきたんだ」灰色《はいいろ》の兄弟は必死《ひっし》になって言った。「みんなをおいて、大急ぎできたんだよ。だが、小さな兄弟、いったいどうしたんだ？　人間といっしょに食ったり眠《ねむ》ったりするなんて？」

「呼《よ》んだときにおまえがすぐくれば、こんなことにはならなかったんだ」モウグリはますますスピードをあげて走っていく。

「で、これからどうするんだ？」

モウグリが答えようとしたとき、村はずれのほうから白い服を着た少女が歩いてきた。灰色《はいいろ》の兄弟はすぐさま姿《すがた》を消し、モウグリも音ひとつ立てずに、うしろの高くのびた作物の中に隠《かく》れた。手を伸《の》ばせば少女に触《ふ》れられそうだったが、あたたかい緑の茎《くき》がさらさらと顔の前で閉《と》じ、モウグリは幽霊《ゆうれい》のようにかき消えた。少女は悲鳴をあげた。亡霊《ぼうれい》を見たと思ったのだ。それから、ほうっとため息をついた。モウグリは両手で茎をかきわけ、少女が見えなくなるまでずっと目で追っていた。

「さてと」今度はモウグリがため息をついた。「わからないよ。どうして呼《よ》んだときに、こなかったんだ？」

「おれたちはおまえについていくよ。おまえについていく」灰色《はいいろ》の兄弟はもごもご言って、モウグリのかかとをなめた。「いつだってかならずついていく。新たな語り合いの季《き》節以外《せついがい》は」

「人間のところにもついてくるのか？」モウグリはささやいた。

「もとの群《む》れがおまえを追い出したときだって、ついてっただろ？　あのとき、畑で寝《ね》ていたおまえを起こしたのはだれだ？」

「まあな。でも、次は？」

「今夜だって、ついてきたろ？」

「ああ、でも、次もその次も？　その次の次もか、灰色《はいいろ》の兄弟？」

灰色《はいいろ》の兄弟は黙《だま》りこくった。やがて口をひらくと、独《ひと》り言《ごと》のようにうなった。「黒き者、バギーラが言ったことは本当だったな」

「なんて言ったんだ？」

「最後《さいご》には人間は人間のところへ帰る。ラクシャ母さんだって――」

「赤い犬の夜に、アケイラも言ってたな」モウグリはつぶやいた。

「ああ、カーもな。だれよりもかしこいカーが」

「おまえはどう思う、灰色《はいいろ》の兄弟？」

「やつらは一度、おまえを追い出した、ひどいことを言ってな。石でおまえの口を傷《きず》つけた。ブルデオにおまえを殺《ころ》させようとした。赤い花に放《ほう》りこんだかもしれないんだぞ。人間は邪悪《じゃあく》で、愚《おろ》かだって、おまえが言ったんだ。おれじゃない。ジャングルをけしかけたのだって、おまえだ。おれじゃない。おれはおれの民《たみ》のやり方に従《したが》っている。やつらをさげすむ歌を作ったのだって、おれじゃない、おまえだ。おれたちの赤犬をさげすむ歌より、ずっとひどい歌だったじゃないか」

「ぼくは、おまえがどう思うかをきいてるんだ」

彼《かれ》らは走りながら話していた。灰色《はいいろ》の兄弟はしばらくなにも答えずに走っていたが、それからジャンプとジャンプのあいだに、こんなふうに言った。「人間の子——ジャングルの主《あるじ》——ラクシャの息子《むすこ》——同じ巣穴《すあな》の兄弟——春のあいだちょっと忘《わす》れたからって、おまえの道はおれの道だし、おまえの巣穴はおれの巣穴だ、おまえのえものはおれのえもので、おまえの死の戦《たたか》いはおれの死の戦いなんだ。おれは、兄弟たちを代表して言ってる。だが、おまえはジャングルになんと言うつもりだ？」

「よく考えたんだ。『えものを見たらすぐ殺《ころ》せ』の教えのとおりだな。先にいって、みんなを集会の岩場に集めておいてくれ。そうしたら、ぼくから腹《はら》の中の考えをみんなに話すよ。でも、こないかもしれないな。新たな語り合いの季節《きせつ》だから、ぼくのことなんて忘《わす》れてるかもしれない」

「なら、おまえは忘《わす》れたことはないのか？」灰色《はいいろ》の兄弟は肩越《かたご》しにかみつくように言うと、本気で走りはじめた。モウグリもあとを追いながら、考えた。

ほかの季節《きせつ》なら、モウグリの知らせを聞けば、ジャングルじゅうが首の毛を逆立《さかだ》てて集まってきただろう。だが、今はみんな、狩《か》りや戦《たたか》いや歌うのに忙《いそが》しい。灰色《はいいろ》の兄弟は走りながら、一匹《ぴき》一匹に声をかけた。「ジャングルの主《あるじ》が人間のところへもどるぞ。集会の岩場へ集まれ！」だが、みんなは楽しそうにこう答えるだけだった。「暑い夏にはもどってくるだろ。雨が降《ふ》れば、巣穴《すあな》にもどるさ。おれたちといっしょに走って、いっしょに歌おう、灰色の兄弟」

「でも、ジャングルの主《あるじ》が人間のところへもどると言ってるんだぞ」灰色《はいいろ》の兄弟はくりかえす。

「へえーえ！　そのせいで、新たな語り合いの季節《きせつ》がつまらなくなるわけじゃないだろ？」

モウグリは重い心を抱《かか》えたまま、よく見知った岩のあいだをあがっていって、最初《さいしょ》に彼《かれ》がつれてこられた場所にきた。そこには、四匹《ひき》の兄弟と、年のせいでほとんど目が見えなくなったバルー、それから冷血《れいけつ》の大蛇《だいじゃ》カーが、今は空席《くうせき》になったアケイラの岩にとぐろを巻《ま》いていた。

「では、おまえの道もここまでか、人間の子?」カーはたずねた。モウグリは身を投げ出し、両手に顔を埋《うず》めた。「泣《な》け、ぞんぶんに泣け。おれたちはおなじ血、おれとおまえと。人間とヘビと」

「どうして赤犬との戦《たたか》いのとき、死ななかったんだろう?」モウグリはうめいた。「ぼくの力はなくなってしまった。毒《どく》のせいじゃない。夜も昼も、ぼくのうしろには、足音がふたつ聞こえる。でも、ふりかえると、そのとたんに隠《かく》れてしまうんだよ。木のうしろを見にいくけど、そいつはいやしない。大声で呼《よ》ぶけど、だれも答えない。でも、聞こえてるくせに、わざと答えないみたいなんだ。横になっても、休めない。春のひとつ走りにいっても、まだだめだ。水浴《みずあ》びをしても、涼《すず》しくならない。殺《ころ》すのにはうんざりだけど、殺さないなら戦いたくない。赤い花がからだの中にあって、骨《ほね》は水になったみたいだ。それに、それに、自分がなにをわかってるか、わからないんだよ」

「話す必要《ひつよう》などないだろう?」バルーがゆっくりとモウグリが横たわっているほうへ顔を向けた。「アケイラが川岸で言ったろう。モウグリがモウグリを人間のところへ駆《か》り立《た》てると。わしも言った。だが、今じゃ、だれがバルーの言うことに耳をかたむける？　バギーラ——今夜、バギーラはどこにいる？　バギーラもわかってた。それがおきてなのだ」

「冷《つめ》たい隠《かく》れ家《が》で会ったときから、おれはわかっていたぞ、人間の子」カーも言って、力強いとぐろを巻《ま》いたまま、わずかにからだをかたむけた。「最後《さいご》には、人間は人間のところへ帰る。ジャングルが追い出さなくともな」

四匹《ひき》の兄弟たちは顔を見合わせ、それからモウグリを見た。とまどってはいたが、逆《さか》らいはしなかった。

「じゃあ、ジャングルはぼくを追い出したりしないんだね？」モウグリはしゃくりあげながら言った。

灰色《はいいろ》の兄弟は怒《おこ》ったように低《ひく》くうなると、口を開いた。「おれたちが生きてるあいだは、だれにも——」しかし、バルーが止めた。

「おまえにおきてを教えたのはわしだ。わしに話させろ。今じゃ、目の前の岩は見えないが、遠くは見える。チビのカエルっ子、おまえの道をいけ。おまえとおなじ血を持つ、おなじ仲間《なかま》と巣《す》を作れ。だが、足か牙《きば》か目が必要《ひつよう》になったり、言葉を夜にすばやく伝《つた》えなければならないときは、いいか、ジャングルの主《あるじ》、一声呼《よ》べばジャングルはおまえのもとへいく」

「内ジャングルもおなじだ」カーが言った。「おれは少なからぬ民《たみ》を代表して言っているのだ」

「ああ、兄弟《ハイ、マイ》たち」モウグリはさけんで、両腕《りょううで》をかかげて泣《な》きじゃくった。「自分がなにをわかってるかわからない。ぼくはいきたくない。だけど、両足を引っぱられてるんだ。こうした夜を捨《す》てられるわけないだろ？」

「大丈夫《だいじょうぶ》だ、小さな兄弟。顔をあげろ」バルーはくりかえした。「この狩《か》りはちっとも恥《は》ずかしくなぞない。ハチミツを食べ終わったら、空《から》の巣《す》は残《のこ》していくものだ」

「皮を脱《ぬ》ぎ捨《す》てれば、もう一度おなじ皮にもどることはない。それがおきてだ」と、カー。

「いいか、なによりも大事な者よ、きいてくれ」バルーが言った。「おまえをひきとめようとする言葉も意志《いし》もない。顔をあげるんだ！　ジャングルの主《あるじ》に反対する者などいるはずないだろう？　わしはおまえがそこで、白い小石で遊ぶのを見た。まだ小さいカエルっ子だったときにな。それに、バギーラも、そう、しとめたばかりの若《わか》い雄牛《おうし》をさしだしておまえの代価《だいか》を支払ったバギーラも、見ていた。あのお広めの夜にいたもので、残《のこ》っているのはわしら二頭だけだ。おまえの育ての母であるラクシャは育ての父とともに死に、むかしの群《む》れのオオカミたちもとうに死《し》に絶《た》えた。シア・カーンがどうなったかは、おまえもわかっているだろう。アケイラはドールたちとの戦《たたか》いで死んだ。おまえの知恵《ちえ》と力がなければ、あの場で第二のシオニーの群れもほろびていただろう。あとには、老いぼれしか残《のこ》っていないのだよ。もはや、人間の子は群れに許《ゆる》しを請《こ》う必要《ひつよう》はない。ジャングルの主は、自分で自分の道を変《か》える。人間が人間の道を歩んで、なにが悪い？」

「でも、バギーラとぼくの代価《だいか》になった雄牛《おうし》は？　むりだよ――」

モウグリの言葉はうなり声にかき消された。下のやぶからガサッと音がして、いつもどおり軽《かろ》やかで強く、おそろしいバギーラが、モウグリの目の前にすっくと立った。

「だから、おれはこなかったんだ」バギーラは血の滴《したた》る右前足を伸《の》ばした。「長い狩《か》りだった。だが、やつは死んで、草むらに転がってる。生まれて二年の雄牛《おうし》だ。おまえを自由にする雄牛だ、小さな兄弟。これですべての借《か》りはなくなった。あとのことに関《かん》しては、バルーの言葉がそのままおれの言葉だ」バギーラはモウグリの足をなめた。「バギーラがおまえを愛《あい》していたことを忘《わす》れるな」バギーラはひと言さけび、跳《は》ねるように姿《すがた》を消した。

そして、丘《おか》のふもとでもう一度、長く大きな声をあげた。「新しい道でもよい狩りを、ジャングルの主《あるじ》よ！　バギーラがおまえを愛していたことを忘れるな」

「聞こえただろう」バルーが言った。「もうこれでおわりだ。さあ、いけ。だが、そのまえにわしのところへこい。おお、かしこい小さなカエルっ子、さあ、ここへ！」

「皮を脱《ぬ》ぐのはつらいことだ」カーは言った。モウグリは目の見えなくなったクマのわき腹《ばら》に頭を押《お》しつけ、首に腕《うで》を回して泣《な》きじゃくった。バルーは弱々しいながらも、モウグリの足をなめようとした。

「星の光が細くなってきた」灰色《はいいろ》の兄弟が暁《あかつき》の風のにおいをかぎながら言った。「今日はどこで眠《ねむ》る？　今日から、おれたちは新しい道をいくのだから」

これが、モウグリの最後《さいご》の物語だ。

別《わか》れの歌

これは、モウグリがふたたびメスワの家に向かったとき、背後《はいご》のジャングルから聞こえてきた歌だ。

バルー

かしこいカエルっ子に
ジャングルの道を教えた者のために
人間の作ったおきてを守れ
目の見えない年とったバルーのために！
きれいだろうが汚《よご》れていようが、暑かろうが腐《くさ》ってようが
守るのだ、それがおまえの道なのだから

昼も、そして夜も、
左も右も見ずにいけ。
生ある者のなかでだれよりも
おまえを愛《あい》していた者のために
おまえの群《む》れがおまえを苦しめたら
言え、「タバキがまた歌ってる」と。
おまえの群れがおまえを病にしたら
言え、「これからシア・カーンを殺《ころ》すんだ」と。
ナイフが抜《ぬ》かれても、
おきてを守り、おまえの道をいけ。
(木の根とハチミツ、やしの実にサトイモよ
どうかこの子をケガから守ってくれ)
森も水も、風も木も
ジャングルはおまえとともにある！

カー

怒《いか》りは恐《おそ》れの卵《たまご》――
曇《くも》りのないのは、まぶたのない目のみ。
コブラの毒《どく》でも消すことはできぬ
たとえコブラの言葉があれど。
堂々《どうどう》と話せば、力を呼《よ》びよせる
力と礼儀《れいぎ》作《さ》法《ほう》は仲間《なかま》。
届《とど》かぬところは突《つ》かず
腐《くさ》った枝《えだ》に力を預《あず》けるな。
口の大きさは、雄《お》ジカかヤギで測《はか》れ
でないと、目でのどを詰《つ》まらせる。
食ったあとは、眠《ねむ》るのか？
巣穴《すあな》が隠《かく》れているか、たしかめよ
それを怠《おこた》れば、身を誤《あやま》る

春

敵《てき》をひきつけることになる。
東でも西でも北でも南でも
からだを洗《あら》い、口を閉《と》じよ。
(穴《あな》、裂《さ》け目《め》、青い池のほとりからも
内ジャングルはついてくる!)
森も水も、風も木も
ジャングルはおまえとともにある!

バギーラ

檻《おり》でおれは生を受けた
人間の値打ちならよく知ってるさ。
おれを自由にした錠前《じょうまえ》にかけて──
人間の子よ、おまえの仲間《なかま》に気をつけろ!
露《つゆ》が香《かお》り、星の光が青くても

なまけ者のジャコウネコの跡《あと》はたどるな。
群《む》れでも集会でも、狩《か》りでも隠《かく》れ家《が》でも
ジャッカルのような人間とは休戦《きゅうせん》するな。
「こっちのほうが楽だぞ」と
やつらが言ったら、沈黙《ちんもく》を食わせろ
弱き者をくじくのを手伝《てつだ》えと
やつらが求《もと》めたら、沈黙を食わせろ
バンダー・ログのように自慢《じまん》せず
えもののことで騒《さわ》がず
呼《よ》ばれても、歌われても、合図を送ってきても
狩《か》りの道筋《みちすじ》を外れるな。
(朝霧《あさぎり》のときも、晴れたたそがれどきも
彼《かれ》に仕えよ、シカの番人たちよ！)
森も水も、風も木も
ジャングルはおまえとともにある！

三頭そろって

おまえが進むべき道は続《つづ》く
おれたちのおそれる戸口まで
赤い花が咲《さ》き
夜通し、おまえは横たわる
母なる空からへだてられ
おれたちの声を聞く、愛《あい》するおれたちの声を
夜明けには、起き出して
仕事へ向かう
ジャングルを思い、悲《ひ》嘆《たん》にくれて
森も水も、風も木も
ジャングルはおまえとともにある！

訳者《やくしゃ》あとがき

ラドヤード・キプリングは今から百五十年前、イギリス人のジョン・ロックウッド・キプリングと妻《つま》アリスの長男として、インドのボンベイ、現在《げんざい》のムンバイで生まれました。父親は現地《げんち》の美術《びじゅつ》学校の校長で、後にラホール博物館《はくぶつかん》の館長となります。キプリングは五歳《さい》までボンベイで、ヒンドゥー語を第二言語として育ちました。

やがて、当時のインドに駐在《ちゅうざい》するイギリス人家庭の習慣《しゅうかん》に従《したが》い、キプリングは妹とともにイギリスのサウスシーで暮《く》らす知り合いの家へ送られます。しかし、ボンベイでのびのび育ったキプリングにとって、サウスシーでの暮らしはつらいものでした。その後、デヴォンにあるパブリックスクールに入学し、ここでも最初《さいしょ》はなじめなかったものの、じきに学校生活を満喫《まんきつ》するようになります。

パブリックスクール在学中《ざいがくちゅう》から、キプリングは校内誌《こうないし》の編集長《へんしゅうちょう》になり、詩を書きはじめます。校長もその才能《さいのう》を認《みと》め、両親に息子《むすこ》を文学の道へ進ませるよう、勧《すす》めたといいます。

こうしてキプリングは一六歳《さい》の終わりに再《ふたた》びインドに渡《わた》り、新聞記者として働《はたら》きはじめます。そのかたわら創作《そうさく》をつづけ、第一詩集になるDepartmental Ditties(一八八六年)を発表、一八八八年には物語集『高原平話集』を出して、順調《じゅんちょう》に作家としての道を歩みます。一九〇七年にはイギリス人初《はつ》、そして史上最年少《しじょうさいねんしょう》(四一歳)でノーベル文学賞《ぶんがくしょう》を受賞《じゅしょう》しました。

こうしたキプリングの経歴《けいれき》は、とうぜん、彼《かれ》の作品にも大きな影響《えいきょう》を及《およ》ぼしています。サウスシーでのつらい経験《けいけん》は、『メーメー黒い羊』という短編《たんぺん》に、パブリックスクールでの日々は、『ストーキーと仲間《なかま》たち』という学校物語になっています。そして、インドでの経験や見聞きしたことに基《もと》づいて描《えが》かれたのが、この『ジャングル・ブック』です。

今回、初《はじ》めてこの本を手に取る方も、『ジャングル・ブック』というタイトルは耳にしたことがあるのではないでしょうか。ディズニーが一九六七年に制作《せいさく》した同名の映画《えいが》を観《み》た方もいるかもしれません。けれども、(ディズニー映画には多々あることですが)映画の印象《いんしょう》のままこの本を開くと、いい意味で裏切《うらぎ》られることになります。

モウグリたちが冒険《ぼうけん》をくりひろげるうっそうとしたジャングル。そのジャングルをわがもの顔で歩きまわるオオカミ、黒ヒョウ、ヒグマ、インドゾウ、ベンガルトラといった、南アジアの大型獣《おおがたじゅう》たち。狩《か》られる者であるサルや、サンバー、水牛に、ヤマアラシ。木やツタに埋《う》もれた太古の都《みやこ》。僧《そう》が大きな力を持っているインドの村。インドの空気を吸《す》って育ち、インドをよく知り、愛《あい》していたキプリングの筆が描《えが》きだす風景《ふうけい》は、圧倒的《あっとうてき》な野生にあふれ、どこか神秘的《しんぴてき》な雰囲気《ふんいき》をまとう熱帯雨林《ねったいうりん》へと、読者をいざないます。

キプリングの描《えが》く動物たちは、決して単《たん》なるゆかいな楽しい仲間《なかま》などではありません。豊《ゆた》かな恵《めぐ》みと同時に危険《きけん》に満《み》ちたジャングルで、動物たちはそれぞれのおきてを守り、必《ひつ》要以上《ようい じょう》に相手の領域《りょういき》にふみこむことなく、おのおの誇《ほこ》りを持って暮《く》らしています。サルにさらわれたモウグリを救《すく》うため、バギーラとバルーはニシキヘビのカーに助太刀《すけだち》をたのみますが、バギーラは最後《さいご》まで乗り気ではありません。彼《かれ》らとカーは決して仲良《なかよ》しの友だちなどではないのです。カーとオオカミたちの関係《かんけい》も同様で、カーは「おれ自身は、オオカミと仲間《なかま》だとはこれっぽっちも思っていない」と言い放ちます。

こうしたジャングルのありようが、読むにつれじわじわと伝《つた》わってくるのが、キプリングのうまさでしょう。「よい狩《か》りを！」といった合言葉や、火を「赤い花」と呼《よ》んだり、「頭」でなく「腹《はら》」で考えたりといった独自《どくじ》の表現も、ジャングルの雰囲気《ふんいき》を形作ります。ジャングルの深奥《しんおう》にひそむ太古の都《みやこ》の描写《びょうしゃ》に、心を奪《うば》われない読者はいないでしょう。草木におおわれ、ぼろぼろに崩《くず》れた神殿《しんでん》の地下には、真っ白いコブラに守られ、「人間が目にしたことがない」ほどの宝《たから》が眠《ねむ》っているのです。大きなからだをゆったりとくねらせるカーのダンスがサルたちをとりこにするように、ジャングルの世界は読者を魅了《みりょう》します。

さきほど、キプリングは「インドをよく知り、愛《あい》していた」と書きましたが、当時のインドはイギリスの植民地《しょくみんち》でした。物語中にも出てくる「白人」というのは、インドを支配《しはい》していたイギリス人のことです。もちろん、キプリングもその一人でした。愛国的《あいこくてき》な詩もたくさん発表していたキプリングは、のちに「帝国主義者《ていこくしゅぎしゃ》」といって批判《ひはん》されるようになります。

けれども、百二十年以上《いじょう》たった現在《げんざい》の読者、特《とく》に、作者や描《えが》かれた時代などに頓着《とんちゃく》しない子どもの読者にとって、そうした読みはあまり意味を持たないように思います。そう言えるのは、この本が、時代によって、読む人によって、さまざまな解釈《かいしゃく》が可能《かのう》なファンタジーの形式で描かれているからでもあります。

それに、ジャングルと人間社会とのあいだで苦悩《くのう》するモウグリのすがたに、インドとイギリスのあいだで揺《ゆ》れ動《うご》くキプリングの心を垣間見《かいまみ》ることはできないでしょうか。同じくインドを舞台《ぶたい》にした物語『少年キム』でも、インドで生まれ育ったイギリス人の少年キムは、インド人にもイギリス人にもなりきれずに、引《ひ》き裂《さ》かれるような思いを味わうことになります。ここでも、キプリングの描《えが》くインドは活気と熱《ねつ》にあふれ、雑然《ざつぜん》として時に怪《あや》しく、生命感にみちみちています。『ジャングル・ブック』や『少年キム』をくりかえし読めば読むほど、キプリングが「インドをよく知り、愛《あい》していた」と思わずにはいられないのです。

『ジャングル・ブック』は、もとは『ジャングル・ブック』(一八九四年)、『続《ぞく》ジャングル・ブック』(一八九五年)の二冊《さつ》、十五編《へん》の短編から成《な》っています。今回は、モウグリが出てくる八編《ぺん》を選《えら》んで訳《やく》しました。それぞれの物語と、そして表紙に、五十嵐大介さんがすばらしいイラストを描《えが》いてくださっています。私《わたし》が子ども時代から百回以上《いじょう》読んできたモウグリの冒険《ぼうけん》を、そしてインドのジャングルの雰囲気《ふんいき》を、みなさんがぞんぶんに楽しんでくださいますように。

最後《さいご》になりますが、愛読書《あいどくしょ》の新訳《しんやく》を依頼《いらい》してくださった編集《へんしゅう》の須藤建さんに心からの感《かん》謝《しゃ》を。

二〇一五年三月

三《さん》辺《べ》律《りっ》子《こ》

訳者　三辺律子
翻訳家。白百合女子大学大学院修了。訳書にキプリング『プークが丘の妖精パック』(金原瑞人氏と共訳)『少年キム』ほか，ガードナー『マザーランドの月』，ネス『まだなにかある』，イボットソン『夢の彼方への旅』，ダレーシー『龍のすむ家』など多数。

ジャングル・ブック　　岩波少年文庫 225

2015 年 5 月 15 日　第 1 刷発行
2025 年 5 月 15 日　第 3 刷発行

訳　者　三辺律子《さんべりつこ》

発行者　坂本政謙

発行所　株式会社 岩波書店
〒101-8002 東京都千代田区一ツ橋 2-5-5
電話案内 03-5210-4000
https://www.iwanami.co.jp/

印刷製本・大日本印刷

ISBN 978-4-00-114225-9　Printed in Japan
NDC 933　376 p.　18 cm

岩波少年文庫創刊五十年――新版の発足に際して

心躍る辺境の冒険、海賊たちの不気味な唄、垣間みる大人の世界への不安、魔法使いの老婆が棲む深い森、無垢の少年たちの友情と別離……幼少期の読書の記憶の断片は、個個人のその後の人生のさまざまな局面で、あるときは勇気と励ましを与え、またあるときは孤独への慰めともなり、意識の深層に蔵され、原風景として消えることがない。

岩波少年文庫は、今を去る五十年前、敗戦の廃墟からたちあがろうとする子どもたちに海外の児童文学の名作を原作の香り豊かな平明正確な翻訳として提供する目的で創刊された。幸いにして、新しい文化を渇望する若い人びとをはじめ両親や教育者たちの広範な支持を得ることができ、三代にわたって読み継がれ、刊行点数も三百点を超えた。

時は移り、日本の子どもたちをとりまく環境は激変した。自然は荒廃し、物質的な豊かさを追い求めた経済の成長は子どもの精神世界を分断し、学校も家庭も変貌を余儀なくされた。いまや教育の無力さえ声高に叫ばれる風潮であり、多様な新しいメディアの出現も、かえって子どもたちを読書の楽しみから遠ざける要素となっている。

しかし、そのような時代であるからこそ、歳月を経てなおその価値を減ぜず、国境を越えて人びとの生きる糧となってきた書物に若い世代がふれることは、彼らが広い視野を獲得し、新しい時代を拓いてゆくために必須の条件であろう。ここに装いを新たに発足する岩波少年文庫は、創刊以来の方針を堅持しつつ、新しい海外の作品にも目を配るとともに、既存の翻訳を見直し、さらに、美しい現代の日本語で書かれた文学作品や科学物語、ヒューマン・ドキュメントにいたる、読みやすいすぐれた著作も幅広く収録してゆきたいと考えている。

幼いころからの読書体験の蓄積が長じて豊かな精神世界の形成をうながすとはいえ、読書は意識して習得すべき生活技術の一つでもある。岩波少年文庫は、その第一歩を発見するために、子どもとかつて子どもだったすべての人びとにひらかれた書物の宝庫となることをめざしている。

（二〇〇〇年六月）

岩波少年文庫

049 少年の魔法のつのぶえ —ドイツのわらべうた
ブレンターノ、アルニム編
矢川澄子、池田香代子訳

050 クローディアの秘密
084 魔女ジェニファとわたし
140 ベーグル・チームの作戦
149 ぼくと〈ジョージ〉
カニグズバーグ作／松永ふみ子訳

051 ティーパーティーの謎
056 エリコの丘から
061 800番への旅
カニグズバーグ作
金原瑞人、小島希里訳

052 風にのってきたメアリー・ポピンズ
053 帰ってきたメアリー・ポピンズ

054 とびらをあけるメアリー・ポピンズ
055 公園のメアリー・ポピンズ
トラヴァース作／林 容吉訳

057 わらしべ長者—日本民話選
木下順二作／赤羽末吉画

058・9 ホビットの冒険 上下
トールキン作／瀬田貞二訳

062 床下の小人たち
063 野に出た小人たち
064 川をくだる小人たち
065 空をとぶ小人たち
ノートン作／林 容吉訳

066 小人たちの新しい家
076 空とぶベッドと魔法のほうき
ノートン作／猪熊葉子訳

067 人形の家
ゴッデン作／瀬田貞二訳

068 よりぬきマザーグース
谷川俊太郎訳／鷲津名都江編

069 木はえらい —イギリス子ども詩集
谷川俊太郎、川崎 洋編訳

070 ぽっぺん先生の日曜日
071 ぽっぺん先生と帰らずの沼
100 ぽっぺん先生と笑うカモメ号
146 雨の動物園—私の博物誌
舟崎克彦作

072 森は生きている
マルシャーク作／湯浅芳子訳

▷書名の上の番号：001～ 小学生から，501～ 中学生から

岩波少年文庫

073 ピーター・パン　J・M・バリ作／厨川圭子訳

075 クルミわりとネズミの王さま　ホフマン作／上田真而子訳

077 ピノッキオの冒険　コッローディ作／杉浦明平訳

078 肥後の石工
132 浦上の旅人たち　今西祐行作

081 クジラがクジラになったわけ　テッド・ヒューズ作／河野一郎訳

082 ムギと王さま―本の小べや1
083 天国を出ていく―本の小べや2　ファージョン作／石井桃子訳

086 ぼくがぼくであること　山中　恒作

087 きゅうりの王さま　やっつけろ　ネストリンガー作／若林ひとみ編

088 ほんとうの空色　バラージュ作／徳永康元訳

089 ネギをうえた人―朝鮮民話選　金素雲編

090・1 アラビアン・ナイト　上下　ディクソン編／中野好夫訳

093・4 トム・ソーヤーの冒険　上下　マーク・トウェイン作／石井桃子訳

242・3 ハックルベリー・フィンの冒険　上下　マーク・トウェイン作／千葉茂樹訳

095 マリアンヌの夢　キャサリン・ストー作／猪熊葉子訳

096 けものたちのないしょ話―中国民話選　君島久子編訳

097 あしながおじさん　ウェブスター作／谷口由美子訳

098 ごんぎつね　新美南吉作

099 たのしい川べ　ケネス・グレーアム作／石井桃子訳

101 みどりのゆび　ドリュオン作／安東次男訳

102 少女ポリアンナ
103 ポリアンナの青春　エリナー・ポーター作／谷口由美子訳

143 ぼく、デイヴィッド　エリナー・ポーター作／中村妙子訳

104 月曜日に来たふしぎな子　ジェイムズ・リーブズ作／神宮輝夫訳

106・7 ハイジ　上下　シュピリ作／上田真而子訳

108 お姫さまとゴブリンの物語
109 カーディとお姫さまの物語
133 かるいお姫さま
227・8 北風のうしろの国　上下　マクドナルド作／脇　明子訳

▷書名の上の番号：001～ 小学生から，501～ 中学生から

岩波少年文庫

110・1 思い出のマーニー 上下
ロビンソン作／松野正子訳

112 オズの魔法使い
フランク・ボーム作／幾島幸子訳

255 ガラスの犬
—ボーム童話集
フランク・ボーム作／津森優子訳
坂口友佳子絵

113 ペロー童話集
天沢退二郎訳

114 フランダースの犬
ウィーダ作／野坂悦子訳

115 元気なモファットきょうだい

116 ジェーンはまんなかさん

117 すえっ子のルーファス
エスティス作／渡辺茂男訳

118 モファット博物館
エスティス作／松野正子訳

120 青い鳥
メーテルリンク作／末松氷海子訳

124・5 秘密の花園 上下
バーネット作／山内玲子訳

162・3 消えた王子 上下
バーネット作／中村妙子訳

209 小公子

216 小公女
バーネット作／脇 明子訳

126 太陽の東 月の西
アスビョルンセン編／佐藤俊彦訳

127 モ モ
エンデ作／大島かおり訳

207 ジム・ボタンの機関車大旅行

208 ジム・ボタンと13人の海賊
エンデ作／上田真而子訳

236 魔法の学校
—エンデのメルヒェン集
エンデ作／池内 紀、佐々木田鶴子訳他

249 魔法のカクテル
エンデ作／川西芙沙訳

131 星の林に月の船
—声で楽しむ和歌・俳句
大岡 信編

134 小さい牛追い

135 牛追いの冬
ハムズン作／石井桃子訳

136・7 とぶ船 上下
ヒルダ・ルイス作／石井桃子訳

139 ジャータカ物語
—インドの古いおはなし
辻直四郎、渡辺照宏訳

142 まぼろしの白馬
エリザベス・グージ作／石井桃子訳

144 きつねのライネケ
ゲーテ作／上田真而子編訳
小野かおる画

▷書名の上の番号：001〜 小学生から，501〜 中学生から

岩波少年文庫

145 風の妖精たち　ド・モーガン作／矢川澄子訳

147・8 グリム童話集 上下　佐々木田鶴子訳／出久根育絵

150 あらしの前

151 あらしのあと　ドラ・ド・ヨング作／吉野源三郎訳

152 北のはてのイービク　フロイゲン作／野村　泫訳

153 美しいハンナ姫　ケンジョジーナ作／マルコーラ絵／足達和子訳

154 シュトッフェルの飛行船　エーリカ・マン作／若松宣子訳

155 オタバリの少年探偵たち　セシル・デイ=ルイス作／脇　明子訳

156・7 ふたごの兄弟の物語 上下

214・5 七つのわかれ道の秘密 上下

244 青い月の石　トンケ・ドラフト作／西村由美訳

158 マルコヴァルドさんの四季　カルヴィーノ作／関口英子訳

159 ふくろ小路一番地　ガーネット作／石井桃子訳

160 指ぬきの夏

201 土曜日はお楽しみ　エンライト作／谷口由美子訳

161 黒ねこの王子カーボネル　バーバラ・スレイ作／山本まつよ訳

164 ふしぎなオルガン　レアンダー作／国松孝二訳

165 りこうすぎた王子　ラング作／福本友美子訳

166 青矢号　おもちゃの夜行列車

200 チポリーノの冒険

213 兵士のハーモニカ　―ロダーリ童話集　ロダーリ作／関口英子訳

〈アーミテージ一家のお話1～3〉

167 おとなりさんは魔女

168 ねむれなければ木にのぼれ

169 ゾウになった赤ちゃん　エイキン作／猪熊葉子訳

248 しずくの首飾り　エイキン作／猪熊葉子訳

▷書名の上の番号：001～ 小学生から，501～ 中学生から

岩波少年文庫

〈ランサム・サーガ〉

170・1 ツバメ号とアマゾン号 上下

172・3 ツバメの谷 上下

174・5 ヤマネコ号の冒険 上下

176・7 長い冬休み 上下

178・9 オオバンクラブ物語 上下

180・1 ツバメ号の伝書バト 上下

182・3 海へ出るつもりじゃなかった 上下

184・5 ひみつの海 上下

186・7 六人の探偵たち 上下

188・9 女海賊の島 上下

190・1 スカラブ号の夏休み 上下

192・3 シロクマ号となぞの鳥 上下
ランサム作／神宮輝夫訳

196 ガラガラヘビの味
―アメリカ子ども詩集
アーサー・ビナード、木坂 涼編訳

197 ぽんぽん
今江祥智作

198 くろて団は名探偵
ハンス・ユルゲン・プレス作／大社玲子訳

199 バンビ
―森の、ある一生の物語
ザルテン作／上田真而子訳

202 アーベルチェの冒険

203 アーベルチェとふたりのラウラ
シュミット作／西村由美訳

204 バレエものがたり
ジェラス作／神戸万知訳

205 ピッグル・ウィッグルおばさんの農場
ベティ・マクドナルド作／小宮 由訳

206 カイウスはばかだ
ウィンターフェルト作／関 楠生訳

217 リンゴの木の上のおばあさん
ローベ作／塩谷太郎訳

218・9 若草物語 上下
オルコット作／海都洋子訳

220 みどりの小鳥―イタリア民話選
カルヴィーノ作／河島英昭訳

221 ゾウの鼻が長いわけ
―キプリングのなぜなぜ話
キプリング作／藤松玲子訳

225 ジャングル・ブック
キプリング作／三辺律子訳

223 大力のワーニャ
プロイスラー作／大塚勇三訳

224 からたちの花がさいたよ
―北原白秋童謡選
与田準一編

▷書名の上の番号：001〜 小学生から，501〜 中学生から